U0933595

魅丽文化
桃天工作室

暮乐鸟 / 著

江苏凤凰文艺出版社
JIANGSU PHOENIX LITERATURE AND ART PUBLISHING

图书在版编目（CIP）数据

几朵花 / 暮乐鸟著 . -- 南京 ：江苏凤凰文艺出版社，2023.3

ISBN 978-7-5594-7070-6

Ⅰ . ①几… Ⅱ . ①暮… Ⅲ . ①短篇小说 - 小说集 - 中国 - 当代 Ⅳ . ① I247.7

中国版本图书馆 CIP 数据核字 (2022) 第 134914 号

几朵花

暮乐鸟 著

责任编辑　张　倩
出版统筹　曾英姿
特约编辑　刘思月　戴　铮
装帧设计　黄　芸
封面绘制　王点点
出版发行　江苏凤凰文艺出版社
　　　　　南京市中央路 165 号，邮编：210009
网　　址　http://www.jswenyi.com
印　　刷　长沙金鹰印务有限公司
开　　本　880mm × 1230mm　1/32
印　　张　9.5
字　　数　230 千字
版　　次　2023 年 3 月第 1 版
印　　次　2023 年 3 月第 1 次印刷
书　　号　ISBN 978-7-5594-7070-6
定　　价　45.00 元

目录

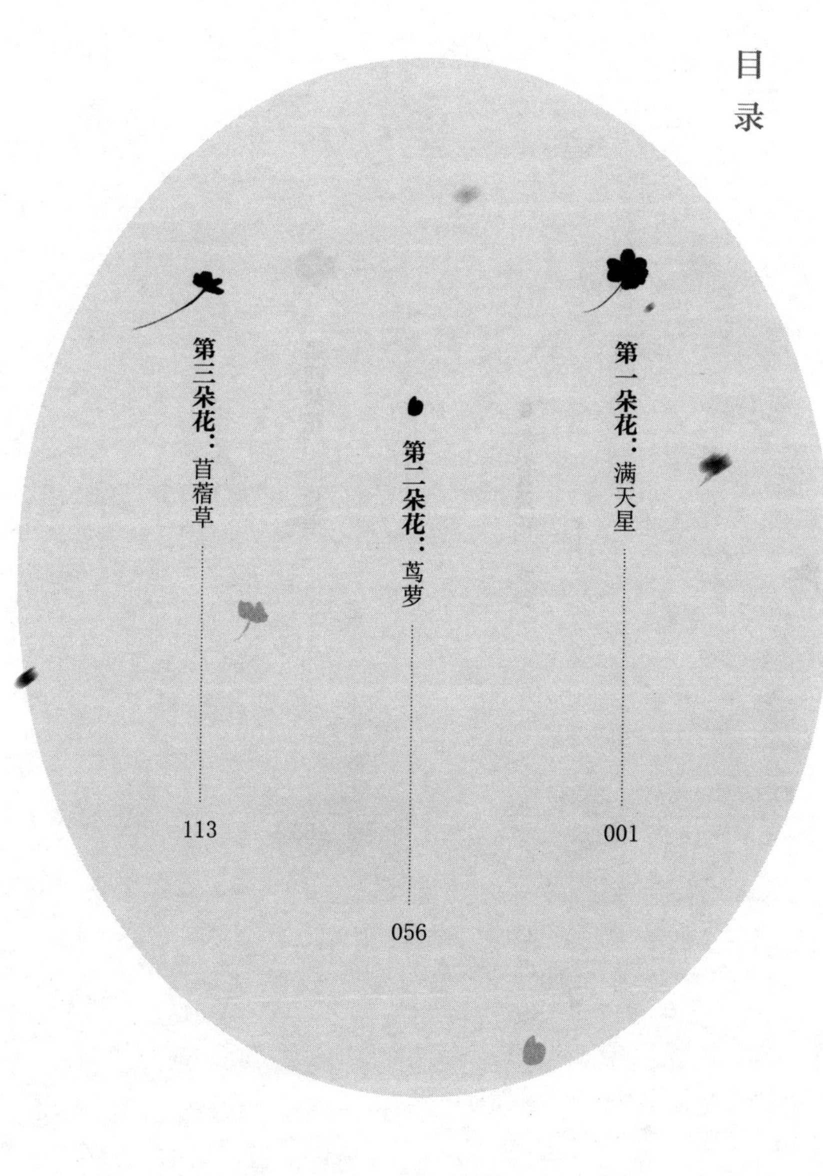

目录

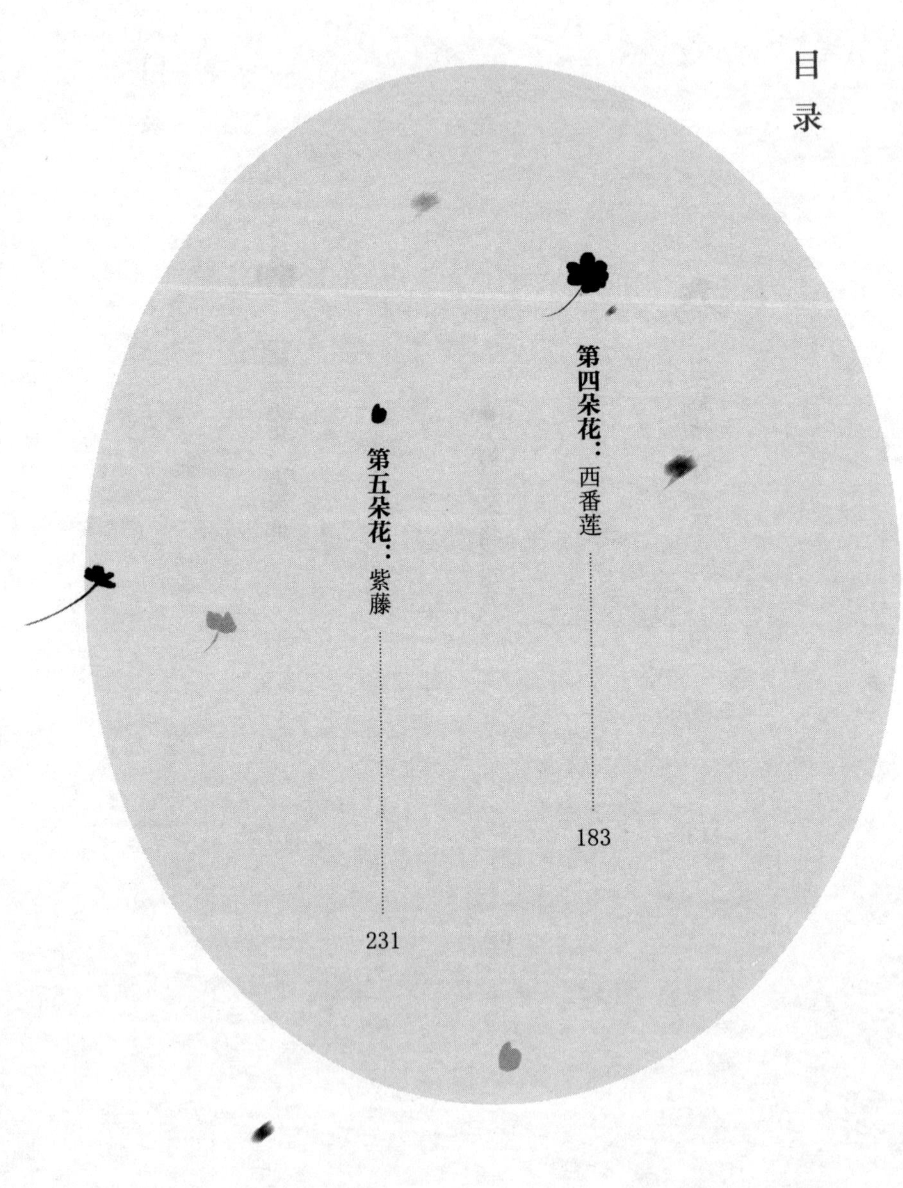

第一朵花：满天星

满天星，原名为重瓣丝石竹，为石竹科石头花属多年生植物。花型小、色浅淡、花姿蓬松而具立体感，是常见的陪衬花材。

满天星的花语是：甘愿做配角的爱，只愿在你身边。

1. 再遇

师音很爱陆明晖。

不过，爱是个什么东西？

师音觉得，大约是青春期一颗不安分的少女心无处安放，而身边恰好有这么一个男孩，恰好闯入她的世界，于是不知不觉地，无声无息地——她开始爱他。

第一次见面，她刚做完激光手术没多久，半张脸青紫、肿胀，偏巧楼道里的声控感应灯坏了，两人在昏黑的楼梯拐角处狭路相逢，她一抬头，他吓得倒吸凉气："鬼啊！"

那时他十五岁，是个阳光帅气的少年。

他尴尬又无措地向她道歉："对不起，对不起！我……我不是有意的，你是新搬来的邻居？"

她慌张地低下头，匆匆走了。

第二次见面，她被校外的几个混混围堵，他们说她太丑，嘻嘻哈哈地找她要所谓的惊吓补偿费。他像英雄一样出现，领着她离开那条混乱的小巷，语气轻松道："别怕，小同学，他们不敢再来了。"

那时他十七岁，是学校里前途一片光明的优等生。

后来他毕业了，考上国内最好的航空学校，从此离开了故乡。

而她却留在原地，忍受异样的目光，习惯背后的私语，蓄起长长的头发遮住那半张丑陋的脸，一天一天地数着日子，不知道自己的未来在哪里。

她从小就知道，因为这张不完美的脸，自己注定是寂寞的。

高中、大学、工作，她始终是一个人。

每当看到身边的人成双入对，她便会把关于他的记忆，从心底翻出来，如同翻出珍藏多年的糖，重新甜一遍心尖。

想一想他清爽的短发，想一想他温暖的笑容，想一想他离别时那潇洒的挥手……过于细微的细节经过反复回忆后，增添了几分梦幻，失去了几分真实，但她不在乎。

本就是不会有结果的暗恋，之所以藏在心中，不过是为了告诉自己，在她那段晦涩、暗淡的青春岁月里，也存在着一些美好的东西。

他叫陆明晖，是她喜欢的男孩子。

五月，师音搬进了更靠近市中心的新公寓。

她的工作是在一家电台当夜间主持人，每天下班都是后半夜，往往赶不上末班车，所以经济条件稍稍宽裕后，她便换了新住所。

只是没想到，会因此再次遇到陆明晖。

那天她在电梯里看见他。

他穿着挺括的白衬衫和深色长裤，一只手拎着公文包，另一只手牵着女朋友，那个女孩长得明艳动人，与他十分相配。

师音低垂着头，站在那两人身后，像一只胆怯的地鼠，目光飘忽，从电梯四壁的镜面里偷偷看他。

比起学生时代，他长高了，更英俊，也更成熟，脸庞多了棱角，眼眸却如记忆里一样浅浅含笑，仿佛永远映着温暖的阳光。

电梯门缓缓打开。

他带着女朋友走向左侧，她脚步微顿，而后走向右侧——

谁能想到，多年之后，她与他又成了邻居。

当天晚上，师音失眠了。

她想不通，明明是两个不可能有结果的人，命运却偏要让他们产生纠葛，如果世上真有神明存在，至少在这一刻，她觉得神明是恶毒的。

就像用胡萝卜引诱驴子拉磨，驴子永远吃不到，却被诱惑着一步一步追着走，如此恶毒地，给了一份永远不会成真的希望。

可她仍被诱惑了。

忍不住注意他的出行，忍不住观察他的穿着，忍不住幻想……幻想如果有一天他认出她，她该怎样自然地和他打招呼。

他一直没有认出她。

而她渐渐地知道了他许多事。

知道他是一位意气风发的机长，工作十分繁忙，一周只回家两三次。

也知道他和女朋友平均一到两周才见一次，大部分时间靠电话联系。

他和女朋友的关系时好时坏，坏的时候大声争吵，彼此数落缺点，恨不得立刻分手；好的时候又蜜里调油，浑然忘记对方提分手的那些话。

因为两间公寓的阳台相邻，所以这些动静她总是听得一清二楚。

每当这种时候，她就会觉得自己对他的了解多了几分。

原来他也不总是温暖、阳光的，他也有烦恼，有脾气，会发怒，会气急败坏，会忍无可忍地对女朋友说："够了！你既然想分手那就分手！"

师音觉得，他好像有点缺乏耐心。

——女孩子说分手，哪会是真要分手呢？无非是希望有人哄哄自己罢了，但是他好像……从来不曾哄过谁，更不会低声下气地去挽留谁。

想想也是，他在学校时便如太阳一般令人瞩目，无须弯腰低头，就会有许多人主动向他奉上一颗真心，如今的他高大英俊、事业有成，依然是那么招女孩子喜欢。

太阳，从不需要去追随谁。

两个月后，师音发现他消失了。

不知道是出差，还是搬走，总之她见不着他了。

电梯里不再相遇，阳台上也听不见隔壁的动静，一点征兆没有，他就这么消失了。

不过他与她本就是毫不相干的两个人，突然从她的生活中消失，似乎也不是多么令人难以接受的事，甚至……是一件理所当然的事。

师音努力让自己接受现实。

然而一个月后，他又回来了……

当时她站在阳台上浇花，听见空寂许久的隔壁传来女人的说话声：

“你父母人在国外，联系不上，刘总不知道我们分手了，所以打电话通知我接你出院。你现在这个样子，最好尽快找个护工，工作上的事先放一放……”

男人低低说了句什么，似乎是让女人走。

女人的声音变得不耐烦起来：“我怎么走？难道你一出车祸我就提分手？这事传出去，只怕所有人都要骂我薄情寡义！陆明晖，我知道发生这种事你心里不好受，但是拜托你为我考虑考虑行不行？总之这几天我会尽量照顾好你，等护工来了……”

“滚！！！”男人突然暴喝。

师音猛地一颤，手中洒水壶啪的一声落地，紧接着听见那女人说：“你永远都是这个样子，也好，反正我不欠你什么。”

高跟鞋重重地踩在瓷砖上，带着怒气，每一下都恨不得撞击出火星。

随后房门被用力拉开，又关上，金属防盗门撞上门框，被狠狠地弹开，哐当一声，震得天花板也在颤抖。

师音心惊胆战。

不知道是因为这动静，还是因为女人说的话。

……车祸，出院，护工。

他消失的这一个月，究竟发生了什么？

她不敢细想，手脚发凉，来不及去捡地上的洒水壶，人已经不由自主地往门外走。

隔壁的房门半开着。

她挪着步子，慢慢来到他家门口，看见客厅里颓然消瘦的身影，不禁睁大双眼，抬手掩住自己发颤的嘴唇。

是陆明晖……

那个曾经如太阳般耀眼的男人，此刻仿佛失去所有的光华，身体枯瘦，神情木然，双眼上缠着厚厚的纱布，垂头丧气地坐在沙发上，像一座毫无生气的雕像。

师音的心泛起一阵密集的，被针扎似的痛。

就像自己万般珍惜的一件宝贝摔碎了，心疼地想要捡起来粘好，却只能眼睁睁看着地上破碎的一切，惶然不知所措。

也许是她急促的呼吸暴露了行踪，男人蹙眉望了过来，带着几分疑惑，问："谁在那里？"

师音僵站在门口，不知该进，还是该退。

短短几秒钟时间，仿佛一个世纪那么长。

然后，她撒了人生中最大的一个谎——

"我是……你女朋友请来的护工。"

这是一个脱口而出的谎言。

师音为自己撒谎的行为感到羞愧，她面红耳赤，紧张得手脚无处安放，幸而对方看不见她的窘态，否则一定会一眼将她看穿。

陆明晖的心情显然不佳，他垂下头，用一只手扶着前额，冷漠道："不需要，你走吧。"

师音踌躇着站在门边。

有那么一瞬间，她真的想走。

这些年她习惯了藏在暗处，习惯了成为影子，现在突然让她整个人不遮不掩地站在他面前，她浑身不自在，哪怕他根本看不见她。

可是鬼使神差般，她的脑海中冒出另一个声音——你可以留下。

师音看着沙发上的男人，心乱成一团麻，有些想靠近，又有些害怕。

"我……我能留下来吗？"她紧张地吞咽了下，磕磕巴巴地解释，"公司有规定，如果不能完成任务，会……会被扣分。"

说完这些话，她整个后背上的汗毛都竖了起来，每根神经都紧绷着，惶惶地等待他的发落。

她胆子小，做到这一步已经是超常发挥，如果他大发雷霆地呵斥她赶紧滚，那她一定会像受惊的麻雀般夺门而逃。

但是……

她运气不错。

男人没有发怒，只是不耐烦地皱起眉，冷冷地丢下两个字："随你。"

他起身往自己房间去。

明明是在自己最熟悉的家里，却因为失去了视觉的辅助，使他这几步路走得极其艰难。

师音很想上前帮他，又忌惮他身上那股生人勿近的冷漠，只能屏住呼吸看着他的背影，一直看到他走进卧室，躺在床上，不再有任何动作。这时，她的肢体才好像重新活了过来，恢复了机能。

呼……

她小心翼翼地吐出一口气。

然后她环顾四周，开始打量他的家。

这感觉十分奇妙，就像进入一座自己垂涎已久的藏宝库，以前只能幻想藏宝库里有什么，而现在所有一切都没有保留地展现在她眼前，让她有种被上苍的奖赏砸得头晕目眩的感觉。她实在不敢相信，自己竟这么轻易地走进了他的世界！

墙壁是冷调的灰蓝色，沙发是温暖的姜黄色，抱枕上印着夸张的英文字母，仿佛在暗示房屋主人曾经的张扬与不羁。

沙发边散落着病历资料和一些CT片子，师音捡起来，将它们整理好，规规矩矩地摆在茶几上。其中一页是术后注意事项，被她挑出来，放在病历的最上面。

背景墙上挂了一些照片，大多是风景照，只有一张带有人物，是他和朋友们一起去登山时拍的合影。

每个人都穿着宽大的冲锋衣，浑身包裹严实，连眼睛也戴上了护目镜，以至于她辨认许久，才从这群人中找到他。

靠里的墙边竖着一排展示柜，里面有他收集的飞机模型和一些稀奇古怪的小玩意儿，比如质地特殊的石头，或是螺丝铆钉组合成的机器人，还有一个泥塑小猫。所有物件都很特别，充满了大男孩的玩心，还有对生活的热情。

只是有些可惜，这份热情现在被蒙上了灰尘。

在他住院的这一个多月里，家中各个角落，全都蒙上了一层细细的灰尘，变得晦暗、清冷，甚至有些死气沉沉。

师音看着这间屋子，开始思考，一个称职的护工应该怎么做。

陆明晖不知道自己睡了多久。

他的眼睛很疼。

吃了止痛药会犯困，然后睡得昏天暗地，分不清白天黑夜。不过他现在瞎了，除了睡觉，似乎也没有别的事可做。

手术的效果并不理想，出院时医生对他说，要先看术后眼睛恢复的情况，再决定是否进行二次手术，又给他开了一些消炎止痛药，叮嘱他一定要按时复查。

陆明晖还是无法接受，自己怎么就瞎了呢？

一个航空机长没有眼睛，这多么好笑。

隐隐约约，耳边传来一阵悠扬轻快的音乐声，好像离得很远，又好像就在屋里。

起初他以为是楼下的小孩又在练琴，后来大脑逐渐清醒，才听出是家里的洗衣机在响。

音乐声停了。

他听见拖鞋与地板摩擦的沙沙声，洗衣机盖被拉开，布料抖动，然后那脚步声往阳台去了，晾衣架吱吱呀呀地被摇下来。

其实那些声音都很轻，只是在失明之后，他的其他感官变得十分敏感，难以不引起注意。

陆明晖慢慢坐起来，双脚在地上踩踏，有些笨拙地找到拖鞋，然后凭直觉摸索着走出房门。

事实证明直觉往往不靠谱，房门的位置，比他判断中的偏移了几厘米，导致他稍稍磕碰了下。

倒是不疼。

他摸到一条软软的玩意儿，双手贴着门框一侧摸索了一会儿，意识到那应该是防撞条。

他又摸了摸另一侧，也贴了防撞条。

陆明晖有些愣怔。

这时，他听见一个清甜、柔软的声音在右前方响起：“你醒了？”

女孩子的语气里，透着小心翼翼的讨好：“你渴不渴？要不要喝点热水？”

她的声音悦耳动听，甜美却不做作，柔软而不黏腻，一字一句落在心尖上，像一双温柔的手，抚平他即将暴起的坏脾气。

陆明晖想起她是谁了，皱着眉问：“你怎么还没走？”

师音有些无措地站在原地。

陆明晖不愿接受前女友的施舍，却不得不承认，眼下自己确实需要一个护工。他心烦意乱，扶着头往沙发那边走，没再继续纠结师音的存在，说道：“算了，帮我倒杯热水，再把药拿过来。”

师音如蒙大赦，转身去倒热水。

只是她不知道拿哪一种药，他的药太多了，既有胶囊，也有冲剂，花花绿绿一堆药盒，让她有些发蒙。

幸好用药清单上有标注说明，她认真研究了一会儿，对陆明晖说：“吃药后可能会犯困嗜睡，要不先吃点东西再吃药？现在正好是晚饭时间。”

陆明晖没什么食欲，眼睛疼，连带着整个前额都隐隐胀痛。

“点外卖吧。”他把手机递过去。

师音接过他的手机，手心沉甸甸的。他的手机要比她的大上一圈，外壳上还带着他的体温，这样握着，仿佛被他的手掌覆盖似的。

一些奇奇怪怪的念头飞进脑海，她微微脸红。

“你想吃什么？”师音轻声问他。

“不知道。”陆明晖扶着前额，“你念给我听。”

师音温暾地点头：“哦……那你想吃米饭还是面条？或者带汤水的套餐？饺子、馄饨能吃吗？”

她的声音很好听，再简单的字眼从她嘴里念出来，也会像音符一样悦耳。陆明晖听了一阵，渐渐忘了她念的是什么，不过，头好像不那么疼了。

最后，他听见她说：“吃这个吧，好不好？”

陆明晖随意点了下头，说：“好。”

点完外卖，陆明晖没有拿回手机，而是让师音帮他查看了社交 APP 上的消息。

他朋友多，未读消息积累了不少，大多数人不知道他出了车祸，发的消息仍然是文字的，只有几个同事发来语音消息，不过那些语音太长，陆明晖不耐烦听完，就叫师音掐断了。

师音柔声问他："需要给他们回消息吗？"

"不用。"陆明晖向后仰靠，一只手臂搭在前额上，试图缓解疼痛。

师音轻轻地把手机放在他的右手边。

"你拿着吧。"陆明晖淡淡道，"反正我这个样子，也用不了手机。"

师音想了想，声音轻轻地说："手机里有一个盲人模式，需要进辅助功能里，叫 Voice Over……"

砰！！！

她的话还没说完，他一脚踹翻了茶几。

杯子连带着热水一起摔在地上，砸得稀巴烂。

师音被他吓到了，惊惶地看着他。暴怒的男人面色阴沉，胸口急剧起伏，两只手死死攥成拳头，手背上鼓起一条条青筋，十分骇人。

他整个人充满了暴戾与愤懑，像一个被逼到死角的暴徒，恨不得与这个世界同归于尽。

一瞬间，师音几乎以为他可能会向自己动粗。

然而下一瞬，他又像泄了气的气球，无力地重新陷入沙发里。

情绪稳定之后，男人苍白的脸上只剩下无限的颓然与落寞，他哑哑地笑了一声，带着几分自嘲的口吻："抱歉啊……我刚才，是不是有点吓人？"

明知他看不见，师音还是用力地摇了摇头："没有，是我不好，不应该提……"

不想再提"盲人"那两个字，她改口道："以后我帮你保管手机。"

她弯腰将茶几扶起来，擦干上面的水渍，然后拿了清扫工具，收拾地上的玻璃碎片。

整个房间安安静静的，只有她忙碌时发出的那一点点细碎的声响。

陆明晖什么也看不见，心却不知怎么就渐渐平静了。

他沉默地坐在沙发上，良久，出声问她：“你叫什么名字？”

师音的动作顿住。

她十二岁时就认识他，至今已经十年，这是他第一次问她的名字。

“师音。”她顿了顿，告诉他，“我的名字，叫师音。”

他没有听出她语气里的郑重，淡淡道：“我叫陆明晖，以后你的费用我来支付，工作时间是几点到几点？”

师音想了想，斟酌着回答：“早上八点……到晚上八点，可以吗？”

他随意点了下头，对这个时间段并无意见，而后抬脚躺上沙发，没有再说话。

师音看他一会儿，继续收拾屋子。

为什么会留下来，她自己也说不清。明明只要他的女朋友一个电话打过来，她的谎言就会被戳穿，可她还是留了下来，打扫卫生，准时订饭，照顾他的衣食起居。

刚开始很难。

——吃饭无法使用筷子，倒水控制不了水位，刷牙挤不好牙膏，电话响起来，如果没有师音帮忙，他总会不小心挂断。

他仿佛从一个事业有成，前途光明的成功人士，变成什么都不会的小孩，且还是一个阴晴不定，喜怒无常的小孩。

下午，师音在厨房洗碗，他走到餐桌边给自己倒水，杯子里的水溢出来，他浑然不觉，直到溢出来的水顺着桌子的边角滴到地板上，他才意识到水杯满了。

这样一件小事，也不知怎么就激怒了他。

他摔坏了水壶，砸碎了玻璃杯，又怒不可遏地踹了一下餐桌，之后回到房间，再也不肯喝一口水。

直到师音端着水杯进屋，告诉他该吃药了，他才吃下药片，喝了半杯水。

陆明晖对这些药片毫无抵抗力。

它们不仅止疼，而且可以让自己昏睡，带他暂时脱离这个该死的世界。

师音担心他过于依赖，一直小心翼翼地把控着药量，不敢让他多吃。

晚上，他不习惯师音离开后屋子变得过于安静，打开电视想听点声音，可是电视机里的广告的声音只让他感到烦躁。

他想换频道，却按到了音量键，一瞬间电视机音量陡升。那尖锐的噪音刺痛他的耳膜，也刺痛了他的大脑。暴怒之下，他将遥控器狠狠扔了出去，砸向那该死的噪音来源处。

然而除了啪的一声响，噪音仍然在四周回响！

他暴跳如雷，却又无计可施，砸了手边能够碰到的所有物件，最后不得不像可悲又可笑的困兽一般跪趴在地上，找那该死的遥控器。

遥控器，找不到了。

地上的碎玻璃划伤了他的手，或许还有腿，巨大的挫败感笼罩着他，人生仿佛只剩下绝望，痛苦，还有看不到头的黑暗……

午夜一点半，师音带着满身疲惫下班回家，刚出电梯，就听见了嘈杂的电视声从左边传来。

她的脚步不禁顿住。

这个时间，陆明晖应该休息了才对，为什么还在看电视？

就算在看电视，也不该这么大的声音。

到底不放心，她抿着唇走到门前，仔细听了听，终于鼓起勇气，打开大门的智能密码锁。

说起来，他家的门锁也该换了，最好换成传统的防盗锁，或者指纹密码锁，方便他自己使用。

不过陆明晖对这类事情一直很敏感，他连盲杖都不愿意用，如果她提议要换门锁，说不定又会惹他发一顿脾气。

他的脾气……是真的好差啊！

师音打开门，看见客厅里一片狼藉，愣怔在原地。

——茶几倒在一边，碎玻璃片铺了满地，展示柜的玻璃门破了好几处，里面的飞机模型七零八碎，有的折了翅膀，有的掉了轮子。

师音看着这一切，几乎不用多想，就知道他又在家里狠狠地发了一顿脾气。

心里有种说不出的酸楚，她替他难过。

身为天之骄子的他，此刻是否感到全世界都在与自己为敌？哪怕一个小小的遥控器，也能轻而易举地嘲弄他到如此地步。

她捡起被摔到墙角的遥控器，按下关机键。

乱哄哄的客厅瞬间安静。

静得如同时间停止。

她弯下腰，蹲在地上，仔仔细细拾起那些大块的碎玻璃。

身后吱呀一声，卧室的房门打开。

师音扭头看去，陆明晖站在房门口，面朝她所在的方向，问："已经八点了吗？"

师音的心狠狠一抽，那股酸楚搅得她心里愈发难受。

他在等她。

因为他区分不了白天黑夜，所以听见她来了，便以为现在已经是早上八点了。

"没有……"师音压抑住喉咙里的苦涩，低声回答，"快两点了，你该睡了。"

他不为所动，站在原地问："你怎么这个时候来了？"

师音随口编了个理由："我有东西落在这儿，所以过来拿。"

"这么晚了，一会儿怎么回去？"

"没事……我家就在附近。"

她起身扔掉碎玻璃，牵着陆明晖回房，看见他的手上有几道红痕，又去拿了消毒酒精和药棉，帮他处理伤口。

陆明晖沉默地坐在床边。

发狂时他像暴戾的野兽，而现在，他温顺如羊羔，任由师音摆弄自己的双手，一点声音也没有。

床单上的斑斑血迹，应该是他伤口渗出的血。

师音给陆明晖包扎好伤口，然后换了干净的床单，又端来一杯温水，让陆明晖喝了睡觉。

陆明晖端着水杯，沉默一会儿，低声说："师音，把药拿给我。"

师音犹豫地回道："你的药一天三次，今天已经吃过三次了。"

"师音……"陆明晖的嗓音沙沙的、柔柔的，像在讨好她，"把药给我吧，不然我睡不着。"

师音咬住下唇，仍然有些不愿意。

"睡不着的话……"她纠结地想了想，想到一个主意，"我念诗给你听，好不好？"

陆明晖愣住："念诗？"

不等他反应，师音已经转身跑去客厅。他听见她从沙发上拽起书包，拉开拉链，哗啦一声，然后纸页翻动的声响随着脚步声靠近，最后停在他面前——

"来，你躺好，我念诗给你听。"师音说。

陆明晖迟疑了片刻，最终还是乖乖躺下，心里也有些好奇，不知道她会念什么诗给他听，又或者，是网络上的新段子？念诗？两只老虎那种儿歌吗？

她念道：

"一群小小的鱼，游进我的血液，我等待着，血液和身体的变化。

由于鱼，我的血管变得蔚蓝，我的皮肤，也变成大海的颜色。

一个体内藏着鱼，藏着大海的人，心灵，也变得像大海无边无际。

我仿佛感到，眼睛深不可测，睫毛上，栖息着一群海鸥。"

陆明晖："……"

本以为前面只是在装腔作势，最后一句肯定会抖机灵，现在一首诗完完整整地念完了，真的只是诗而已。

是一首不错的诗。

"你写的？"陆明晖问。

师音笑起来，声音柔柔的："不是，是王宜振的童诗，写得很美，我从小就很喜欢，还有这首……"

她翻过几页，再次念道：

“当你成为，一只鸟，

不要担心，你会飞不远。

我会，随之成为空气，为你扶着，整个翅膀。

当你成为，一颗星，

不要担心，你会落下来。

我会，随之成为大地，为你托起，整个天空。”

诗很美，声音也美。

陆明晖安安静静地听着，不知不觉，嘴角微微翘起来。

他很难想象，一个女孩子会这样郑重其事地坐在床边给他念诗——怪有意思的。

师音停下来，有些小别扭地问：“你笑什么呀？”

陆明晖：“我没笑。”

“你明明笑了……”师音抿了抿唇，低声说，“你要是不喜欢听，我就不念了，我给你找一段助眠的轻音乐吧。”

陆明晖说：“你念吧，我不想听音乐。”

“哦……”师音翻了翻自己的小册子，“阿多尼斯的诗你听过吗？”

“没有。”

“他有很多诗，我最喜欢这一句——我向星辰下令，我停泊瞩望，我让自己登基，做风的君王。”

比起童诗，师音觉得阿多尼斯的诗更适合陆明晖，恢宏，磅礴，充满力量。

“世界让我遍体鳞伤，但伤口长出的却是翅膀。

向我袭来的黑暗，让我更加闪亮。

孤独，也是我向光明攀登的一道阶梯……”

她一字一句地念着，不知是因为诗歌本身，还是夜色深沉，她的声音比平时更温暖、更柔软，仿佛天生具有抚慰心灵的魔力。

陆明晖的呼吸渐渐平缓，困倦袭来，头脑也昏昏沉沉。

师音轻轻合上书页。

“晚安。”

这晚之后，两人的关系隐隐有些变化，除了争执止痛药究竟该吃多少之外，又多了一个诗歌的话题。

有时陆明晖心情好，会故意逗她。

她给他念诗：“月亮呼吸时，会吐出那，温柔又温暖的，月光。”

他便说：“师音满意时，会吐出那，陆明晖最渴望的，药片。”

气得师音想打他。

然后师音生气地表示，自己再也不会限制他的止痛药了，随便他吃去吧！

没人管制了，陆明晖心里竟有些失落，摸到桌上的药瓶倒出药片，吞了两粒，却是酸酸甜甜的味道。

他知道自己被耍了，顿时好气又好笑，站在桌边故作气愤地大吼：“师音，你给我过来！”

她躲在客厅里，只有笑声传过来。

陆明晖踢了下桌子，砰的一声，然后踉跄着摔倒。

她果然很快跑进房间，扶住他的臂弯紧张地问道：“你没事吧？”

陆明晖如恶狼般扑来，紧紧抱住她，发出恶作剧得逞的大笑：“看你还往哪里躲！”

师音轻叫一声，被他压在身下，不能动了。

两个人，谁也没说话。

就像冥冥中知道即将发生什么，在这一瞬间，他与她都选择了沉默。

师音下意识地屏住了呼吸。

没有羞涩或紧张，因为大脑一片空白。她闭上眼睛，感觉到温热的气息拂过面颊，然后他的吻就这么轻轻落了下来……温情，轻柔，也短暂，唇与唇软软地触碰，而后分开，让她一时分不清，这究竟是一个吻，还是一次意外的亲密接触。

陆明晖的手指，陷进她散开的长发里，他有很长时间没有说话。

良久，他低声问她："摔疼没有？"

师音这时才找回一点知觉，脸开始红了，心开始乱跳，她撑着手肘起来，努力让自己当作一切不曾发生，语气尽可能平静地回道："没摔疼。"

陆明晖扶她起来，两人手握着手，暧昧萦绕，静默里透着一丝尴尬。

后来门铃响了。

师音如梦初醒，像被烫到似的抽出自己的手："我、我去开门！应该是外卖送到了……"

她小跑到门边，打开门接外卖，然后和往常一样把饭菜提到厨房，再按照陆明晖的饭量，把饭菜合在一个碗里。

此外，她还需要挑出菜里的姜片和花椒，或是他不爱吃的其他配菜，再盛一碗温度合适的汤，最后将它们全部端到餐桌上——

"吃饭吧。"

师音进卧室牵着他出来，细心地拉开椅子。

陆明晖坐下来，手里被师音塞了一把饭勺，他用另一只手摸到碗的边缘，然后扶着碗默默吃饭。

这个时候的他，看上去总是很乖，浓密的黑发因为长了显得有些乱，手里拿着大饭勺又显得有些孩子气。师音看着陆明晖，觉得他此刻是独属于她一个人的大男孩，仿佛时光倒流，他们回到了校园，褪去成熟，重回稚气，他站在阳光下，冲她张扬且得意地笑："小同学，别害怕。"

师音想起往事，嘴角不知不觉翘起，有些甜蜜。

"你一会儿吃什么？"陆明晖吃着饭，忽然问道。

师音想了想："……昨天你说想吃煎饺，外卖送到又不想吃，我准备一会儿把煎饺热一热吃掉，不然浪费了。"

陆明晖皱眉："谁知道他们家的煎饺里有大葱。"

师音笑："还好啦，葱味不是很明显。"

陆明晖哼了哼："反正我不吃大葱。"

"行，不吃就不吃嘛。"师音像哄小朋友一样哄他，"今天的菜里没有大葱吧？全是按照你的口味点的。”

陆明晖继续吃饭：“……嗯，今天还可以。”

“晚饭呢？想吃什么？”

“随便吧。”

“你每次都这么说。”

聊了几句话，气氛恢复如常。

刚才那个意外的亲吻，仿佛只是一场不真实的梦。

饭后，师音打开电视，调到陆明晖最喜欢的频道，然后开始做家务。

陆明晖懒洋洋地靠在沙发上，听着电视里主持人说着哪里发生了凶杀案，哪里发生了车祸，哪里的黑心老板搞假冒伪劣商品……世界总是如此不平静。

他只听了一会儿，注意力就慢慢飘到了别的声音上面。

听见洗碗声，他说：“晚上再洗吧，反正吃完晚饭也要洗。”

听见洗衣机声，他说：“周末再洗也一样，又不是没有替换的衣服。”

听见她呼哧呼哧拖地，他皱着眉道：“早上刚用吸尘器吸过一遍，能有多脏，你歇会儿吧。”

师音握着拖把，好笑地说：“吸尘器又不是万能的，你不要闹我。”

陆明晖终于安静了一会儿。

后来闻着厨房里的香味，他又问：“什么东西这么香？”

师音的声音从厨房那边传过来：“我把煎饺重新煎了下。”

陆明晖说：“我也要吃。”

“你不是不吃葱吗？”

“葱味好像不明显。”

师音真的快被他打败了。

她把煎好的饺子端过来，配上酸辣酱，两人坐沙发上干掉了整整一大盘。

陆明晖问她：“吃饱没有？要不要再点一份外卖？”

师音靠在沙发上慢慢摇头："不要了，有点撑。"

陆明晖笑话她："小鸟胃。"

师音很娇气地哼了声："吃多了会胖的。"

这话说完，她的心突突跳了两下，又不自在地摸了摸脸，没想到自己会在陆明晖面前说出这种近似小女孩撒娇的话。

她怎么会跟他撒娇呢？

陆明晖好似没察觉，问道："真的不再吃点东西？我怕你一会儿又饿。"

师音想了想："还是不了，有点腻……我去切点水果吧。"

冰箱里有杧果，西瓜和甜瓜。

她起身去厨房，把每样水果都切了一些，削皮去核，新鲜的果肉被切成均匀的块状，装进带花纹的玻璃碗里，缤纷又漂亮。

可惜陆明晖看不见。

遗憾的心情只持续了几秒，很快被甜蜜取代，她捧着水果回到沙发边，和陆明晖一起，边看电视边吃水果。

新闻资讯已经结束了，现在电视里在播放一部好莱坞电影，上演着激烈的枪战。但是陆明晖兴致缺缺，"看"电视于他而言不过是打发时间，没多久就有些昏昏欲睡。

师音轻轻问他："我扶你去床上睡？"

"不用，床上反而睡不着。"陆明晖的嗓音慵懒无力，"我稍微躺一会儿就好，你接着看吧。"

师音帮他在身后垫了一个软软的靠枕，然后继续看电影。

她经常一个人看电影，不过枪战片看得少，本以为自己会不感兴趣，没想到看进去了，还挺有意思的。

只是音量好像有点大，人物对话时还好，一掏出枪就砰砰响，也不知道会不会吵到陆明晖睡觉。

师音想调小音量，左右望了望，没瞧见遥控器。

她下意识地起身，以为是自己压到了，但是也没有。

奇怪……

难道是掉到沙发下面了？

这时，电视里传来女主角激动的呼唤声——整部片子讲的是男主角如何英勇无敌地救出女主角，此刻正好演到了关键处，两人相拥在一起，然后……

师音脸一红，视线偏移到旁边。

如果只有自己一个人倒也没什么，偏偏陆明晖就在她旁边，哪怕他睡着了，感觉也有点尴尬。

师音抿了抿唇，看了看茶几，又翻了翻电视柜下面的抽屉。一无所获后，她小心翼翼地趴下来，跪在地板上，眯着眼查看沙发底下。

还是没有。

电视里那两人的动静倒是越来越大，尴尬得她脚趾快要抠破拖鞋，也不知道外国人为什么这样奔放，亲个嘴没完没了，还时不时发出吧唧嘴的水声，听得她又羞又窘，快急死了！

师音爬起来，绕着沙发找了好几圈，又去卧室和厨房里找，怎么也找不到遥控器。

“扑哧……”

头朝里睡在沙发上的男人发出一声闷笑。

师音错愕地望过去，瞧见他靠枕下面掩着一抹黑色，顿时恼羞成怒："陆明晖，你又故意气我！"

陆明晖笑得肩膀颤抖，转过身来，辩解道："我都睡着了，怎么气你？太冤了吧。"

明知道他看不见，可是师音一想到自己刚才急得满屋乱转，还趴地上找遥控器，就气得话也说不清了："你……你、你根本没睡！你把遥控器藏起来，不让我找到！"

"音音，天地良心，遥控器是你帮我放靠枕的时候，你自己正好压到的。"陆明晖故意逗她，把遥控器从靠枕下面摸出来，晃了晃，"你要遥控器做什么？电影不好看吗？"

"不、不好看！"师音把遥控器夺过去，"我要换频道！"

她飞快地换了几个频道，停在儿童频道，赌气道："我要看这个！"

陆明晖笑着说："音音有一颗童心。"

师音咬唇瞧着他脸上那捉弄人得逞的坏笑，便觉得他真是太坏了！

太坏了！

儿童剧到底不适合两个成年男女看，可是师音的气还没消，倔强地不肯换台，反正她还可以玩手机，不会觉得无聊。

陆明晖可能更难熬一些。

师音有些幸灾乐祸，心想谁叫你欺负人呢？

只是，她到底心肠软，玩了一会儿手机，就频频偷瞄陆明晖，观察他脸上有没有不耐烦的迹象。

失明之后他变得易怒易躁，一整天漫长的时间也没个消遣，偶尔看一次电视，还被她调到了儿童频道……这么一想，师音又开始为自己幼稚的报复感到后悔了。

她伏低身体，凑近陆明晖。

他侧身躺着，一动不动，呼吸声平缓而悠长，竟不知什么时候睡着了……

一定是电视节目太无聊吧？

师音有点忍俊不禁，觉得他……好可爱。

想想自己也真是奇怪，被他欺负了，还觉得罪魁祸首可爱。

可是，她又怎么会真的记恨他呢？他是她的晴天，是她的太阳，光芒万丈，驱散她那段青春岁月里的晦暗与阴霾。

师音离他更近了一些，柔软的唇轻轻吻在他的脸颊上。

这是一个静谧的吻，没有小鹿乱撞般的心跳，也没有面红耳赤的紧张，只有无限柔情与深深爱意……

2. 喜欢你

时间，总是比自己预料中的过得更快，明明一整天都腻在一起，分别时仍然会依依不舍。

担心他独自在家会孤单，也担心他需要帮忙时身边没人，可是她有自己的工作要做，不能二十四小时陪着他。

“药放在床头柜了，最多两颗，不许吃太多，保温水壶在餐桌上，里面是兑好的温水，可以直接喝。如果晚上饿了，柜子里有面包，还有一些饼干和糕点，都是今天刚买的……”

师音一边交代，一边看时间，快八点了，她真的该走了。

“要不然再请一个夜间护工吧，这样你晚上有事，身边也能有人照应……”师音在门口穿鞋，觉得这件事有必要跟陆明晖商量一下。

“师音。”陆明晖忽然问她，“你为什么会做护工？”

师音愣住，没料到他会问这个。

陆明晖：“护工里很少见你这样年轻的女孩子。”

师音不确定他只是随口问问，还是发现了什么破绽，张了张嘴，迟疑地说：“我……我是兼职……”

“你的本职工作是什么？”陆明晖问。

师音想了想：“……配音，我有时会给人配音，但是收入不稳定，所以……兼职做护工。”

这不算撒谎，她除了在电台做夜间主持人，白天偶尔会接一些配音的单子，只是最近为了照顾他，能推的活全都推了。

“你知道我的职业是什么吗？”陆明晖又问。

师音感到疑惑，陆明晖今天的问题一个比一个奇怪。

她小声回答：“知道。”

“我的眼睛现在看不见，即使将来治好了，可能也不会继续做那份工作了。”陆明晖低声说道，“不过我在朋友的公司里有一些股份，我还有几处房产和保险赔偿金，存款也有一些，短期内不会有经济压力，师音，你能不能……”

他缓了缓，像是用了很大勇气，摸索着碰到她的手，牢牢握住。

“能不能，和我在一起？”陆明晖问道。

师音的脑袋突然嗡的一下，停止思考。

她答非所问，愣愣地回道："我长得不好看。"

陆明晖握着她的手，一点一点把她拉近，然后他的手慢慢往上移。

他能感觉到，自己的手掌心里有一个可爱的女人，她有着纤细的胳膊，有着圆润的肩头，有着修长的脖子，再往上……她的脸颊，耳垂，长发，处处都惹人怜爱。

他试着用手指去描摹她的五官，脑海中却难以形成具象的形态，只是随着每一下描摹，指腹与柔软肌肤相触，仿佛带出密密麻麻的电流，从神经末梢一路直达心底，激荡着他的心脏一阵猛跳。

"好看。"陆明晖道。

他搂住她的腰，低头亲吻她的前额，再次说道："我觉得，很好看。"

师音有些无措，随后他的吻落在她的眼帘，脸颊，嘴角……他吻住她的唇，唇齿间一瞬升温，明明在温柔地与她交缠厮磨，掌心却更用力地压着她，像个暴君似的想要将她揉进自己的身体。

漫长的缠绵快让她窒息，后来他终于松开她，双手仍箍着她的腰，喑哑的嗓音带着烫人的温度，问她："音音，有没有接吻的诗？我想吻你……很想吻你……"

师音的目光一片迷蒙。

她以为自己会失去思考能力，谁知，脑海中竟真的冒出一首诗——

一闭上眼

世界便远远离去

只有你温柔的重

永远在试探着我

沉默化作静夜

如约降临于我们

……

我们互相寻找

然后，在迷失了自己的时候

我们找到了彼此

……

缠绵的结果是，师音差点迟到了。

她的节目是晚上十点到午夜十二点，但是主持人需要提前到场。一是因为要提前熟悉稿子，万一稿子有问题也好及时修改；二是因为偶尔会连线特殊嘉宾，也需要主持人提前准备。

以前师音总是不到八点就到了，现在却越来越晚，领导有些不满意，逮着她今天差点迟到的事，批评了几句。

师音低着脑袋，乖乖听领导训话。

虽然挨批评了，她的心情却仍是飞扬的，脑海中时不时浮现两人厮磨的情景，便像偷吃糖果的小孩，抿着一嘴蜜似的甜，又不敢叫人知道。

下班时，女同事笑着问她："师音，你是不是谈恋爱啦？"

师音愣了愣。

对方又调侃道："你今天的声音快甜死个人啦。"

师音不好意思地摸摸脸，细声解释："可能是因为快发工资了，心情比较好吧。"

同事没有疑心，朝她摆了摆手："下班啦，我要走了，你也早点回家休息。"

师音："嗯，明天见。"

等同事走了，师音忍不住再次捧住自己的脸，傻乐了一阵："我谈恋爱了？……我恋爱了……我……恋爱了……"

和我最喜欢的人，恋爱了。

这是一件多么好的事啊！

第二天，师音早早起来，下楼买早饭。

她实在太开心了，尽管只是一个平平无奇的早晨，她却萌生了想要庆祝一番的念头。于是买完早饭之后，看见旁边一家花店正好开门营业，她便走过去，兴致勃勃地挑选。

花店早上刚来的货，品种丰富又新鲜，师音越挑越多，不知不觉到了八点，她看到时间吓了一跳，担心陆明晖等太久，急忙付了钱，抱起自己买的一大把花匆匆往回赶。

进门后，她先把早餐和鲜花统统放到桌上，卸下所有负担，才去玄关处弯着腰换拖鞋。

起身时她被男人冷不丁地搂进怀里，没等她反应过来，人已经被抵在了墙上，他的吻也随之落下。

起初他没找准位置，吻在她脸颊上，后来又报复性地辗转到她的耳郭，略微用力地咬了一口。

师音发出一声轻吟，男人的身体瞬间绷紧，低头封住她的嘴唇，呼吸交缠着，近乎放纵的厮磨。

过了很久，终于结束，陆明晖用双手环住她的腰，下颚抵着她的发顶，低声抱怨："你迟到了。"

师音的脸红扑扑的，因为这个猝不及防的吻，她能感觉到自己的心脏还在怦怦乱跳。

"迟到了吗？我……我不知道啊……"她红着脸微微挣开他，又被更紧地搂住。

陆明晖道："新闻八点钟开始，已经播了至少五分钟。"

师音忍不住想笑："才五分钟嘛……"

"不行，我一分钟也等不了。"陆明晖表现出稚气的一面，抱着她亲了又亲，像一个霸道的大男孩对所有物宣示自己的主权。

师音被他亲得直笑，偏又推不开他："哈哈……好痒，你别闹我。"

陆明晖说："今天你身上好香。"

"不是我身上，是我买了花……"师音突然轻叫了声，"哎呀，我忘记买花瓶了。"

她赶紧脱下拖鞋，重新穿上自己的软底单鞋，轻轻推了推陆明晖："你去吃早饭吧，我下楼买花瓶，马上回来。"

"你又要走？"陆明晖皱紧了眉头。

"很快就回来，就在楼下。"师音笑着说，"我保证不超过十分钟，好不好？"

陆明晖抱着她，不想分开。

沉默片刻，他说："我和你一起去。"

师音愣住了。

这是陆明晖失明之后，第一次主动提出要去外面。虽然只是去一家离家很近的花店，但仅仅出门这件事，对一个看不见的人而言，就需要巨大的勇气。

现在，陆明晖愿意为了她，去外面……

师音心中有些感动，也为他肯迈出这一步感到高兴，双手握住他的手，温柔地说："那我帮你换一身衣服，好不好？"

陆明晖自己会穿衣服，但是需要师音帮他挑选款式和颜色。他穿了最简便的运动长裤和T恤，然后戴上一副墨镜，问师音："这样可以吗？"

师音端详着他的脸，"嗯……头发好像有点长了，你等一下。"

她在陆明晖的衣帽间里翻了翻，找出一顶鸭舌帽，踮起脚尖，戴在他头上。

"现在好了。"师音拉住他的手，嗓音甜甜地说，"好帅的。"

陆明晖嘴角微翘，又想亲她了，抬手触摸到一层薄薄的布料，愣了愣才意识到那是口罩。

"戴口罩做什么？"他问。

"噢……我有点花粉过敏症，戴口罩以防万一。"师音胡编了一个理由。

陆明晖皱眉道："有花粉过敏症还买花做什么，扔掉。"

师音心里咯噔一下，结结巴巴地解释："也没、没那么严重，在家里摆一些花花草草，心情会好嘛……"

她真后悔，感觉像搬石头砸了自己的脚。

陆明晖隔着口罩摸摸她的脸，不放心地问："真的不要紧？"

"嗯，花粉过敏是小时候的事了，后来觉得这样比较卫生，还能防晒，慢慢就习惯出门戴口罩了。"师音胡乱地扯着理由。

陆明晖终于不再追问，说："戴着也好，最近几天会降温，免得被传染流感。”

师音松了口气，一只手拿上包包，另一只手挽住陆明晖的臂弯，笑着道：“那我们出门吧。”

陆明晖微微抿了抿唇：“走吧。”

师音能感觉到他的紧张。

这确实不是一件容易的事。

但是接触外面的世界，保持一定的运动量，对他的身体很重要。他不能一直把自己闷在屋里。

师音让自己尽可能地保持在发声的状态，告诉他该右拐了，告诉他进电梯了，告诉他再走几步有台阶……以免静默加剧他内心的不安。

“有辆电动车过来了，速度有点快，应该是赶着去上班……前面有两个人在遛狗，狗狗看上去小小的，但是好凶哦，一直在叫，还好都牵着绳子……我们快出小区了，去花店需要过马路……这里是人行道，有一级台阶……共享单车摆得真乱，我们绕一下……”

陆明晖低低地笑了笑，说：“音音，你不停地说话，不口渴吗？”

师音：“啊？”

“放心，我没那么脆弱。”他握住臂弯间的那只小手，低声道，“只要你别松手。”

师音有点害羞，总觉得他好像在说情话，撩得她心里一阵阵地发热。

她逞强似的掩饰自己的羞涩，用故作抱怨的语气说：“你是不是嫌我太吵？”

陆明晖低笑出声：“怎么会？我还想让你录一份语音导航，以后我开车的时候，就能听见你在我耳边说——请沿当前道路继续向前行驶，前方有限速监控，限速六十公里，音音将持续为您导航……”

“你讨厌！”师音踮脚去捂他的嘴，娇滴滴地发脾气，“不许学我的声音！”

陆明晖：“哈哈哈……”

一对母女与他们擦肩而过，背着卡通书包的小女孩问妈妈：“那个大哥哥和大姐姐，是不是在谈恋爱？”

母亲尴尬地牵着孩子往前走：“快迟到了，别磨蹭。”

师音满面通红，扭头埋进陆明晖怀里，捶他胸口：“都怪你！”

陆明晖笑得更大声了。

每一天，师音都会给陆明晖带早餐，然后两人一起去花店买花。

有时是一束非洲菊，有时是几株向日葵，有时是一捧香槟玫瑰……无论买什么花，师音总会习惯性地买一些满天星，粉色、紫色、蓝色，簇拥在主花旁边，装点房间，让家里洋溢着幸福与甜蜜。

陆明晖另外请了一个家政阿姨，每天过来三小时，做饭洗衣打扫卫生，效率之高让师音叹为观止，专业和业余果然是有差距的，那些活换她来干，得干一整天呢。

难怪陆明晖总抱怨她没时间陪他。

现在有时间了，两人天天腻在一起，看电影，听歌剧，在小区花园里散步，并认识了小区里大部分野猫。

他们还会接吻。

在深夜寂寥的树下，在余晖映照的窗边，在柔软的沙发上……在门边时最多，因为每次离别总会难舍难分。每到晚上八点，陆明晖总会有种送走灰姑娘一般的错觉，仿佛一过那个时间，经过那扇门，就再也抓不住她了。

灰姑娘至少会留下水晶鞋，他真想从师音身上也留下点什么，却又担心……担心暴露自己内心与日俱增的占有欲，吓到他可爱的姑娘。

亲吻，渐渐变得急剧而激烈，他的手禁锢着她的腰，嘴唇封住她的唇舌，不容她有任何躲闪，只能一心一意地与他接吻。

师音觉得肺腑间最后那一点氧气也要被他吸取干净，身体的挤压让她感到灼热，腰间摩挲的手掌也带着烫人的温度。她头脑昏涨，四肢发软，像狂风骤雨中一叶可怜的小舟，受尽风雨洗礼，却又依恋着风雨，盼着它们将她带去远方。

……但最后关头，陆明晖像往常一样克制住，为她整理好衣服，然后温柔地拥着她，说：“舍不得你走。”

师音的心像在云端上飞扬。

她好喜欢他，越来越喜欢他。

她踮起脚尖，亲亲他的下巴：“我明天早点来。”

时光，在不知不觉间溜走。

师音拿着签字笔站在日历牌前，看了一会儿，在某个日期上画了一个圈圈，说：“明天是复诊的日子。”

这次复诊，或许会决定陆明晖今后能不能复明。

她有些紧张。

陆明晖虽然没表现出什么情绪，但她知道，他一定比她更紧张。

师音扭头看向沙发上沉默的男人，想了想，说：“我们去理发店理一下头发吧？胡子也该刮了。”

陆明晖嫌麻烦，微微皱了下眉，说：“戴帽子去好了。”

“戴着帽子你让医生怎么做检查呀？”师音好笑地劝他，“头发真的太长了，去理发吧。”

陆明晖坐在沙发上不动，不乐意去。

师音猜他不喜欢理发店的环境，毕竟那地方嘈杂，而且人来人往，说不定还会有人用好奇的目光打量他。

别说陆明晖，就连师音也会接受不了。

“我给你理发吧。”师音说道。

陆明晖嘴角翘起：“好。”

“你不问我会不会理发？”师音笑道，“说不定给你剪个‘狗啃头’！”

陆明晖坦荡地回答：“大不了剃光头，反正我不去理发店。”

师音无奈地笑笑，转身去卫浴室拿剪刀和毛巾。

她自认为手艺还可以，因为脸上的胎记，她从小很少去理发店，头发长了她就扎辫子，需要改动刘海就自己剪一剪，让她剪出一个发型有点困难，但如果只是在原有基础上修短一点，应该没问题。

师音把毛巾围在陆明晖脖子上，说：“你坐着别动，我给你修一下。”

“不用打湿头发？”

“不用，等我修好了，再给你洗头发。”

陆明晖依她的话坐好，像乖乖的小学生，一动不动。

他能感觉到，师音握着梳子和剪刀在他脑袋上忙碌，有时这里梳一下，有时那里剪一下。偶尔有碎发落在他眉间，她轻轻吹了吹，温柔极了。

窗外有阳光照进来，他看不见，但是觉得暖洋洋……

两人全程都没说话。

约莫过了二十分钟，他听见她如释重负地呼出一口气，声音里透出笑意：“剪好啦，我去调水温，你去洗洗头，再冲个澡吧。”

“好。”陆明晖笑着答道。

师音走进卫浴间，打开玻璃浴房里的淋浴喷头。

水温逐渐变热，她用手试了试温度，觉得合适了，转身准备叫陆明晖过来，却不慎带动了喷头连接的不锈钢软管——

“呀！”

淋浴喷头掉下来，瞬间浇了她一身水。

“怎么了？”陆明晖的声音有些紧张，“音音，烫到了吗？”

“没……我没事……”师音被水蒙了眼，抓了两下才关上水龙头，她把喷头从地上捡起来，身上衣服全湿了。

眼前忽地一暗，她抬头，看见陆明晖高大的身体堵在门口，眉头紧皱，带着担忧。

“真的没事，就是衣服被水打湿了。”师音重新打开淋浴喷头，又将喷头挂好，说道，“你过来洗洗吧。”

陆明晖站在卫浴室的门口，没有要让开的意思，语速缓慢：“要不要……一起洗？”

师音脸颊微红，喃喃道：“你在说什么呀……”

陆明晖不自在地侧过脸，低声说：“反正我又看不见。”

师音：“……”

师音轻轻推了他一把，红着脸抱怨：“你看不见，可是我看得见啊。”

陆明晖笑：“看见就看见，反正我不像某人小气，我大大方方地给人看。”

师音想笑，又不想笑声被他听见，她轻轻咬了一下唇，踮起脚尖去掐他的脸颊：“哼，你才小气！”

陆明晖搂着她的腰，任她掐自己，哄道：“还是洗一洗吧，湿衣服穿在身上不难受？”

师音在他怀里扭了扭，稍稍拉开一些距离，怕把他身上也弄湿：“没事，我回去换一身衣服就好了。”

“那你回家路上怎么办？就这么穿着湿衣服回去？”陆明晖问。

师音心想：我家就在隔壁，换身衣服还不是很容易？

但是这话她不能对陆明晖说，她轻轻推开他：“你别管我了，快洗吧，身上都是碎头发。”

陆明晖低下头，脸埋进她肩窝里，用微微沙哑的嗓音央求她：“音音……陪我一起洗，好不好？”

他撒起娇来像一只大猫咪，缠着她不松手，这种强烈的依恋也许是出于对她的爱意，也许是因为失明导致的无助，而现在黏人的程度似乎又加深了。

师音不确定他这样是否跟明天的复诊有关。

她只知道自己没办法拒绝他。

总是不忍心让他失望，被他又缠又哄，于是半推半就脱了衣服，热水洒到两人身上，她被他压在淋浴间微凉的瓷砖墙壁上。

蒸汽让四周雾蒙蒙的，也让呼吸渐渐不畅，这样的亲密令师音感到几分惊心动魄，隐约知道会发生什么，脑海中却无法思考下一步——如若真的发生了，她要怎样做？

她像一只被剥去所有防护的光溜溜的幼崽，懵懂而温顺，全然没有考虑过反抗或逃走。

也可能是潜意识在作祟，知道自己只争朝夕的短暂欢愉，一旦陆明晖复明，这一切都将不复存在。所以当他的吻落下来时，她主动伸出手臂，亲昵地环住他的颈项……

“音音……”他低低地喊她的名字，口吻里充满着浓烈的爱意与疼惜，“我爱你，音音……音音……”

师音不禁痴痴地想：如果他真爱我该多好，如果他真爱我……

至少在这一刻，他是爱我的。

所以，还有什么不满足呢？

她已准备交付自己，但陆明晖似乎有什么顾忌。他停了下来，只恋恋不舍地搂着她不松手。

师音凑到陆明晖耳边，轻声问：“不继续了吗？”

陆明晖顿时好笑，道：“我为你好，你还不领情是吧？去把浴巾裹上，别着凉了。”

师音抿着唇笑，赤脚走到墙边拿浴巾，不知想到什么，又转身回来，抬头轻轻啄了下他的下巴：“那我先出去啦，你再洗洗。”

陆明晖伸手要搂她，师音笑嘻嘻地弯腰躲开。

陆明晖：“音音你过来，我反悔了。”

“才不要！”师音的声音清脆如银铃，带着揶揄的笑意，裹着浴巾去房间里找衣服。

她从陆明晖的衣橱里，挑了一件淡蓝色条纹的男式衬衫穿上。

衣橱门的内侧嵌着一面全身镜，没穿过男人衣服的师音在镜子前照来照去，玩心大起，还摆了几个造型，摆着摆着，忽然觉得镜子里的女孩好陌生——

那个女孩是谁？她看起来好美，笑起来好甜，脸颊红扑扑的，眼睛亮晶晶的，就像藏着星星。

师音看着镜子里的自己，甜甜地一笑，决定身上这件衣服不还给陆明晖了，她要私吞。

第二天，师音早早起床，陪陆明晖去医院复诊。

天气晴朗，温暖的阳光透过玻璃窗照进车里，出租车司机眯起眼睛，懒洋洋地伸了伸胳膊。

前面的车队纹丝不动，司机从后视镜里看了眼后座的两人，语气散漫地说：“你们赶上早高峰了，估计还得堵一会儿。”

“没事，我们不赶时间。”师音回道。

司机点点头，不再说什么，打开收音机，开始播放一首很俗气的老歌。

师音挽着陆明晖的胳膊，脑袋轻轻靠着他，想到即将和医生见面，心里有些茫然。

她自然是希望陆明晖能好起来的。

只是心理上还没准备好……没准备好，自己该怎么面对复明后的陆明晖。

真舍不得他。

相处越久，就越舍不得，能不能不离开？……她能留在他身边吗？

她看见后视镜里映出陆明晖俊朗的面庞，以及她戴口罩的脸，鬼使神差般，她伸手轻轻钩住边缘，将口罩往下拉……

她想看看，自己的脸和陆明晖的脸一同出现时，是什么样子。

手指慢慢往下拉口罩，露出一块略显暗沉的颜色，继续下拉，露出更多暗色和形状不均的斑点。

师音不敢继续往下拉了。

司机瞟了眼后视镜，目光狐疑。

对方只是寻常地扫过一眼，师音却如同惊弓之鸟，飞快地松手，深深地低下头。

她不确定司机是否看到了胎记，但她此刻无比清晰地明确了一件事，那就是，她不能。

不能和陆明晖在一起，不能让他看到这样的脸，她连坦然面对司机目光的勇气都没有，又怎么能和他在一起？

师音抿住唇，心里的酸涩一阵阵往上翻涌，下意识更紧地搂住陆明晖的胳膊。

“怎么了？”陆明晖抬起另一只手，轻轻地捏了捏她的小手，笑道，“我都不紧张，你怎么比我还紧张？”

师音没说话，心里的委屈劲儿还没过去，忍不住往他怀里钻。

陆明晖抱抱她，佯装叹气：“唉，这么爱撒娇啊……放心吧，我会好起来的，之前医生说过，复明的希望很大，别怕啊……”

师音在他怀里点头，瓮声瓮气道：“嗯……会好起来的。”

陆明晖揉了揉她的头发，抱着她，心中只有满足。

其实，他也会彷徨，会犹豫，担心自己真的变成一个盲人，拖累自己喜欢的女孩，哪怕医生说复明的概率有百分之八十，可万一他就是那么倒霉，是那百分之二十，该怎么办？

陆明晖实在无法接受噩运降临在自己身上。他从未做过恶事，工作上进，待人友善，年年参加爱心捐赠，积极无偿献血，他不敢相信上天会把自己逼入绝境。

他更愿意相信这是一场考验，一次机会，命运之神关闭他的眼睛，是为了让他看见以前从未看见的美好。

到医院后，陆明晖做了一系列检查。

医生说他的恢复指数良好，可以预备接受第二次手术了，然后他们又查了查擅长这方面手术的医生的日程安排，下周正好有时间，能排上号。

一切顺利极了，以至于师音走出医院时，还有些恍惚。

之前她总以为，哪怕陆明晖将来复明，她至少也能陪伴他一段时光，可她没想到，这“一段时光”，竟会这么短暂……

下周就要手术了。

手术结束之后，二十四小时就可以拆掉绷带，恢复视力。

这样算下来，她能陪在他身边的时间，竟只剩下八天……

八天……

“音音。”陆明晖亲昵地牵着她的手，“怎么不说话？你的手好凉。”

“啊？……没事。”师音回过神，勉强笑笑，“就是没想到会这么顺利，感觉好不可思议。”

“是啊。”陆明晖很高兴，“还有八天，我就能看见你了。”

师音轻轻咬唇，心里涩涩的：“……我不好看。”

“好看。”陆明晖笑笑，低头找着她的耳朵，低声道，“声音……

好听，身材也很……好。”

“陆明晖！”她羞恼地叫出他的名字，满面通红。

陆明晖大笑，又道：“我说的是实话，实话都不让人说？”

“你就知道逗我！”师音被他一闹，心里那点酸涩全都飞散，只想恶狠狠地掐这个男人的脸，“哼，坏东西！看我回家后还理不理你！”

陆明晖拉着她的手说：“先不回家，我们找个地方逛逛。”

师音微愣，惊讶地看着他，平时下楼散个步都需要她又哄又劝，今天居然主动要逛街？太阳打西边出来了？

她叫了一辆出租车，陆明晖报了一家商场的名字，没过多久，两人就来到了最繁华的商业街。

师音紧张地握紧陆明晖的手。

这种地方人多车多，台阶也多，实在不适合带一个失明的人过来。

陆明晖却是神态轻松，牵着师音的手，让她带自己进商场一楼。

一楼有许多化妆品专柜，还有几家珠宝店。

师音看见玻璃展示柜里陈列着闪闪发亮的各种首饰，心里隐隐有了猜测，却有些不敢相信，然后她听见陆明晖口吻愉快地问：“音音，你喜欢黄金的戒指，还是铂金的？”

“……我，我们回去吧。”她心生怯意，左右看了看商场里的人，小声说，“很贵的。”

陆明晖无所谓地道：“买戒指而已，又不是买金条，能有多贵？你如果都不喜欢，我可以托我朋友去买钻戒，不在这儿买……”

师音不愿意：“无缘无故的，买戒指做什么，走啦，我们回去吧。”

“不行，今天我一定要买。”陆明晖顿了顿，认真说道，“也不是无缘无故，早就想给你买了，今天就当是为了庆祝，好不好，音音？”

师音咬了咬唇，妥协道：“不许买贵的。”

陆明晖笑着揉揉她的脑袋，说：“傻姑娘。”

后来，她选了一对铂金情侣对戒，最简单的款式，只一个光溜溜的圈，没有任何装饰，但是她非常喜欢。

买的时候一会儿嫌贵，一会儿嫌麻烦，买完之后却爱不释手。

回家后，陆明晖坐在沙发上休息，她靠坐在他身边，抱着他的手时不时摸一摸，碰一碰，与他十指交握，感觉到两只戒指带着彼此的体温贴近，心中就莫名欢喜。

陆明晖察觉到她的小动作，笑话她："等以后再送你几个圈，你还不得高兴得上天？"

师音哼了哼："我戴那么多圈做什么？我又不是哪吒。"

"噗……"陆明晖忍俊不禁，他笑得歪倒在她怀里，"音音，你怎么这么可爱……"

师音窘迫地往后缩，推他的脑袋："你起来。"

"不起来。"他全身压了过来，亲了亲她，说，"今天我太开心了，还想做一件事，庆祝一下。"

师音的脸微微泛红："不是都买戒指了吗……你，你还想庆祝什么呀？"

陆明晖搂着她坐起来，把她放在自己腿上："我想看看你。"

他的这个要求，让师音有些愣怔。

下一秒，他轻轻吻了她的发顶，低哑的声音钻进她的耳朵，充满了蛊惑："但是我看不见，所以……音音来当我的眼睛，好不好？"

师音的脸更红了，也更烫了，隐约知道会发生什么，却还是忍不住问："我要怎么做……"

陆明晖忽然抱着她起身，吓得她搂紧他的脖子。

他向前走了几步，然后拐弯，问她："音音，我现在到房间门口了吗？"

"嗯……再往前走，走大概四五步，就进房间了。"

"距离床呢？"他咬着她的耳朵，暧昧地问，"走到床边需要几步？"

师音咬住下唇，面颊滚烫，羞得连呼吸也不稳了，胡乱地回道："你、你走嘛，我不知道……"

"怎么可能不知道？"陆明晖好笑地亲亲她，"说好了你要给我当眼睛的，万一我被什么东西绊着，你会和我一起摔倒的。"

她还是害羞得厉害，硬着头皮，嗫嚅道："你……你先走十步看看。"

陆明晖抱着她走进卧室。

“到床边了吗？”

“……再往右边走两步。”

“现在到了吗？”

“到了……”

“我要把你放下来了。”

“嗯……”

“我要亲你了。”

“……”

“音音，你怎么不说话？”

“……”

师音真不知道该说什么。

无论是“好的，你亲吧”，或是“不要，你别亲”，她都说不出口，偏偏陆明晖一个劲地催问，她越羞，他越逗。她跪坐在床上，他的双手分别握住她的双手，亲亲她的额头，碰碰她的脸颊，低声道：“我喜欢听你的声音。音音，你说话……说什么都好，让我听到你的声音……”

师音害羞极了，张了张嘴，还是不知道说什么，又怕他失望，情急之下主动仰起头，用嘴唇堵住了他那张喋喋不休的嘴。

陆明晖终于安静了。

他开始专心致志地吻她。

初秋的阳光透过白色纱幔照进来，灿烂而温暖，从窗外时不时传来楼下的车声、人声，宠物狗欢快的吠叫，还有不知谁家的小孩在练钢琴，磕磕绊绊的，像极了师音此刻紊乱的心跳。

她不习惯在白天做这种事。

太明亮，也太赤裸，所有一切都毫无遮掩，再隐蔽的情绪也被暴露无遗，无处可藏。

其实，她在他面前早已无所遁形，几句情话，一些爱抚，她便丢盔弃甲了。

……

手术前的一周，对师音而言，是醉生梦死的一周，也是她此生最难忘的时光。他们沉溺于爱恋，如胶似漆。

有时她会想：再没有比他们更深情的伴侣。

有时她也会想：再没有比他们更短暂的爱情。

她从最初的被动，逐渐变得主动，察觉到他受不了她柔媚的声音，她甚至会用些小心机，暗暗控制嗓音让他对自己欲罢不能。

只是随着手术日的临近，她越来越焦灼与迷惘，不知道自己将迎来怎样的结局，也不知道自己应该做出什么样的反应。

她想忘了一切。

只要这短短数日的快乐，能让她回忆一生，足矣。

手术这天，天气特别好。

蓝天白云，风和日丽，阳光照耀下一切事物都是那么柔和、温暖。病房外有一棵笔直的银杏树，树叶黄绿相间，绿的生机盎然，黄的闪闪发亮。

这样的好天气，仿佛电视剧播放到最后一集，主人翁苦尽甘来，迎来美好生活的情景。

师音站在病房的玻璃窗前，沉默地望着窗外景色。

不知过了多久，病房门打开，两名护士推着移动病床进来，一个给陆明晖吊上输液瓶，另一个拿出一些表格单据递给师音，交代道："大概再过半小时他就会醒，我们晚一点过来给他换药，这些单子你先看看，等他醒了让他在上面签字。"

师音接过那些单子，手指关节有些紧绷："手术，顺利吗？"

"应该没什么问题。"护士也不敢把话说太满，又道，"要看二十四小时之后的具体情况，到时候医生会详细跟你们说的。"

师音慢慢点了下头："好的，谢谢。"

护士手脚利落地稳固好病床，很快离开房间，剩下师音以及病床上仍处于昏睡状态的陆明晖。

师音把椅子拉到病床前，坐在陆明晖身边端详他。

他的眼睛被纱布覆盖，鼻翼两侧有深深的阴影，嘴唇很薄，轻轻抿着，单看有些严肃，可谁又会想到，这张嘴惯会说出一些让她羞恼的讨厌话。

她忍不住俯身，自己的唇轻轻贴在他的唇上，温热的触感忽然让她有种想哭的冲动，脑海中浮现两人相处时的点点滴滴，甜蜜与苦涩齐齐涌上心头。她越来越不自信，自己真的能放下他吗？真的舍得吗？

……可，舍不得又如何？

难道要让他看到自己这张脸，从而对她感到失望、懊悔，甚至……觉得恶心？

师音想到这种可能，脸色逐渐变白。

她宁可……宁可在他心中留下白月光一般的美好回忆，也不要和他相见，让他觉得这段感情是一个不堪回首的错误。

师音握住昏睡的男人的手，眼泪最终还是没忍住，一颗一颗落下来，砸在病床白色的床单上，洇开点点湿痕。

师音花了很长时间平复情绪，当陆明晖醒来时，她已经恢复如常。

“感觉怎么样？”她柔声问他，“有没有哪里不舒服？”

陆明晖回道：“还行，就是觉得头有点沉……是不是等到明天我就能看见了？”

“嗯。”师音笑着说，“刚刚医生来过，说二十四小时后给你拆纱布，这段时间呢，就好好休息，什么都不要想……”

“什么都可以不想，但是不能不想你。”陆明晖躺在病床上，嘴角扬起笑意，“音音，我好高兴，明天我就能看见你长什么模样了。”

师音脸上神情微怔，声音没有流露半分情绪：“有什么好看的，还不就是普通人，两只眼睛一张嘴。”

陆明晖笑道：“就算你长了三只眼睛四张嘴，我也一样喜欢。”

师音轻轻打他一下：“那不就变成怪物了吗？你才三只眼睛四张嘴！”

陆明晖还是笑，总之心情好极了，他迫不及待地想要快点到明天，好亲眼看一看心上人的模样。

师音看着这样的陆明晖，心一直往下坠，坠入无底深渊……他的笑容越是明朗，她便越是难以呼吸。

心口犹如扎进密密麻麻的刺，痛到身体几乎麻痹。

她不动声色地起身，对陆明晖说："你先休息一会儿，我回家收拾收拾，免得明天你出院回去，看到家里乱糟糟的。"

陆明晖不愿意让她走，皱着眉道："叫钟点工过来收拾就行了。"

"不要。"师音很坚持，小声念叨，"那床单……皱巴巴的，怎么能让钟点工收拾……我要自己收拾。"

陆明晖听出她的羞窘，微微一笑："真拿你没办法，都多少次了，脸皮还这么薄。"

师音小声地说："不管多少次，也没你脸皮厚。"

陆明晖笑笑，松开她的手："那你收拾完了就快过来。"

师音回道："嗯，我知道了……"

她说知道了。

她没说自己会回来。

因为开不了口，不想骗他，只能假装自己真的只是暂时离开，会忽然消失，也只是一场意外……

3. 消失

陆明晖没想到师音会走。

这在他看来，是毫无理由的。

当护工出现在他的病房里，说自己是师音请来照顾他的人，他也丝毫没有起疑心，只是担心师音是不是有什么急事，否则她不该连几句解释也不说就走。

而且，还是在他的眼睛即将复明的关键时刻。

到底发生了什么事？

以前两人相处时，他听师音提过一些家里的事，知道她的母亲已经病逝，而父亲早已娶了新妻子，也生了孩子。那时她已经十八九岁，难以融入父亲的新家庭，索性搬出来一个人住。这些年，她和父亲几乎没有往来。

所以，会不会是她父亲那边出了什么事？

陆明晖想打电话问一问。

护工帮他拨打师音的号码，一直无人接听。

他无计可施，只能耐心地等待，希望师音在处理好事情之后能够给他发条消息，也好叫他安心。

可是没有。

一直，没有……

她就像凭空消失了，直到第二天他拆下了纱布，也还是不见她的踪影，更没有任何来电或信息。

“护士，你有没有看见我女朋友？”陆明晖问给他拆纱布的护士。

护士想了想：“那个长头发，戴口罩的女孩？……没有，她今天没过来。”

陆明晖蹙着眉，不再言语。

看不见师音，复明带来的喜悦也不由得减了大半。他送走护工，独自去办理出院手续，然后坐在一楼的休息排椅上，静静看着身边人来人往。

长头发……戴口罩……

医院里有许多女人都符合这两点特征。

但是他抱过她，亲过她，能判断出她的体形与身高，更何况他还认得她的声音，只要她出现在他面前，他没道理认不出来。

时间一点一点流逝。

陆明晖在一楼等了很久，很久……

他希望师音来医院时，第一眼就能看见他，只是，他一直没有等到自己想见的人。

为什么师音还不来？

她那么爱他，没道理不来，哪怕家中出了要紧的事，也不该连一个电话也不打，一条消息也不发给他。

陆明晖心里愈来愈焦灼，他担心师音出事了。

就像他失明前的那场车祸，真是一场无妄之灾，那样的意外会不会也降临在师音头上？

想到这个可能，陆明晖整颗心揪了起来。

因为联系不上她，他已经开始不受控制地胡思乱想，情绪浮躁，难以平静。

在他被焦虑与担忧折磨时，念头忽然一转，他又想到另一个可能——

师音会不会已经回家了？

订好了蛋糕，切好了水果，只等着他回家去，好给他一个惊喜？

陆明晖揪紧的心口顿时一松，他站起身，不再犹豫，大步流星地朝医院外走去。

电子密码锁的密码，一直没改过。

他打开家门，发现家中窗明几净、纤尘不染，餐桌上摆着大束鲜花，缤纷的色彩仿佛在庆祝他的归来，一个小巧的草莓奶油蛋糕摆在旁边，压着贺卡的一角。

陆明晖走过去，把那张粉色印花的贺卡慢慢地抽出，上面的字迹娟秀，只有一句话：

“愿你将来的每一天，幸福安康。”

陆明晖看着这行字，很久很久，努力想要透过字迹，看出字的主人是怎样一个人。

“师音。”他哑着声音叫她的名字，而后又大声地喊，“师音，你在不在？！”

空荡荡的房间，无人回应。

他来到厨房，灶台干干净净的，垃圾也被扔掉了。他又来到卧室，被褥铺得整整齐齐，睡衣摆在床上，仿佛为他的回来做好了准备。

他没换睡衣，步履急促地又去了书房、阳台、卫生间，简单的两室一厅被他翻了一个遍，结果都没有。

没有找到师音，甚至连她存在过的一丝痕迹也没有找到。

她喝过水的杯子，她穿过的棉质拖鞋，她习惯翻阅的一本诗集，他什么都没找到。

唯一留下来的，大约是桌上他们一同去楼下买的那个玻璃花瓶，以及那束开得灿烂的、散发着馨香的鲜花。

陆明晖再次来到餐桌边，将那张贺卡重新看了一遍又一遍……

他不禁问自己，他做错了什么？

师音为什么离开他？

……

陆明晖整晚都坐在沙发上，他明明复明了，此刻却有一种失明的错觉，宛如再次陷入黑暗，摸不清方向，更找不着答案——

师音，你为什么要走？

我哪里做错了吗？

陆明晖甚至在沙发上做了一个梦，梦里，师音在半夜匆匆回来，一进门就向他道歉——

“对不起、对不起，我有事耽搁了，手机也不小心弄丢了，所以现在才回来。”

他满腔的不满，都因她的回来而烟消云散，却又不想让她太舒服，于是像个幼稚的小男孩般抱怨道：“舍得回来了？我还以为你不要我了。”

“怎么会呢？”师音冲他笑，伸手把他从沙发上拉起来，哄劝道，“走啦，回房间睡吧，是我不好，我下次一定不这样了……”

这个梦很真实。

真实到他仿佛能感觉到她呼吸里的温度，与现实几乎没有区别，她嗓音里的温柔，她手心的柔软，她哄他时语气里总是一半无奈、一半笑意……

可是当陆明晖回忆她的面容，却是模糊一片的。

于是他知道了，这确实是一个梦。

师音并没有回来。

刚开始的一周，陆明晖没有表现出任何异常。

除了第一晚他在沙发上睡着了，之后的几天，他照常吃饭，照常睡觉，去公司办理离职手续，打电话联系朋友同学聚餐，并且给自己办了一张健身卡，开始恢复锻炼。

陆明晖是个骄傲的人。

他从未主动追求过谁，更不会费劲去挽留谁。在他看来，感情最重要的是自在，如果有任何勉强，都不会获得快乐，他的自尊也不允许自己去委曲求全。

这一周，他等着自己说服自己，或是等着师音回心转意。

一周后，他路过小区楼下那家和师音一起光顾过的花店，鬼使神差般走了进去……

花店老板认得他，一见他就笑着打招呼："好久没见你来了，之前听你女朋友说你去治眼睛了，看来现在已经好了？今天要买什么花呢？"

陆明晖感觉胸腔有什么东西在发酵，某种情绪自心底汹涌而上，他下意识地压抑住呼吸，发现自己的忍耐已经到了极限。

他说服不了自己！

他也没有等到她回来！

"她……"陆明晖努力地克制住情绪，神色平静地说道，"她常买的那种，帮我包一束。"

"好的。"

花店老板笑盈盈地给他包了一束花，没收他钱。

"就当是我庆祝你出院的礼物。"花店老板如此说。

陆明晖道谢后离开。

回家的路上，他不禁想：连陌生人都愿意为我的康复送上礼物，师音，你呢？你送给了我什么？你送我的礼物，就是彻底从我的世界消失？

我同意了吗？

陆明晖心底怒火升腾，更有恨！

或许他早该恨她了！

只是他一直在为她找各种借口——借口她家中出了急事，借口她父母为她定下了更好的婚事，借口她出了意外，联系不上他，借口她失忆了，早已将他忘了个干净！

明知这些借口都是如此牵强、不可信，他也不愿把她想成一个薄情寡义的女人。

可是现在，面对现实吧，陆明晖，她就是薄情寡义！她就是不负责任！她一声不吭就离开，连一句再见也没有，她就是这么对你的！她不爱你！！！

恼怒、憎恨、愤懑……种种情绪吞噬着他的心，陆明晖开始恨。

所以，现在情况不一样了。

他不能为爱低头，但是为恨，有什么不可以的呢？

毕竟他恨她啊，他要报复她，那想要找到她，也就成了理所当然的事。

于是陆明晖给前女友打电话，问她请的护工是哪家家政公司的，只要知道公司名字，就能查到这名护工的身份证号和联系地址。

前女友诧异极了。因为她没请过护工，当初本来是想要请的，可是两人大吵一架之后，她就没管这事了。

陆明晖挂了电话，独自坐在客厅里，冷笑。

呵……

很好，师音，你现在罪加一等！

线索断了，陆明晖再次变得像只无头苍蝇，有时情绪被逼进绝境，他甚至想过报警。

这确实可行。

他大可以说，有人假扮护工骗取他的信任，并偷走了他的戒指，从“失窃”的金额来看，完全可以立案。

一旦报警，警察会很快找出师音的下落，但是之后该怎么收场？

所以，这不是一个好办法……

阴天。

灰暗、浓厚的云层笼罩了天空，层层堆砌，将天压得很低，令人感到格外烦闷。

天气预报说今天会有雨。

陆明晖没带伞，随手抓起车钥匙就出门了。他约了一家调查事务所的私家侦探，是朋友介绍的，据说业务能力还算不错，平时接有钱人的私人单子，有时也负责寻找丢失的宠物。

陆明晖以前觉得这份工作很滑稽，没想到自己有一天也会成为对方的客户。

车开出去没多久，就遇到了红灯。

六十秒的倒计时，对于心情焦灼的陆明晖而言，漫长如一个世纪，他打开收音机，打发这难熬的时间，收音机里传来深情的歌声：

“每一次和你分开，
深深地被你打败，
每一次放弃你的温柔，
痛苦难以释怀，
爱情的滋味，
此刻我终于明白……”

歌声没能平复陆明晖的情绪，反而让他更加烦躁。

他伸手想要换台，这时，收音机里却传出熟悉的女声：“谢谢听众2582的来电，这首歌送给收音机前的你，希望听到歌声的你，在今天能够收获一整天的好心情，忘却所有烦恼……”

陆明晖的动作顿住。

他难以置信地盯着收音机，一字不漏地听，仔仔细细地听——没错，确实是她的声音！

心中的狂喜盖过了震惊，他又听了一会儿，确定了栏目名和电台名，然后打开手机搜索电台地址，那地方竟距离他的住处不远，开车十分钟就能到。

陆明晖立即掉转方向，直奔广播电台。

他忽然有一种拨开云雾见月明的豁然开朗感，更有一种大仇即将得报的快感！——师音，你跑到天涯海角又能怎样？老天爷都站在我这边！这次看你还怎么逃！

陆明晖承认自己的心态有些过于幼稚，但大起大落的情绪确实让人难以保持理智。

他驱车前往电台，点名要找师音，却被告知，师音这几天请假了。

他在车上听到的那一段，不过是电台节目的重播。

得知这个消息，陆明晖顿时像泄了气的皮球，只能无精打采地回到车里……原本，他心里铆足了劲，哪怕师音不肯见他，他也要在这里一直等到她出来，可是对方说师音请假了，而且，不清楚请了几天假。

陆明晖觉得自己错失了最好的时机，失落、烦闷，又夹杂着对几天后的期待与向往，这些情绪在心里搅和着，翻来覆去，烦得不行。

连天气也仿佛和他作对，回去的路上，开始淅淅沥沥地下起雨来，越下越大。

他刚洗的车。

陆明晖开车回家，把车停在楼下车位上，然后顶着大雨跑进公寓楼。

电梯门恰好要关上，他加快速度几步走进去，电梯里的几人自发地稍稍让开些许空间，陆明晖找了个位置站好，伸手扫了扫头发上的水珠。

尽管跑得够快，但是他身上难免被淋湿了一些。

电梯缓缓上行。

除了偶尔发出的咯吱咯吱的声响，四周安安静静。

陆明晖察觉到电梯里有一个小女孩，时不时地打量自己，她看上去只有七八岁，背着书包，有个女人牵着她的手，应该是她的妈妈。

小女孩看了看陆明晖，又看了看电梯里另一个站在角落里的年轻女人，目光在他和那个年轻女人之间来回飘忽，让陆明晖觉得有点莫名其妙。

过了一会儿，小女孩问角落里的女人："姐姐，你为什么不给哥哥撑伞？他都淋湿了。"

陆明晖看了眼那个女人。

她低垂着头，长发遮住双颊，又戴着口罩，所以看不清面容。此刻听见小女孩的声音，她更是把头埋得更低，一句回应也没有。

小女孩又好奇地问：“你们吵架了吗？”

小女孩的妈妈终于有了反应，不耐烦地拽了下女儿的胳膊，道：“就你话多，大人的事，小孩少插嘴。”

这时，恰好电梯停了，妈妈牵着女儿走出电梯。

陆明晖听见那小女孩还在天真地问：“妈妈，那个姐姐为什么不说话？她说话的声音明明那么好听……”

电梯门，缓缓合上。

继续上行。

狭小的空间里，只剩一个男人，一个女人。

陆明晖狐疑地盯着这个女人。

她很年轻，也很苍白，颈间细白的肌肤上能看到淡青色的血管，纤薄的身体微微颤抖，双手紧握着一把灰色雨伞的伞柄，雨伞正连同她的身体一起，在微微发抖。

叮——

楼层到了。

可是电梯里的一男一女，谁都没有动作。

就在电梯门即将再次合上时，陆明晖按住开门键，问对方：“你去哪一层？”

女人像是被他吓到，抖了下，而后略显僵硬地走出电梯，且越走越快，最后逃一般地往他家对面的方向跑去。

陆明晖缓缓地跟上她。

她一定紧张到了极点，所以连从包里掏出钥匙这样简单的动作也做不好，钥匙哗啦一声掉在地上，她狼狈地捡起，手指却颤抖到无法让钥匙正确捅进钥匙孔。

陆明晖已经走到了她背后，一言不发，只是沉默地看着她开门。

他的存在，似乎对她造成了巨大的压力，以至于钥匙再一次掉在地上。

师音觉得自己的心脏，就跟这把钥匙一样，快要摔裂、摔碎。

她无论如何也没想到，之前路边偶遇的小女孩，居然也住这栋公寓，而且今天她还被认了出来。

陆明晖一定起疑心了。

可是她根本不知道该怎么解释，她甚至不敢看他的眼睛。

她颤抖着想要再次捡起钥匙，钥匙却被男人先一步拾起，递过来——

师音紧咬着唇，从他手里接过钥匙，心慌得眼泪快要掉出来。她再次试着开门，这次终于成功。她赶紧开门进去，正要关门，门框上却突然横过来一只大手，与此同时，男人低沉的声音在门边响起："说谢谢。"

师音惊慌极了，不禁抬头看向他，满眼的慌乱与无措。

陆明晖死死盯着她，重复一遍："我帮你捡钥匙，你应该，对我说谢谢。"

心快跳出嗓子眼，她怎么敢说话？只要发出声音，就等同于告诉陆明晖她的身份。

"说，谢谢。"陆明晖的嗓音越发低沉，带着一股子森寒，身体也向前倾，仿佛她再不说出一个字，他就会将她撕碎。

师音害怕极了，她红着眼睛，哽咽着小声说："谢……谢……"

砰！

陆明晖猛地推开了门。

"呀！"师音没有防备，发出一声轻叫。

下一秒，防盗门被用力关上，而她被男人狠狠压在墙上。

"啊……"师音吓得闭上眼睛，又害怕陆明晖看见自己的脸，情急之下，紧紧捂住了口罩。

可是陆明晖的第一个举动，却是将她整个人翻转过去，然后一巴掌打在她的臀上。

"啊！……啊……啊……"师音被打蒙了，心里又是害怕又是委屈，哭得稀里哗啦，"呜呜呜……"

陆明晖快被她气疯了，听见她哭，不但没有怜惜，反而更加怒不可遏。

“觉得自己很会躲，是不是？住我对面，就敢躲着我，耍我很好玩？！”

他捉住她一只手，作势要脱掉上面的戒指，恶狠狠地说道：“既然不要我，还留着我的戒指做什么？还我啊！”

“不要！”她着急起来，哭得更凶，挣扎着要护住自己无名指上的戒指，“不要！这是我的戒指！你送给我，就是我的了！”

她别的什么都没有了，只剩这枚戒指了。

陆明晖听她这样说，心中又是气愤，又是难过，讽刺道：“你还记得这是我送你的戒指？那你跑什么？再去骗别的男人给你买戒指？”

师音双手捂住脸，哭得无比难受：“我长得不好看！我不好看！”

陆明晖骂她：“谁说你不好看了？我说过吗？！”

师音哭着不说话。

陆明晖拉她的手：“把手拿开。”

师音不肯。

他早已忍无可忍，一把抱起她去床上接吻，只是口罩实在碍事，伸手准备扯掉时，师音扭开脸，唯恐被他看见那半张脸上的胎记。

陆明晖强硬地将她的脸扳过来，凶巴巴地吻住胎记的位置，没好气地道：“为这么一点黑印，你竟敢跑了。”

师音被他吻得迷迷糊糊，吻得气喘吁吁，眼神迷离而彷徨，最后身体只剩下本能，微张着小嘴靠近，与陆明晖热吻……

不知过了多久，师音睁开眼睛。

她浑身酸软，在床上迷糊了好一会儿，才想起发生了什么。

她心中顿时震惊，不敢相信自己竟会……那些画面一幕幕浮现在脑海，一时间她面红耳赤，正要起身，却又发现自己的双脚被人绑住了。

耳边传来男人得意的声音：“看你还怎么跑。”

师音：“……”

都这样了，她怎么可能还跑？

她委屈地抿了抿唇，喃喃道：“你帮我解开嘛……”

她的声音又娇又软，哪怕是平常说话也带着几分天然的娇气，何况现在跟他撒娇，更是用足了功力。

换在平时，陆明晖早该受不了了，可是现在不为所动。

他只穿了一条短裤，大大咧咧地在她房间里大肆搜刮，翻箱倒柜，不知在找什么东西。

师音的脚被绑住，她试着拉扯绳结，可是绑得太紧，她根本解不开。

师音委屈地看向陆明晖："你在找什么呀？"

"身份证，户口本……"陆明晖拉开衣柜门，不客气地在里头翻找，"然后去结婚，我就不信，办了结婚证你还能跑。"

师音默默咬住唇。

陆明晖在衣柜里翻出一件眼熟的衬衫，他眯眼看了看，而后冷笑一声，将那件衬衫扔到床上："戒指算是我送的，衬衫呢？自己飞进你衣柜的？偷了我一堆东西还跑，这是什么道理？！"

师音脸色涨红，理亏得一句话说不出来。

陆明晖找了一圈，没找到自己想要的东西，回到床上压着她狠狠地亲了几口，逼问她："身份证和户口本在哪儿？"

师音讷讷道："我……我长得不好看……"

仿佛在提醒他，让他再好好考虑一下。

"你眼瞎，所以觉得自己不好看。"陆明晖平静地注视着她，丝毫不避讳她脸上的胎记，"音音，我的眼睛不瞎。"

师音听了，心脏急急跳动起来，如初次见他的那天，心跳像小鹿乱撞。

陆明晖："再给你最后一次机会，身份证和户口本在……"

"在门后的包包里！"师音赶在他话没说完前回答，然后紧紧搂住了他的脖子，"身份证，户口本，还有我的银行卡和社保卡，全部都在那里，都给你。"

陆明晖怔了怔，莞尔一笑，手掌轻轻抚摸女孩的长发，低声道："突然这么乖呀……"

师音眼睫微颤，感情如澎湃的长河在胸中激荡，此时此刻，她只渴望与他肌肤相亲……

去领结婚证的那天，天灰蒙蒙的，阴天，还有雾霾，日期也不算吉利。

这都要怪陆明晖，谁叫他一天也不肯等呢。

师音坐在陆明晖的车里，盯着手里两个红本本，心里感觉怪怪的。

她明明应该感到欢喜，可是这一切发生得太快，太不可思议，以至于情绪有点跟不上剧情。她看着属于自己的结婚证，呆呆地说了一句："我的刘海长了。"

早知道要拍照，她应该提前剪一剪刘海。

"遮瑕霜，涂得好像有点少……"

照片里，她脸上的胎记还是能看出来。

"如果过两个月再领证就好了……"

这样，她就可以再去试试消除胎记的手术，拍照也能漂亮点……

师音的碎碎念，全被陆明晖无视了，他兴高采烈、神清气爽，趁着等红灯的时候打开手机，点开一个旅行 APP，问师音："蜜月想去哪座城市？或者挑座海岛玩一玩？"

师音想了想，没什么主意，问陆明晖："你有想去的地方吗？"

"主要看你，我去哪里都一样，只要有张床就行。"陆明晖说着，勾起嘴角笑了笑，"没有床，其实也行。"

师音："……"

她小声埋怨："大白天的，你乱说什么呀……"

红灯仍在倒计时中。

陆明晖扭过头来亲她，在她耳边低声道："我什么都没说，但是音音肯定有乱想。"

师音霎时满面绯红，咬住嘴唇，眼含柔情地瞧着陆明晖。以前挺英俊帅气的一个男的，怎么现在这么，这么……

说下流好像有点严重，说流氓像在指责，师音斟酌了半天，闷闷地吐出一句话："总像没吃饱一样。"

陆明晖勾起嘴角，轻轻笑了笑。

红灯变绿。

他一边握着方向盘继续行驶，视线注视前方，一边慢慢筹划着他和她的未来："度蜜月的时候，可以顺便把婚纱照拍了。婚礼如果你不想办，我们就不办了。我家这边没什么人，办酒席估计都很难凑齐一桌人，不过还是要跟我爸妈打声招呼，他们现在都在国外。这事暂时不急，等他们回国了，我再跟他们解释……"

陆明晖看她一眼，似笑非笑地问："如果我爸妈问我们俩怎么认识的，我就说，他们的儿子魅力太大，女邻居主动投怀送抱，我呢，自制力比较差，就顺水推舟地接受了。"

师音红着脸反驳："你乱讲。"

"哦，我乱讲？"陆明晖笑着逗她，"那你说怎么解释？交代吧，几时看上我的？平时住我对面，没少偷听我屋里的动静吧？"

师音的脸更红了，觉得他说得不对，又觉得他说得没错，着急地辩解："我没有！是你总是声音很大！那房子的隔音，本、本、本来就不好……"

陆明晖特别喜欢看她着急的样子，觉得她面红耳赤好可爱，恰好又遇到红灯，他停下来，把心上人搂过来亲了又亲。

也许他真的是太喜欢她，接吻反而像饮鸩止渴，他重重捏了把她腰间的软肉，哑声道："真想快点到家。"

"你好好开车……"师音推开他，捂住自己发烫的脸。

陆明晖终于规矩了，专心致志地开车。

速度却不知不觉地提了上去。

师音默默捂着脸，偏过头去看车窗外倒退的街景。

那些飞逝的景色让她想起了往事。

其实没什么不能说的，只是有些事，总是需要一个契机，还需要一些勇气。

她犹犹豫豫地开口："也许……你妈妈，还记得我。"

"嗯？"陆明晖看了她一眼。

师音说："原来在白城，我们住在同一栋单元楼里……你比我高两个年级，上下学不经常遇到，但是我经常遇到你妈妈，她是医生。有次我半夜生病发烧，我妈还去你家拿过药。"

顿了顿，她又道："我去做除胎记的手术，也是你妈妈介绍的医院，原来的胎记颜色更深，面积也更大……刚做完手术那阵子，脸上结痂很吓人，晚上在楼梯上我还吓到过你，你好像不记得了……”

一旦开了口，后面的话也就顺理成章了。

她接着说道：“那个时候，小区里的大人都夸你，说你成绩好、性格好，将来一定有出息，学校里也有好多女孩子喜欢你。我刚来这里工作时，就听人说你也在这边，但是我没想到……没想到，竟然会遇见你，也这么巧，你就住在对面。”

她忍不住抬头看陆明晖。

他的视线仍注视着前方，神色平静，没什么反应。

师音心中狐疑，心想自己说了这么多，怎么他就没反应呢？

“你出院回来的那天，我听见你和女朋友吵架，我……我很担心，但是不知道该怎么帮你，一着急就撒谎了，我不是故意的。

“后来也想过要告诉你真相，可是你那个时候脾气又不好……我不敢说。

“我没想到你会说喜欢我，我以为你只是因为生病了，所以有些依赖我……啊，我不是不想被你依赖，我是……我不知道，我不知道该怎么形容这种感觉……

“你能来找我，我心里其实很高兴。可是，也会害怕……我不好看，不想让你失望，也不想和你出去时，别人用异样的目光看你，你的朋友和同事私下或许还会议论，为什么陆明晖找了一个这么丑的女朋友？”

师音说到这里，就忍不住低下头，很是心酸。

“要不然，我再去试试做手术吧，其实以前医生也建议过，要多做几次才能完全弄干净，是我自己不喜欢……满怀期望地等待结痂、掉痂，然后又失望地发现那些胎记还在……口罩只需要几块钱，比手术费便宜多了。”

她自嘲地一笑。

陆明晖还是没反应。

师音说完了一直以来想说的话，也就不再作声，安静地坐在车里，看窗外倒退的景色。

沉默，持续到他们抵达居住的小区。

陆明晖把车停好，师音却开始发愁，现在领了证，两人算是夫妻了，那么是住她家，还是住他家呢？

她正想开口问陆明晖，他却忽然压过来，把她紧紧搂进怀里。

师音愣住："陆明晖……"

陆明晖气息不稳，深深呼吸，说："我很高兴……"

师音微微一怔。

他抱着她，认真地说："音音，能被你喜欢，是我这一生最高兴的事。"

她听了，也抱住他，红着脸说："我也是……喜欢你，我很高兴。"

……

"世界让我遍体鳞伤，但伤口长出的却是翅膀。

向我袭来的黑暗，让我更加闪亮。"

第二朵花：茑萝

茑萝，一年生草本植物，叶卵形或长圆形，又名密萝松，俗称五角星花、狮子草。

茑萝的花语是：忙碌，互相依附。

1. 阿萝

清晨。

她起床穿衣。衣服是青灰色的，陈旧而单薄，领口脱了线，袖子明显短一截，而裤子又过于肥大，裤腿处不得不紧紧缠上几圈，才好干活。

她从没穿过新衣服，只有婆婆不要的旧衣服，才会轮到她穿。

她看了一眼床上熟睡的男人，沉默地起身去洗漱。

水缸里的水不多，她用冷水快速洗了把脸，然后把梳子略微沾湿，开始梳辫子。

前些日子，婆婆叫她把头发盘起来，梳妇人头，她借口说自己不会，仍梳着姑娘家的辫子。可能是忙着秋收，加上她一直没圆房，婆婆最近没再提这事了。

天色蒙蒙亮，她已经收拾好了自己，接下来是烧水做饭。村里的早饭无非米粥、大饼之类，婆婆爱喝杂粮粥，喜欢往粥里放陈年的豆子，用不了多少米就能煮一大锅，再配上几张大饼，很能填肚子。

但是她不喜欢。她想煮一锅白白的、糯糯的大米粥，再配上一小碗腌青瓜，或者脆萝卜干儿，吃起来一定有滋有味。

也只是想想罢了。

“阿萝！”

婆婆的声音传来，尖锐而急躁。

“瞎眼的东西！水缸里快没水了，你看不见吗？！快去挑水！”

她伸手往脸上抹了把炉灰，小跑着来到厨房外，对院子里的妇人道:“我做好早饭就去。”

“早饭还没做好？！”妇人拔高了嗓门，一面用力舀出缸底最后的水，一面恼怒地骂道，“谁家儿媳睡到现在才起？懒不死你！赶紧做好饭去挑水！我和志贵他爹要去地里了！”

她没作声，默默回到厨房，往灶里又添了几根柴，然后摆放碗筷。

其实她起得不算晚，即便起晚了，也是因为夜里被志贵闹醒了两回，帮他换尿湿的裤子，所以没有睡好。

志贵是她的丈夫，比她大两岁，但言行举止与三五岁的小孩无异，甚至比孩子更孩子气，屎尿总是憋不住，无论她再如何勤洗裤子，屋里头也总有股尿味儿。

她想从野地里挖些花草回来种，除一除家里的臭气，最好能像村里的大夫家里那样——在院子里种满了白芷、丁香、野菊，还有金银花，又香又好看。

也只是想想罢了。

院子被婆婆分割成鸡舍和菜地，哪还有余地让她种花？

早上的时间过得飞快，她把早饭端上桌，然后拿起墙根下的扁担和水桶，去河边挑水，也躲个清静，待在家里难免又要挨骂。

话说回来，那地方哪里是她的家呢？……那是婆婆的家，是公公的家，是志贵的家。唯独，不是她的家。

挑水的时候，遇到同村的女人，她们在抱怨又征兵丁了，又加赋税了，家里没有男人，日子快要过不下去。

战事蔓延，村里不少人搬走了，更多的人留了下来，田在地在，哪里走得了呢？何况这天下，本就没有太平的地方，不是战火连天，便是洪涝、虫灾。她会在这里生活，也是因为小时候家乡遭难，家里卖儿卖女，后来几经周转，婆婆把她买下来，当童养媳养大。

有时候觉得自己命苦，活了快二十年也没一个自己的家。

有时候又觉得自己的命还算不错，隔壁的阿晓也是被买来的，她男人是个暴脾气，因为瘸了一条腿逃过了征兵，现在每天在家打阿晓。

志贵虽然傻，但至少不会打她。

她应该知足。

应该知足……

水桶在身体两侧晃荡，肩膀火辣辣地疼。她低头走路，汗水流进眼睛，视野里她看见自己的影子单薄而模糊。她不禁问自己：这样的生活，还要过多久？

远远地，听见婆婆在喊她："阿萝，阿萝！……"

她走近了，应了一声。

婆婆骂道："挑水挑到龙王庙去了？！臭丫头现在才回来！志贵醒了，快去给他穿衣！我们要去地里了！"

她闷不吭声，挑着水从婆婆面前走过。

婆婆看见水桶里的水只有一半，眉头皱起，再次骂道："每天好米好面养着你，倒不如养头驴！这么点力气，农活干不了，挑水也做不得，几年不知下一个蛋，吃的饭倒是比猪还多！养你有什么用？！"

公公走到前头，不耐烦地催促："走吧，要不天黑前别想干完活了。"

地里的活重，婆婆没有骂太久，狠狠瞪她一眼后，扛起农具离开了家。

阿萝放下扁担，把水桶提到水缸边，将水倒进去，估摸着还得往返两趟，才能把水缸填满。

但她现在不能去河边，因为志贵醒了。

阿萝回到房间，志贵正在咬自己的裤腰带，一边咬，一边含糊着发音，口水浸湿了布头，他像在玩一种自己跟自己拔河的游戏。

阿萝把腰带从他嘴里扯出来，帮他穿衣穿裤，洗好脸，然后领他去小解。

尽管从小就知道这人是自己的丈夫，她还是迷茫得很，觉得志贵更像自己的弟弟。又因为常常为他的事挨骂，所以她对这个"弟弟"也喜爱不起来，只觉得烦，无穷无尽的厌烦……

志贵朝她傻笑，身体懒散地摆动，她按住他，告诉他："不要乱动。"

他通常是不听的，只管自己乐呵呵地手舞足蹈。

所以尿液洒了满地，也浇湿了她半截裤腿。

腥臊的气息让阿萝沉沉的心，一直往下坠去……

这样的生活，究竟还要过多久？

她觉得自己活得不像一个人。

她觉得自己像头驴，或者……一条狗，畜生似的被这人间的苦难来回磋磨，哭不出，笑不出，连脾气也没了，日复一日地忍着受着，直到死了，才是解脱。

不是没想过逃。

可这世道竟是不给女人活路——朝廷规定，只有男人才能立户。置办田地家业或是招募劳工苦役，也只有男人才行。若她逃走，便只会有两个下场：变成流民乞丐，或是被拐子卖进风尘地。

阿萝为志贵换了一身衣裤，然后喂他吃饭。他的嘴总是含含糊糊地说着话，米粥喂进去，又顺着嘴角流出来，阿萝时不时地用帕子擦拭，用尽了耐心。喂饱志贵，她草草喝了半碗稀粥，然后收拾碗筷，接着舀水去浇菜地，打扫鸡舍，同时没忘记清洗自己的裤子。

水缸里的水又快见底了，她哄着志贵到树下看蚂蚁，自己拿起扁担和水桶，抓紧时间出门挑水，然后马不停蹄地做午饭。

这次挑水，她遇到了冯婆。

冯婆是村里的老寡妇，无儿无女，不知从什么时候起做起了皮肉生意，后来年纪大了，便找些年轻的媳妇去家里过夜，所以名声不大好。村里人对她避之唯恐不及，仿佛跟她说一句话，就会被人误会自己不干净。

冯婆扶着树干休息，裤腿上沾了泥，木桶倒在地上，里面的水早已流尽。

阿萝走过去，帮她把木桶扶起来，见四下无人，轻声问冯婆："上次跟您说的事，您想好了吗？"

冯婆看着她摇头："这不是条好路，我不能害你。好孩子，你还年轻，熬一熬，总会熬过去的。只要熬死了你的公婆，那小子又是个傻的，家里的田地、房子都会是你的。"

"若他们都是长寿的命呢？"阿萝低下头，盯着脚尖喃喃道，"冯婆，我想要个孩子，我只求您这一次……"

阿萝想要一个孩子。

她已经设想过许多次，女人虽然不能立户，但也有例外——若是寡妇怀有身孕，便能以腹中骨肉的名义立户。当然，得是男孩才行，若是女孩，只能由娘家领回去，或者借住在亲戚家里。

多么荒唐，她明明是一个完好无损的人，却得靠未出生的孩子，才能在这片土地上站住脚跟。

“冯婆……”阿萝再次缓缓开口，“只要怀了孩子，我就会离开这里，谁也不会知道，也不会怪到您身上，您答应我吧。”

冯婆说：“好孩子，你帮过我，我不能看着你往火坑里跳。如今世道这样乱，你无父无母，又没有兄弟姐妹帮扶，若是真怀了身孕，又能去哪里落脚？听冯婆的话，再熬几年，日子会好起来的。”

阿萝轻轻摇头：“我会织布，能裁衣，药材也识得几样，有手有脚总不会饿死。冯婆，您帮我这一次，将来我的孩子便认您为祖母，等您故去了，我和孩子年年给您烧纸。”

老人最怕身后事凄凉。话说到这份上，冯婆已经心动，只是想到阿萝离开村子后会怎样颠沛流离，实在不忍，长长叹了口气后，说：“阿萝，你再让老婆子我想想……”

阿萝不再多劝，去河边帮冯婆打了一桶水，而后自己也打好水，挑着扁担回去了。

中午是一天中最忙碌的时候。尽管她已经忙了一整个上午，可是每每到了这个时候，还是会累得不堪重负。

她在厨房里为公婆准备午饭，志贵在院子里吱哇乱叫。他从灶里拿了燃烧的柴去捅蚂蚁窝，却点燃了院子里堆放的柴火，火势一大，他便害怕地叫起来。阿萝出来瞧见，吓出一身冷汗，她立刻舀水灭火，又夺了他手里烧到半截的柴。

刚才她一直在厨房里忙活，实在不知道他是什么时候拿的。

家里有个傻小子，再安全的环境也变得处处危险。阿萝只好把志贵关进屋子里，即使他大哭大闹，她也不开门。

她把做好的面条和菜卤子用罐子保温，放进菜篮，匆匆往田地里去。

地里不少人在树下休息，隔壁大婶正聊起自己孙子——

“儿子去打仗了，不知道什么时候才能回来，这家里头没个男人怎么过？幸好我那儿媳肚子争气，一连生了两个小子，以后啊，我就指着这两个小子长大孝敬我了……”

阿萝一面将罐子里的面条盛出来，一面默默听着，心想这世道实在荒唐，男人都去打仗了，留下一群老人、女人，每天互相争着比着，儿子，孙子……儿子，孙子……家里没个男人，就仿佛低人一等。

老天保佑，一定要让她怀上儿子。

“傻愣在这里做什么？！”婆婆突然发怒，“还不赶紧给我回去？！留志贵一个人在家里，要是出什么好歹，看我不打死你！”

阿萝愣了愣，看着菜篮和罐子：“那罐子……”

“我和志贵他爹会带回去！你回去看着志贵！”婆婆骂道，“蠢死了，白吃家里的米粮！送个饭也拖拖拉拉！赶紧给我滚回去！要是志贵在家有什么差错，看我回去怎么收拾你！”

她低着头起身，也不辩驳什么，默默往回走。

她知道，是隔壁大婶的话刺痛婆婆了。志贵没被抓去当兵丁，是因为他是个傻子，但婆婆也永远等不到儿孙孝敬自己的那一天。

阿萝回到家时，志贵已经没再喊叫了。

她饥肠辘辘，又渴又累，打算先用锅里剩下的面条填饱肚子，再单独给志贵烙两张饼吃。

可是一进屋，便闻到难以忽略的粪臭，她心知不好，竟也没感觉有多少意外。打开上锁的房门，看见志贵拉了满地粪便，地上、床上，桌椅和柜子，全被糊上了粪便，而志贵正躺在沾满脏污的被单上呼呼大睡。

阿萝定定地站在房门口，心中忽生一股悲凉。

愤怒吗？委屈吗？……恨吗？若日复一日这样的生活，什么情绪都是徒劳。

她转身，关门，去厨房盛了一碗已然冷了的面条，端起来，一边吃着面，一边眼泪大颗大颗地往下掉，而后连同面条一起吃进嘴里，用力吞咽。

填饱了肚子，才有力气干活。

她收拾好厨房，拿上水盆和抹布，再次返回房间，认命一般开始打扫，打扫，打扫……

打扫。

……

公婆今天回来得尤其晚，两个人的神情都有些古怪。

婆婆看见院子里堆着没来得及洗净的被单，竟没骂她，只冷淡地瞟她一眼，说道："你是志贵的媳妇，照顾他是你的本分。等以后生了孩子，爹娘都不会亏待你的。"

阿萝坐在院子里，搓洗着手里的衣物，听见婆婆的话，有些莫名其妙。

平日里婆婆对她从来没个好脸色，今天这是怎么了？

婆婆见她木讷的样子，脸上显出几分厌烦，又道："行了，去做饭吧。这些我来洗，就你那磨蹭性子，洗到天亮也别想洗完。"

阿萝犹豫地起身，往厨房去。

脚刚迈进厨房，又听见婆婆在院子里吩咐："把梁上那半斤熏肉切了蒸熟，再炒几个鸡蛋。"

家里并不富裕，今天又不是逢年过节的日子，为何要吃肉？阿萝心中不解，但还是乖乖地应了一声。

等晚饭备好，一家四口聚在桌边吃饭，婆婆不停地把鸡蛋和肉往儿子碗里夹，语气亲热："志贵乖，多吃点，身体长壮壮……"

志贵好久没沾肉腥，吃得狼吞虎咽，下巴到胸襟全是口水与菜汤。

公公在一旁抽着土烟，一言不发。

"阿萝，吃完没有？"婆婆说道，"吃完了就快回屋去洗澡，水已经烧好了。"

阿萝愣愣地看向婆婆。平日里洗衣、做饭、烧水，哪一样不是自己干？今天婆婆这么多异常举动，难道……

她心底咯噔了一下。

脸色随之变白。

婆婆却已然不耐烦，厉声喝道："你是哑了还是聋了？我叫你回屋洗澡！"

阿萝赶紧起身，埋着头回屋去。

——屋里有一盆热水，桌上点着两根红烛，床上还铺着一张白色帕子。阿萝心如明镜，知道婆婆不能等了，无论如何，也要志贵和她圆房。

可是志贵懵懂如孩童，这圆房，到底要怎样圆？

阿萝对这事全然不懂，平时去河边打水时，偶尔会听见村里的女人说些荤话，也将将听个一知半解，只知道女人和男人做了那事，就能怀上孩子。

可她不想怀志贵的孩子。

志贵是个傻子，万一生下的孩子是个小傻子，她该怎么办？

事到如今，她如何想已经不重要了。他们要她圆房，她根本拒绝不了。

阿萝默默擦洗身体，换了一套干净衣服，坐在床上等。

外面很快传来动静。

婆婆哄着志贵开了门，说道："乖宝，按你爹教的法子做，做好了，娘明天给你炖鸡汤补身子。"

志贵看着床上的阿萝，眉开眼笑："生娃娃，我和媳妇生娃娃……"

房门关上，哐当一声，随后又有金属磕碰的声响。阿萝听得出，是公婆在门外落了锁。

她轻轻抿唇，往床里挪了挪。她不怕志贵，只是对那即将发生的事，心底到底有些畏惧。

志贵显然被公公教导过，嬉笑着过来，扒拉阿萝的裤子。他太孩子气，扯了几下也没能解开阿萝的腰带，嘴里嘟嘟囔囔："不好玩……不好玩……"

外头传来婆婆的声音：“志贵乖啊！等志贵当了爹，就有小娃娃陪你玩了！”

“小娃娃，我要小娃娃陪我玩！”志贵眉开眼笑，更使劲地拽阿萝的腰带。

阿萝被他拽得有些吃不消，知道自己今晚逃不掉，索性配合他，轻轻柔柔地按住志贵的手，说：“你别扯了，我来吧。”

平日里多是她照顾志贵，志贵不胡闹时还算听话，当下松了手，憨笑着盯着阿萝。

眼下也无所谓什么羞耻心了，只当他是个不懂事的孩子，阿萝默默脱下自己的裤子，然后去解志贵的裤子。

志贵的身体算得上细皮嫩肉，家里好吃好喝地供着他，也不需要他干活，肚子上还养出了几两赘肉，白白软软的。

哪怕阿萝毫无经验，也从村里那些妇人口中得知，想要生娃娃，必须得怎么做。

公公大约也教过志贵，志贵傻乎乎地凑到近前，他一贴过来，阿萝顿时起了一身鸡皮疙瘩，下意识地就想将他推开，却不得不暗暗忍耐。

她的丈夫一会儿傻笑，一会儿大叫，贴着她蹭了又蹭：“娃娃在肚子里！我要娃娃出来玩！”

阿萝听了，既觉得可笑，又觉得悲凉，她躺在床上，只想这一切尽快结束。

这时，志贵突然撤身离开。阿萝愣了愣，撑着手肘起身，便见志贵抱着尿壶过来，朝她咧着嘴笑：“娃娃快出来玩！”

他抱着尿壶上床，阿萝吓一跳，几乎是本能地侧身躲开，壶里的尿液洒了满床。

阿萝狼狈地爬下床道：“志贵，志贵快住手！别这样！”

可志贵认定了她肚子里有娃娃，抱着尿壶又追过来，大喊大叫：“娃娃！我要娃娃！”

“志贵！……”阿萝从床边抓起自己的裤子，一边遮掩，一边着急道，“志贵，你放下……你别乱来……”

阿萝逃得太快，志贵没扑到她，反而捧着尿壶摔了一跤。他咧开嘴正要哭，看见柜子上的针线篓子，不知想到了什么，又笑起来，欢天喜地地跑过去，一把拿起针线篓里的剪刀，转身看向阿萝：“剪开，剪开娃娃就能出来了！阿萝剪开！”

“志贵！”阿萝脸色煞白，步步往后退，直退到门板。

眼看志贵举着剪刀扑来，她惊恐地大叫：“爹！娘！——啊！！！”

门外无声无息，听不到半点动静，她仓皇地躲着逃着，这间逼仄的小屋，竟成了她的地狱。志贵追不上她，急了，手里的剪刀直直地扔了过来。那尖头刺在她肩上，惊恐之下，阿萝尖声喊道：“救命啊！”

呼救声太过凄厉，使得外面一下子嘈杂起来，邻居家的狗狂吠不止，陆续有人从自家出来，站在院外好奇地张望。

外面发生了什么，阿萝浑然不知，只觉得伤口剧痛难忍，身后的志贵也被吓到，他看见阿萝肩上鲜血汩汩涌出，瞬间染红了大片衣裳。

“血啊,血……要死了,要死人了！”志贵吓得大哭,“啊啊啊！……”

阿萝艰难地穿上裤子，还要安抚志贵：“志贵，别哭了，别哭……”

房门哐哐作响，公婆终于把门打开，看见屋内一片狼藉，不等阿萝出声解释，婆婆就举起一根秃头扫帚狠狠打过来。

“没用的东西！养了你十年，结果生不出孩子！养你有什么用，有什么用？！”

骂一句，打一下！

打一下，骂一句！

“每日米面养着你，光长一身白肉！你怎么不投身个猪胎去！猪都知道下崽！你连猪都不如！”

阿萝浑身痛，那扫帚劈头盖脸地往身上砸，她抱住自己闷头承受，眼泪大颗大颗地往外涌。

志贵的哭声渐远，似是被公公拉出去了，又过一会儿，婆婆终于打累了，扔了扫帚，指着她骂道：“把屋子给我收拾干净，再把衣服洗了，干不完活明天就滚去睡猪圈！”

阿萝蜷缩在地上，瑟瑟着点了下头。

婆婆转身出去，步子带着火气，又急又重。

四周慢慢安静下来……

隔着屋门，能听见志贵断断续续的哭声，婆婆耐着性子哄他，公公时不时叹气……外面的狗吠声平息了。

阿萝扶着墙，小心翼翼地站起来，她浑身疼，肩上的伤口仍在流血，只能用手勉强捂住。目光扫过室内，桌椅倒在地上，尿壶洒了一地的尿液，床褥也被浸湿，满屋狼藉。

阿萝垂下眼帘，不知该作何想，在这片杂乱中静默地站了片刻，开始慢慢收拾屋子。

扶起桌椅和板凳，捡起剪刀，尿壶拿去外面洗干净，然后回屋撤掉被褥，用床单卷成一卷，扛在肩上，走出门外。

她在院子里拿了木盆与捣衣槌，慢慢往河边走……

院子外的村人早已散了，只零星几个，还在自家门前看热闹不嫌事大地张望。

阿萝隐约看见了冯婆，没有在意，目视前方，安安静静地往前走。

阿萝一直走，一直走……

脚下的路渐渐湿润，河水浸润了脚底。她放下木盆与棒槌，眼前黑沉沉的河水，一如抬头望不到一丝光亮的夜空。

鬼使神差般，她继续往前迈了一步。

夜里的河水冰凉刺骨，浸没了她的脚踝，接着是小腿，膝盖，大腿……阿萝心中萌生一个念头：不如，就这么走下去吧？

不如，去另一个世界。

若有下辈子，想做不知疾苦的虫蚁，想做和青天做伴的飞鸟，想做水底畅游的河鱼，想做一棵树，一块石，一株草……总归是，不想做人了。

冰凉的水浸没胸口，一颗心仿佛也跟着凉掉，她闭上眼，想要一了百了，身后却忽然有股力拽住她。

“阿萝，你何苦想不开啊！”冯婆死死地抱住她的腰，苍老而沙哑的声音充满悲怆，“好死不如赖活！熬过这一劫，以后必将有大把好日子等着你！听老婆子的话，快回家去，最多等三日，我一定想法子叫你怀上孩子！”

阿萝如梦初醒，转身怔怔地看向冯婆。

冯婆紧握她的双臂，字字恳切：“好阿萝，听冯婆的话，不要再寻短见！外头天天打仗，即便你逃了，你公婆也绝不可能扔下傻儿子去寻你，你只管揣好肚子里的娃娃，安安生生地往那不打仗的地方去！等孩子养大，你会有儿媳，有孙子，有儿孙供养，不会像冯婆这般孤苦伶仃！”

阿萝哭起来：“冯婆……”

冯婆把她拽上岸，再次催促：“快回去吧！”

阿萝哭着点头，抱起东西回去了。

冯婆做的生意，不太干净。

以前冯婆自己做，后来年纪大了，加上年年打仗，村里许多人家都过不下去，便有些女人来冯婆这里“做工”，每做一次，冯婆都会收取一些住宿钱。

因为男人都被朝廷征兵征走了，故而光顾冯婆这里的客人，大多来自附近驻扎的一个兵营。

那些大头兵手里有钱，却无处消遣，每日除了操练还是操练，日子过得苦闷，偶尔溜出兵营厮混，只要不惹出大事，他们的长官也会睁只眼闭只眼。

冯婆为阿萝挑中的人，正是那些大头兵之一。

此人叫杨骁，生得人高马大，样貌俊朗。冯婆第一眼见到，便觉得合眼缘，若能和阿萝生下孩子，那孩子定然也俊秀可爱。

跟杨骁一起来的，是冯婆的熟客，叫张成海。

张成海揽着杨骁的肩，熟门熟路地往冯婆屋里走，边走边道：“天天在那营帐里闷着，人都给闷臭了，今天哥们儿给你介绍个好地儿，保管你睡一个好觉！总不能哪日去战场上送了命，连女人也没碰过！

亏不亏？！”

说完话，张成海冲着守在门口的冯婆嘻嘻一笑，问：“冯婆，阿惠在不在？”

冯婆笑道：“在、在，一直等着您呢！”

“冯婆，也给我这小兄弟安排个小嫂子呗！”张成海嬉笑道。

冯婆笑眯眯地应下了。

“成，再弄些酒菜来！”张成海摸出一枚碎银，出手很是阔绰。

他拍拍杨骁的肩，给兄弟一个嘚瑟的眼神，说：“哥们，我先去了。”

杨骁：“……”

“小军爷，您这边请。”

冯婆弓着身子，将杨骁领去院子里的另一间房。

屋门打开，里头昏黑一片，不知是不是杂物房改的，连扇窗子也没有，不过卧具齐全，有桌有椅，冯婆点燃蜡烛，又端来茶水。这里哪怕没窗子，也比兵营不知好了多少倍。

至少没有某些人的臭脚丫子味儿。

杨骁直接在床上卧倒，伸了伸胳膊，甭管今晚有没有女人来，就只是这么睡一觉也舒服。最近操练得紧，据传平国马上就要打过来了，这样的安稳觉以后会越来越少。且睡且珍惜吧。

“听军爷口音，像是渝北人？”冯婆问。

杨骁微愣，笑着坐起身：“瞧您一把年纪了，耳朵还挺尖，我家是渝北的，岚山村，您知道吗？”

冯婆回道：“我夫家一个妹妹嫁去渝北，不过去的是兰坡村。”

“兰坡村……”杨骁回忆片刻，轻轻摇头，“没听说过。”

他说完一笑，自嘲道：“我出来时才十二岁，半大小子，周边几个村子也没混熟，一转眼都快十年了，也不知家里的老娘怎么样了……”

冯婆试着套话：“家里没有兄弟姐妹照顾吗？”

“四个哥哥被抓去当兵丁，音信全无，我走的时候，家里只剩老母亲一个。”杨骁苦笑，他平日里寡言少语，看到冯婆难免想起自己的母亲，多说了几句。

冯婆又问："即便兄弟不在，那叔叔伯伯……"

"我父亲，连同五个叔伯，一起被皇帝抓去修皇陵，死在半路上了。"杨骁淡淡回道。

冯婆心中惊叹，真真了不得，家里连他一共五个男丁，再往上父辈又有六个男丁，阿萝要想一举得男，运道可不就应在这男人身上？

杨骁察觉到冯婆异样的目光，狐疑地看她一眼。

冯婆忙道："您先歇着，我去外面招呼。"

说完，她小心翼翼地关上门，便马不停蹄地赶往阿萝家。

2. 求子

自从上次圆房不成，婆婆一连几天没有好脸色。因为接受不了儿子无法生育的事实，她便往死里折磨阿萝，原来顾忌着村里的闲言碎语，顶多骂上几句，现在却时常拿着扫帚或是烧火棍往阿萝身上招呼，家里所有的脏活累活也全要阿萝去干，即便活都干完了，也要折腾出一些事来，仿佛非得这样，才能平复心中的愤怒。

阿萝总觉得，自己或许哪天会被活活打死。

她是不怕死的，她只是不忿，为什么她生下来要遭这些罪，被父母贱卖，被公婆凌虐，丈夫护不住她，连孩子也无法给她。这日子，这日子……唉，何时才是个头？

夜晚，阿萝整理好柴垛，打扫了厨房，又将公婆和志贵的尿壶尿盆洗干净，忙完所有家务，已是累得汗流浃背。

她想洗个澡，却发现缸里的水见了底。最近婆婆为了折磨她，用水格外厉害，半天不到就要用掉一整缸的水，然后再使唤她去河边挑水。

阿萝摸了摸左肩上的伤口，那儿刚刚结痂，只能用另一侧肩膀挑水。夜路不好走，她身上又带着伤，婆婆明显是想叫她吃苦头。

阿萝心中麻木，正要出门，外头传来轻微的叩门声。

她狐疑地走到院门前，透过门缝往外瞧——

是冯婆！

阿萝的心猛地一跳，忙向后望了望，公婆屋里的灯已经灭了，两人应该歇息了，只是不知道睡没睡熟。

她放轻了动作，轻轻打开院门，压低声音问外头的老婆子："冯婆，你怎么来了？"

冯婆低声道："收拾收拾，去我那儿一趟，尽快。"

说完话，她转身匆匆走了。

阿萝愣怔地看着冯婆的背影，心中宛如平静湖面投入巨石，激荡得半晌回不了神。她知道，冯婆这是给她安排好了……

安排好了……

男人，孩子，出路，未来……

阿萝的心脏剧烈跳动着。她看了看漆黑的天空，看了看空荡荡的院子，又看了看外面的茫茫夜色。她也不知道自己在看什么，只觉得一切都不同了，一切都在悄然发生变化，时间也一下子变得紧迫起来。

这或许是她唯一的机会。

阿萝拿起扁担和木桶，神色莫测地出了院门。

她挑水回来，烧水沐浴，换了一身干净衣服，头发也梳得整整齐齐，没有簪子，便只绑了最简单的头绳。然后她趁着夜色，轻手轻脚地往冯婆家去了……

……

后半夜，杨骁被吵醒了。

隔壁那一阵阵动静听得人浑身燥热。

杨骁起床，摸黑端起桌上的凉茶，给自己倒了一碗。

他心里正烦躁，屋门忽然缓缓打开，一个身形娇小的女子低头走进来。

天色太暗，杨骁看不清对方样貌，看身段像是个年轻媳妇，想必是冯婆给他安排的女人。当下他也不客气，长臂一捞，就搂进怀里。

对方明显瑟缩了下，像是不知所措，却也没有反抗，反应生涩极了。

杨骁闻到清新的皂角味儿，知道对方大约是刚洗过澡，心中满意，伸手摸到对方的腰，只觉得那腰肢盈盈一握，触感格外柔软、滑腻。

他听到女人惊慌又压抑的吸气声，不禁失笑，问：“第一次？”

想必是刚成亲没多久的媳妇，年轻、脸皮薄，才会这样局促、紧张。

阿萝支支吾吾地“嗯”了一声，算是默认。

两人各取所需，本就无须交谈。杨骁不再多说，直奔主题。

女人发出一声轻呼，又慌忙捂住嘴，幽暗里只听见她急促的呼吸。

杨骁终于觉得哪里不对劲，他立即停止动作，额头出了汗，低声问床上女人：“你是第一次？”

这个第一次，已经不是方才那个“第一次”。

阿萝不知该怎么回答，咬着唇没作声。

杨骁默然片刻，竟穿上衣裤就走，明摆着不想沾她这麻烦事。

床上的阿萝怔住，眼见他打开门要走了，又羞又急，觉得自己唯一的盼头也要走了！她脑海一片空白，几乎什么也没想就翻身下床，一把将男人死死抱住，呜咽着哀求：“别……别走！求求你……”

阿萝身上未着寸缕，就这么无所顾忌地抱着他，像抱住最后一根救命稻草，无论如何也不松手。

杨骁浑身一僵，没敢回头，有些烦躁地道：“杨某不敢玷污姑娘的清白之身。”

“活都要活不下去了，要清白有什么用？”阿萝的眼泪湿了他的背脊，一字一句道，“求您行行好，只要能怀上孩子，绝不敢再纠缠您……”

她的声音软软的，语气也卑微，听上去分外可怜。

杨骁不是铁石心肠，眼下听阿萝这样哀求，便忍不住转身看去。

这一看，却实实在在地愣住了……

眼前女子……这女子，看上去约莫十六七岁，年轻稚嫩得很，身形虽然瘦弱，却也不失女子的韵味，她低垂着头，轻声抽噎，看不清面容。杨骁之所以愣住，是因为她身上布满了青紫瘀痕，肩上还有厚厚一层血痂，那副惨状不比他们在兵营里被操练的兵好上多少。

他想问她这身伤是怎么回事，刚开口，又止住。

那些伤痕深浅不一，显然不是一次打的，村里女人因为生不出孩子而在家中受气挨打，并不是什么稀罕事，他又何必戳人痛处？况且，她明明是完璧之身，却被逼得来这种地方，一定是万不得已，实在没办法了……

杨骁自认为不是什么好人，但是看见一个年轻女子落到如此境地，难免生出几分怜惜。

清冷的月光，透过半掩的屋门斜斜照入，照在女子雪白的肌肤上，更显白皙，而那些淤青也越发触目惊心。

杨骁不忍多看，低咳一声，反手将门重新合上。

房间恢复幽暗，两人看不清彼此的面目与表情，听觉在此刻变得尤其敏锐。

他略带尴尬地低声问："你……只是想要孩子？"

阿萝只咬着唇，闷闷地点头。

漆黑一片中，她听见男人笑了一声，像是自我调侃："这种便宜我哪敢白占。"

接着，她感觉手心被他强硬塞进一个东西，小小一块，光溜溜的，像是……银锞子？

她吓了一跳，觉得自己不该收这么多钱，可不等她反应，人已经被打横抱起，然后轻轻地落到床上……

床榻柔软，而阿萝身前多了一个硬硬的胸膛，他的气息微烫，喷洒在阿萝的面颊上，她不禁一下子红了脸。

好在房间幽暗，无人看见她此刻的窘状。

她咬着唇，努力让自己想些别的，然而随着两具身体丝丝密密的紧贴，无一不在告诉她此刻两人的亲密。这过程，是难以言喻的奇妙与艰难。

事毕，阿萝躺在床上，双手搁在自己小腹上，忽然有种不可思议的感觉。

“我肚子里……已经有小娃娃了吗？”她喃喃自语。

躺在身旁的男人听见，嗤笑一声，道：“要真这样，我可就威风了。”

阿萝听了有些不好意思，她也知道怀孕要看运气，有些女人刚成亲就怀上孩子，有些女人三年五载也没有动静，冯婆说她身子康健，一定会怀上，只是迟早的问题。

一次不行，就两次，三次……五次十次，总会有怀上的时候。

阿萝想了想，虽然知道不合适，可她实在是太想要一个孩子了，所以没忍住，轻声问杨骁：“要不……再……”

杨骁：“……”

黑暗中，男人颇有些无奈地看了一眼女人。

视线昏暗，只能依稀看个轮廓，但他觉得阿萝应该是漂亮的，如她的声音一般柔软、娇嫩，或许神态中还带着几分期盼，几分小心翼翼，就像……就像他年少时在山林里遇见的小鹿，那只小鹿分明口渴得紧，远远望着他手中的水壶好久，可就是不敢靠近。

因为他半晌没作声，阿萝又鼓起勇气道：“我可以，可以给你钱……”

她背着婆婆悄悄存了一些钱，不多，也不知够不够。

杨骁又笑了。

他平时不常笑，今晚上总被她逗笑，当下回道：“我怕你受不住，快睡吧，你要是担心怀不上，明天我再过来就是了。”

“真的？”阿萝心中欢喜，赶紧答应下来，“那我明天还来找你！”

杨骁：“嗯，睡吧。”

阿萝高高兴兴地闭上眼睛。

眼睛闭上了，还是毫无睡意。今天因为杨骁怜惜，所以她没吃什么大苦头。他告诉她明天也来，阿萝是真的开心。她忽然觉得，自己真要时来运转了。

……

杨骁醒来时，阿萝已经不在了，她赶着天不亮就回家去，以免被家里人发现。

他独自坐在床边，微微有些愣怔，直到看见床褥上的痕迹，才确定昨晚发生的那一切不是梦。

想来仍觉得不可思议，他不知道对方姓甚名谁，连对方是什么模样都没看清，就要了人家的清白身子。随后，又想起她说要给他钱，不禁莞尔一笑，觉得她可怜又可爱。

笑着笑着，觉得她大约还是可怜多些，他也就笑不出来了。

必定是苦命的女子，否则也不至于做此事。如今四处打仗，苦命的人太多了。

门外传来同伴的吆喝声，打断了杨骁的思考，他应和一声，穿上衣服出去了。

回到兵营，杨骁与张成海跟守卫打了声招呼，便回自己营帐了。

今日还未安排操练，他们一进兵营就看见士兵们各自闲逛，还有些人聚在一起打叶子牌，说说笑笑。明知平国大军随时会打过来，大家却好似一点也不紧张。

其实全是混吃等死罢了。

前方连吃败仗，当今皇帝又昏聩无能，胡乱指了个文官来领兵，几个将领要么内讧，要么各找出路，没有一个人的心思在练兵上，所以手底下这些小兵也松散，毫无纪律可言。

杨骁刚进兵营时，很看不惯这种场面，后来张成海开导他，说一旦与平军交锋，无异于以卵击石，到时候大家都是要死的命，不如快活一日算一日。

杨骁慢慢也就释然了。

张成海回营后得知没有安排，倒头就睡，一觉睡到中午发饭的时候，起来和杨骁一起去伙夫那里领吃食。

如果不打仗，在兵营里最大的好处就是管吃管住还有钱拿。

两人坐在营帐外边啃馒头，听见身边的弟兄们说那平军势如破竹，不可抵挡，如今已经打到万龙岗，只怕再过不久，这里也会被攻陷。

张成海咂吧咂吧嘴，心里不是滋味地道："老子活了二十年，连儿子都没生一个，就这么死了可真是亏。”

杨骁想起阿萝的事，脱口问他：“知不知道怎么生儿子？”

张成海一愣，怪异地看向杨骁：“还能怎么生？找个女人睡一觉不就生了？”

杨骁道：“你之前不是说你娘是村里的接生婆吗，知不知道怎么更容易让女人怀上？”

“问这个干吗？”

“随便问问，说不定将来用得上。”

“哈！你这小子想得倒美！说不定明天就上战场了，你还想生儿子？！做梦呢！”

杨骁嚼着嘴里的馒头，不紧不慢地咽下，心里知道张成海说得对，战乱连连，这种时候生孩子，不是让孩子活活遭罪吗？

眼前恍惚浮现出阿萝那一身淤青……

孩子，只要给她一个孩子，她就不用再挨打了吧？

第二天晚上，阿萝仍是后半夜才到。

没有办法，她必须等家中公婆和志贵全都睡熟了，才敢出来。

她进来的时候，杨骁是醒着的。他有意往门口瞧了眼，恰好瞧见她的侧影，鼻头秀气，下巴小小，依稀是个乖巧、清秀的模样，不等他细看，门便被她快速合上了。

房间再度变得黑漆漆的。

黑暗像是能壮人胆，她窸窸窣窣地摸到床边，然后一件一件脱自己的衣裳。

杨骁起初想点根蜡烛，好看一看她究竟长什么样子，后来觉得她大约是不愿意的，便作罢了。他与她之间本就没什么关系，一个图一时爽快，另一个只想要个孩子，即便看清彼此长相，又能如何？……本就是没有必要的事。

他抬起一只手臂，轻松搂住床边的女人，无视她的惊呼，将她压在身下。

她很乖巧，即便被他吓了一跳，也很快安静下来。

独属于男人的气息将她包裹，浓烈又霸道。心里分明知道只是为求一个孩子，可最后他紧紧抱住她，她就生出一种自己被珍爱的错觉。

仿佛自己也有人疼，有人爱，有人护……

杨骁把枕头拖过来，垫在她腰下面，讪讪道："听说这样容易怀上。"

阿萝红着脸，低低地"嗯"了一声。

杨骁侧身在她身边躺下，平复了下呼吸，房间里安安静静，两个人都没有说话。

静默太久，气氛渐渐变得有些异样。

他能感觉到她的局促，便率先打破沉默，随意聊道："你昨儿什么时候走的，走得真早。"

阿萝双手搭在小腹上，规规矩矩地回答："卯时不到就走了，你呢？"

杨骁："你起得真够早的，我至少比你晚起两个时辰。"

一个当兵的，起床还不如女子早，说出去怪不好意思的。

阿萝沉默片刻，小声地说："喀喀……你是该……该多歇息一会儿……"

杨骁听了，忍不住低笑出声，觉得阿萝可爱。

阿萝感到羞窘，越发声小气弱："你……你笑什么？"

"没什么。"杨骁忍着笑答道，"你比我更操劳，毕竟那孩子要揣在你肚子里，你最辛苦不过，还要起这般早，以后还是多歇息歇息吧。"

阿萝抿了抿唇，慢慢道："没有办法，要烧火做饭，劈柴挑水，如果起得太晚，就干不完活，干不完活，就……"

就会挨打。

阿萝没说下去。

平日里挨一顿打也就罢了，可她现在肚子里可能已经有了娃娃，自然是半点风险不能冒，所以她一定要把婆婆安排的家务活尽早做完，免得挨打。

杨骁听出她的难处，不屑地嗤了一声，道："你家里人未免太刻薄，既想要你怀上孩子，又这样使唤你干活，就算怀上了只怕也保不住。"

话说完，他意识到不妥，讪讪地补充道："我的意思是……你得跟你家里人说清楚，若是怀上孩子，一定要好吃好喝地养着。”

阿萝默默听着。

她心里早就有了打算，一旦怀上孩子，就立刻离开这里，否则被公婆发现，一定会将她沉塘。但这些话，她自然不会跟杨骁说。

阿萝想了想，问杨骁：“听冯婆说，你姓杨？是哪个杨呀？”

“木字旁那个杨。”杨骁说，“单名一个骁字，骁勇善战的骁。”

“杨……骁……”阿萝慢慢地念他的名字，试图牢记，将来若有一天孩子长大，询问生父姓甚名谁，自己也不至于一无所知。

这时，杨骁问她：“你呢？叫什么？”

“啊？”阿萝愣了愣，“……我叫阿萝，我，我不知道自己姓什么。”

杨骁问：“怎么会不知道自己姓什么？”

“我被买来时，年纪小不记事，后来家里人一直阿萝阿萝这样叫我。”

公婆家是有姓氏的，只是阿萝刻意忽略，因为她始终不认为自己与他们是一家人。

“阿萝……”杨骁想了想，“是茑萝的萝吗？这名字挺好。‘冉冉孤生竹，结根泰山阿。与君为新婚，菟丝附女萝。’”

阿萝又一愣，语气里带了几分惊奇：“你念过书？”

在穷乡僻壤，能识文断字的人都很稀罕，阿萝听杨骁念出文绉绉的诗句，不禁佩服道：“你好厉害呀！”

“这算什么厉害？我小时候是上过几年私塾，不过又有什么用呢？”杨骁淡淡地笑了笑，“还不是照样被抓去当兵丁？如今四处兵荒马乱，学文识字倒不如舞刀弄枪来得实在。”

阿萝能听出他话语中的失落，只是不知道该怎么安慰，心里正纠结着，又听他问：“你会写自己的名字吗？”

“不会。”阿萝心中萌生一点期待，“你要写给我吗？”

“嗯。”杨骁大方道，“这里没有纸笔，明天我写好了带来给你，虽然我刚才说学文识字没什么用处，但是能知道自己的名字怎么写也是好的。”

阿萝抿嘴笑了：“好，谢谢你……”

“这有什么好谢的，不过是写个字罢了。”

“对了，你刚才念的诗是什么意思？”

“嗯？哪一句？”

“与君为新婚，菟丝附女萝……”

“啊，这个啊，说的是两个人结婚，像菟丝和女萝，茎蔓互相牵缠，彼此依附……这首诗还没念完，你想不想听？”

“想呀，后面是什么？”

“与君为新婚，菟丝附女萝……菟丝生有时，夫妇会有宜。千里远结婚，悠悠隔山陂。思君令人老，轩车来何迟……”

寂静的夜，两人并肩躺在一处，慢慢说着话。

星空高远，月亮躲进云里，而他们心中不约而同地想着，夜晚再长一些，再长一些……

炉子里的柴，烧得噼啪作响，锅里的热粥咕嘟嘟滚着泡儿。

阿萝守着炉灶，想起昨晚他给自己念的诗，嘴角不知不觉翘起，心里尝到丝丝甜意。一会儿，她又想到两人床笫间的缠绵，面颊禁不住飞上红霞，在这间灰扑扑的小厨房里，她一个人兀自羞红了脸。

外面传来婆婆的喝骂声，似乎是志贵又拉裤子了，催她去收拾。

阿萝应了一声，动作利落地将火势掩小，盛出几碗红薯粥晾着，然后去给志贵换洗衣裳。不知道是否因为有了昨晚的温存，眼前这些折磨忽然都不算什么了，她现在只盼着太阳西落，夜晚早早来到。

她脚步轻快，眉眼间莫名有些神采，不似平常的木讷、沉闷，引得婆婆看她好几眼。

阿萝察觉到，赶紧垂下头，恢复老老实实的模样。她也不知道自己为何如此，只觉得有只小鸟飞进心窝里，它跳来跳去，扇着翅膀，还想哼小曲儿。

怕引起婆婆怀疑，她刻意压抑内心的雀跃，闷不吭声地干活，一直熬到公婆出门了，才如释重负般露出笑容。

一瞥眼，阿萝看见志贵蹲在院子角落里，他又在捅蚂蚁窝，还在“呸呸呸”地吐口水，孜孜不倦地想用口水糊住乱爬的蚂蚁。

阿萝脸上的笑容微微收敛。

杨骁和志贵是不同的。

杨骁听得懂她的话，也会好好与她说话；睡觉时以保护的姿态睡在外侧，夜里凉了会让出更多被子裹住她；他会抱她，会亲她，还会念诗给她听。明明只是刚认识不久的陌生人，可他愿意对她好。

……当然，她知道，要拿志贵与他比，是不公平的。

只是她总忍不住。

忍不住去比较，忍不住去幻想……幻想自己不曾被卖过，平平安安长大，然后嫁给一户人家。在那个家里，婆婆仁慈，公公明理，丈夫也知冷知热，她可以做个温良贤淑的妻子，而非现在这样，心中日复一日地盛满不忿与怨毒，还有自毁式的报复。

阿萝收回混乱的思绪，再次看了眼被蚂蚁吸引住全部注意力的志贵，然后转身，去屋里翻出一些碎布头，再回到院子里，坐在门槛边的小凳子上开始缝缝剪剪。

趁着现在志贵还算安分，她打算给杨骁做一个平安香囊。香囊里可以放一些驱虫的药草，寓意好，也实用，平时能够随身携带。

两人才刚刚认识，贸然送东西似乎有点不妥……

可她忍不住，想试着做一做。

她第一次萌生要为某个人做点什么的念头，以往都是被人使唤着做这做那，但这次，是想她主动想做。

香囊不过巴掌大点，她手脚麻利，很快绣好花图案，然后比照着大小裁剪、缝补，塞进零星的药草，最后系上一个漂亮的结——大功告成。

只是……

该怎么送给他呢？总得有个缘由啊……什么缘由？谢谢他愿意配合自己？还是为那几分心悦？

也许人家并未把她放在心上，即便对她好，大约也只是习惯使然，一两分甜头，怎么就让她春心荡漾了呢？

思及此，好似一盆冷水浇下，阿萝的心一瞬凉了下来。

是啊……

她在做什么？

连对方家中是否有妻妾都不知道，就要付出一腔真情吗？阿萝啊阿萝，你醒醒吧，如今，最要紧的事是孩子，要尽快怀上孩子。

她一定是寂寞太久，所以才会在感受到一点点温暖后，就迫不及待地献出自己一颗真心。

做好的香囊已不打算相赠，扔了也可惜，不如下次托人带去镇上卖掉，兴许还能换几文钱。

阿萝的心静下来，她将香囊藏进屋中，再不胡思乱想。

……

入夜，阿萝睁着眼睛躺在床上，志贵在她身边打呼噜，隔壁公婆屋里一片寂静。

除了她，其他人都熟睡了。

又等了一刻钟，她轻手轻脚地起床穿衣，趁着夜色走出家门……

没有月亮，夜路昏黑，茫茫夜色中偶尔响起几声狗吠。

冯婆在院门前左右徘徊，等了许久，终于看见阿萝的身影，赶紧快步上前，拽住她问："怎么这么晚？没出什么事吧？"

"志贵闹着不肯睡，总要把他哄睡了才能出来。"阿萝朝里屋望了眼，面颊微热，低声问道，"……他来了吗？"

"来了，在里头等你呢。"冯婆往她手里塞了一把什么，催促道，"赶紧进去吧，记得把这个放在褥子下面。"

阿萝低头看，是一把瓜子，民间有些生孩子的"土方"，譬如往床褥下头塞些瓜子枣子之类，这法子不知真假，反正如今她什么都要试试。

阿萝暗暗吸气，闷头往里走去。

屋门虚掩着，轻轻一推就开了，吱呀的推门声，在寂静的夜里分外明显，但床上那人没有动静，似乎睡熟了。

阿萝抿了抿唇，小心翼翼地走进屋，然后合上门。

视线一旦黑暗，她仿佛立时有了一层保护罩，能够暂时放下羞耻与胆怯，在一个认识不过两晚的男人面前宽衣解带。

男人似乎真的睡熟了，哪怕她已经在他身侧躺下，仍然毫无反应。

阿萝有些为难，不知该不该叫醒他。她冒险过来，当然不是单纯为了睡觉，可真要叫醒对方，又觉得……有种说不出的难堪。

纠结了一会儿，她到底脸皮薄，没好意思出声。手里的瓜子握了太久，黏黏糊糊不舒服，她翻身侧躺，摸到床褥一角，开始把瓜子一颗一颗往褥子下面塞。

不知塞到第几颗，身边的男人忽地低笑，伸手覆在她的手背上，一下子抓住她，笑道："你在干吗？偷偷摸摸像只小老鼠。"

他的手指往她手心里钻，摸到瓜子，声音里笑意更盛："这是什么？打算在床上偷吃零嘴儿？"

阿萝尴尬极了，面红耳赤地解释："不……不是，这是冯婆给我的瓜子……"

杨骁问："怎么，她怕你饿着？"

"这、这个是，是生孩子用的……"阿萝的声音越来越小，小得快要听不见，"瓜子，送瓜求子……"

杨骁想了想，点头道："是该努力生孩子了。"

说着，他人已经覆身上来。

阿萝的脑子开始发昏，身体好似不是自己的。

"阿萝……"男人喊出她的名字，充满了爱意与温情。

明明只是刚认识几晚上的陌生人，阿萝却莫名地想要记住这个声音，这种……充满爱意的呼唤，以前从未有人这样叫过她，以后，也未必会有。

阿萝……

阿萝……

……

他出了一身汗，挨着她平躺下来。

理智慢慢回归。

阿萝在黑暗里睁着眼睛，能感觉到心脏仍在怦怦急跳。哪怕再三告诫自己，只要怀上孩子就好，可有些事情，她发现自己根本控制不了……

“对了……”

杨骁在枕头下摸了摸，摸出一样东西，递到阿萝手里。

“上次不是答应要给你写名字吗，这个送给你。”

阿萝默默抚摸手中的礼物，形状细长，质地坚硬……是一根木簪子，指腹能摸到一些凹凸不平的痕迹，他好像把她的名字刻上去了。

阿萝有些后悔了……

那个香囊，下次她一定带来。

有一个词，叫作春宵苦短。

以前阿萝不解其意，现在却忽然懂了。

一连七八个晚上，她抛开了世俗的戒律、道德的约束，一味沉沦在欢愉中。她像一个饿了太久的人突然获得美食，像一个冻了太久的人突然迎向太阳，像一个苦了太久的人突然尝到甜蜜的滋味，无论如何也不愿放手，以至于有时她也迷茫，自己这番沦陷，真的只是为得一个孩子吗？

等到怀上孩子以后呢？……她迟早要走，这是她很久很久以前做出的决定，绝无更改的可能，哪怕再贪欢，也终有结束的一天。

这样一想，不舍的情绪纷纷涌上来，一颗心好似被泡进酸水里，酸涩得令人难受。

身边的男人安静地躺着，浑然不知她的愁肠百结。阿萝轻轻侧过身体，小心翼翼地搂住他结实的臂膀，紧紧依偎，试图用身体的亲密让自己好受些。

“怎么了？”杨骁低低出声。

原来他没睡。

阿萝抿了抿唇，不知该怎么答，也觉得自己的举动不合时宜，便默默松开了他。

黑暗中听见他轻轻笑了笑，也侧身过来，而后长臂一捞，就将她搂进怀里，调笑道：“怎么，难道还在想……”

阿萝埋在他怀里，瓮声瓮气地说：“我没想……”

“没想怎么不睡？”

“睡不着……”

杨骁想了想，说：“要不然，我们聊会儿？”

阿萝轻轻摇头：“不聊了，你明早还要回兵营操练，还是快睡吧。”

杨骁笑了：“这么关心我啊，还挺贤惠。”

阿萝：“……”

这话她没法答。

“贤惠”这个词，通常用来称赞妻子，可她和他，并不是正经夫妻……

大约察觉到她心里那点失落，杨骁换了话题，问她：“你的‘小日子’一般什么时候来？”

阿萝微愣，回道：“有时月初，有时月中，也不怎么准……怎么问这个？”

杨骁笑笑：“我这不是想着，如果这个月你的‘小日子’没来，是不是已经怀上了？”

阿萝听了，默默算了算日子……她的“小日子”一直不太准，如果按照月初的时间算，“小日子”应该已经来了，如果按照中旬的时间算，就还得再等十天。

会不会，已经怀上了呢？

她正想摸摸肚子，杨骁却比她快半拍，温热的手掌按在她小腹上，轻轻摩挲。

“我一个没成亲的人，居然会先有个娃儿。”他笑着感叹，“哪天真死在战场上了，这辈子也算没白活。”

阿萝默然，小声道：“如果……是女儿呢？”

闻言，杨骁沉默下来，过了一会儿，叹道：“如果是女儿，你们娘俩恐怕要吃苦了……”

阿萝伸出手，覆在他放在她小腹上的手上，柔声说：“希望是个儿子，希望……不，一定是儿子。”

因为这世道不给女人活路。

杨骁却不禁认真考虑起这件事来，如今这世道，如果阿萝真生下女儿，肯定又要吃苦头。婆家折磨事小，还有些心肠狠硬的人家，家中产妇一旦生了女娃，就直接溺死。

他家里的老娘倒是一直很喜欢闺女，因为家中都是男娃，所以总盼着能有个孙女，如果这一胎真是女娃，不如让阿萝去投奔他那老娘？

……不行。

他已经离家十年，现如今兵荒马乱，暂且不提家里的亲人是否还健在，只说眼前他和阿萝这算什么关系？她只是来要个孩子的，不是来许终身的，他凭什么要她背井离乡去投奔一个……一个很可能已经离开人世的陌生人？

是他寂寞太久了吧，所以几晚的温存也想让它有个结果。他是个随时会没命的人，给不了承诺，给不了未来，什么都给不了。

思量了太久，不知不觉间，怀里的女人睡着了，杨骁轻轻抚摩她的背脊，情不自禁地低头吻了她的发顶。

这世道女人不好过，男人也不好过，战场上不是硝烟的黑就是鲜血的红，与她共度的这几晚，大约是他荒凉生命里唯一的一抹艳丽。

3. 离别

两人就这样保持着来往。

杨骁不是每晚都来，七日里大约能来五次，他那兵营管理松散，领兵的大官偶尔想起来会把他们往死里操练，大多时候是非常清闲的。

除了送簪子，之后他又送过她两次小礼物，一次是山上摘来的野花，另一次是他偶然逮到的一只蝎子。

阿萝不敢把野花拿回家，那只蝎子她倒是很喜欢。

杨骁把蝎子养在竹节做的水壶里，兵营里的人没事就逗弄几下。他出来找阿萝的时候，怕兵营里那些家伙把自己的蝎子玩死，索性带出来。本以为阿萝会害怕，她却说可以卖给村里的大夫，能卖不少钱。

杨骁当时被噎了下，随后哑然失笑，便把蝎子送给她了……

村里的大夫七十多岁了，身边只有一个九岁的徒弟，阿萝偶尔帮他干点活，作为回报，大夫教她辨认各种药材。阿萝学得多了，会有意识地收集一些药材拿去大夫家里，或赠或卖。

她的私房钱大多是这样存下来的。

想要离开村子，钱是必需品，吃饭、住宿、赶路，样样都需要钱。不过，虽然她存了很久，却是加起来都不如上次杨骁给她的那块碎银子值钱。

阿萝查看自己的储蓄时，把碎银捏在手里，这块小小的金属，沾上体温，很快变得温热起来，握在手里暖暖的。她想起他塞银子时的情景，嘴角微翘，怎么说呢……有点，舍不得花掉。

她把银子放回到罐子里，大夫给的十几文钱她也放进去，感觉罐子又变沉了一点，心里十分欢喜。

除了这些钱，走的时候，还要带上那根簪子。

说起来，他之所以会送她簪子，是不是因为发现她头上只有头绳？可惜现在不能戴上，不过没关系，等她走了，等她离开这个地方，她就能光明正大地戴上他送的簪子了。

阿萝从柜子后的夹缝里，把自己私藏的簪子抽出来，剥开外面包裹的一层薄布，露出里面的乌色。不知道他是用什么木头做的，简简单单的款式，一侧刻了小字，据说那是她的名字。

她打开门，在阳光下细看，又用指腹摩挲那凹凸的刻痕，越摸，心里越欢喜，有种不由自主的欢欣与雀跃。

院门忽然被人推开。

阿萝吓了一跳，忙不迭地放下手，将簪子藏在身后，然而她这番欲盖弥彰的动作，到底被推门进来的婆婆看见，婆婆冷声质问："你刚才在干吗？"

阿萝没想到公婆今天会回来这么早，垂头回道："……正要去给菜园子浇水。”

“浇水？”婆婆放下手里的农具，一面往里走，一面狐疑地上下打量她，“你手里拿了什么东西？”

阿萝嗓子眼发干，手心出汗。她不敢看婆婆的眼神，嗫嚅着往后退：“没……没拿什么……”

婆婆脸色沉下来，手里的锄头用力碰了下地面，发出砰的一声响，充满威胁。

在院子里玩耍的志贵被吓到，咧开嘴想要哭，又被公公拉回屋里去。

婆婆朝阿萝走过来：“你偷藏了什么？给我拿出来！老娘供你吃，供你住，一天到晚叫你做不了几样活，你是闲出病来了敢在家里偷鸡摸狗？！快拿出来！”

阿萝咬着唇，把簪子掩在袖子里，转身就往屋里跑。

她知道自己没有辩解的机会，再不跑的话，婆婆一定会过来搜身。而这根簪子绝不能让婆婆找到，因为她没法解释簪子的来历。

身后爆发出歇斯底里的骂声：“臭丫头你还敢跑？！浑蛋玩意儿！日日吃着白食犯懒，现在居然还敢在我面前作妖，我看你今天是欠教训了！”

阿萝一进屋，立刻把簪子甩进柜子底下。来不及关门，婆婆已经举着锄头追过来。那一锄头砸下来，她痛叫一声，跌倒在地，只觉得眼冒金星，后背好似被刮了一层皮，火辣辣地疼。

婆婆常年务农，力气极大，一把将她的手捉住，见她两手空空，又恶狠狠地扯起她的衣领子问：“东西呢？！你把东西藏哪儿了？！我明明看到你手里拿了什么东西！交出来！！！”

阿萝头昏眼花，痛得连话也说不出，只能无意识地摇头。

婆婆却因为她的不配合而更加恼怒，当下扔了锄头，扯着头发将她拽起，一连扇了几巴掌，喝骂道：“说！你是不是偷拿东西了！你偷了什么？！说啊！！！”

公公闻声过来，皱着眉问：“什么偷东西？她偷家里什么了？”

“我明明看见她手里拿着什么东西，这臭丫头转头就把东西藏屋里了！分明是心里头有鬼，还嘴硬不承认！”婆婆气得不轻，手里使劲拧阿萝身上的肉，拧到皮青肉肿，“我让你嘴硬，让你嘴硬！”

公公也恼了，平日里婆婆如何对待阿萝，他都是冷眼旁观，可一听说阿萝偷了家里的东西，便怒不可遏，一脚踹向阿萝胸口。

“啊！……”阿萝惨叫出声，她浑身都疼。眼看公公抬脚又要踹，她只能蜷缩身子护住肚子，那一脚踢到她的右脸，耳朵顿时嗡嗡作响，什么也听不见了，鼻腔里也涌出血来。

公公厉声道：“再不肯说，就敲断你的腿！”

阿萝闭眼流下眼泪，哑着嗓子道：“我说……我……说……”

她身上伤口太深，已是动弹不能，只能哄骗公婆去找床底下的小罐子，那里头存着她所有的积蓄。

婆婆在屋里咒骂不停：“丧良心的！养了她十几年，她居然敢偷家里的钱，老头子你瞧瞧，攒了大半个罐子！幸好今天抓了个正着，要不然咱们家都得被这死丫头偷个精光！”

阿萝很想说她没有偷，但是发不出声，视线也渐渐模糊，况且说了又有什么用呢？谁会听她解释呢……

迷迷糊糊间，她隐约听见外头有人扬声道：“你可消停点吧，好好一个姑娘被你打掉半条命，赶紧请大夫来看看吧！”

“要你多管闲事？！我自家买来的，别说半条命，就是把她打死，她也怨不得我！”

阿萝的眼皮子变得很沉，很沉……意识消散，身体似乎也跟着麻木，她昏死过去。

接下来几天，阿萝一直处于半昏半醒的状态。

有时听见志贵在哭闹，有时听见公公发牢骚，更多的时候是婆婆在身边骂骂咧咧。其间村里大夫来过一次，给她上药时沉沉叹气：“阿萝啊，快点好起来吧。”

……

一连几天，杨骁在冯婆那儿都没见到阿萝，向冯婆打听阿萝的消息，冯婆只含糊地说她病了，却说不清究竟得了什么病。

杨骁心想，许是来“小日子”了，所以不方便过来。

他有些着急，最近得了消息，说上头调派来领兵的那名文官，惧怕平军威名，准备趁着平军还没打过来，领兵往西撤，以便与西北大营会合。

说白了，就是怕自己打不过，提前逃跑。

领兵的主帅要跑，他们这些小兵自然也要跑，杨骁这些年在外头一直无牵无挂，现在心里记挂了一个女人，不想不告而别，可不料，阿萝会一连几天都不露面。

杨骁想等，兵营却等不得，第二天拔营起寨，整个大军都要离开。

收拾行囊时，杨骁还是不甘心，托了同营的张成海帮他收拾，自己出营去找阿萝。

“一会儿副尉就要过来检查了，你这个时候要出营？”张成海愕然道，“不过是一个女人罢了，你不会对她产生感情了吧？哥们，你清醒清醒，你当人家是真心想跟你？她们不过是家里死了男人，过不下去了！否则，谁会愿意跟我们这种活一天少一天的大头兵？！”

杨骁望着外头，神色寡淡：“倒也不是非要她跟我，只是几天没见了，有些不放心……”

“说不定是去别处赚钱了。”张成海随口道。

杨骁微微皱眉，看了张成海一眼，没说话。

他知道阿萝不会去别处，那样腼腆、胆小的性子，好不容易在他面前放开了些，又怎么可能再去对别的男人投怀送抱？这几天不露面，要么是真的病了，要么，是怀上了？

若是已然怀上孩子，自然就……不需要来寻他了。

现在太阳还没落山，青天白日的，即便他去了，她也肯定不在，既然如此，他又何必冒险出营一趟？

外头传来其他营帐里的吆喝声，大家正齐齐把行囊往马车上搬运，过不了多久，营帐也会拆解下来。杨骁站在原地，想了又想，还是不甘心，迈步走出帐外——

哪怕是为了自己，他也得给这段关系一个交代。他不愿稀里糊涂地结束。

杨骁与看守熟稔，打了声招呼便出营去，一路找到冯婆的院子。

他第一次白天过来。

院子里清冷、寂静，看上去与普通农家小院没什么分别，枯瘦的老太婆坐在院子中间吃着最简单的稀粥和酱菜，瞧见杨骁进来时，冯婆狠狠吃了一惊。

她惊愕不已地问杨骁："小军爷怎么这个时候过来了？"

因为他来找过几次阿萝，冯婆又接着道："阿萝的病还没好，今天恐怕也来不了了。"

杨骁微微皱了下眉头，对冯婆说："大军开拔，马上就要启程，以后我不会再来了。如果她来了，劳烦您告知她一声。"

冯婆眼中流露几分慌乱："怎、怎么突然就要走了……"

阿萝的肚子还没有消息，这个时候走了，她再去哪里物色男人？

杨骁不知道冯婆的心思，他站在冯婆家的院子里，想着自己这一走，两个人就再也见不了面，虽不至于像个姑娘似的哭天喊地，但心里确确实实不舒服。

杨骁从脖子上摘下一样东西，带着几分犹豫地走到冯婆面前，把那物件轻轻搁在桌上。

"如果哪天她来了，您把这个转交给她。"

冯婆疑惑地看着那东西："这是……"

"几年前在战场上中箭负伤，险些丧命，军医从我胸口挖出这枚箭头。"杨骁淡淡道，"都说大难不死，必有后福，之后我便一直随身携带。您交给她，也算是个……是个念想吧。"

杨骁的声音低了几分，自嘲地笑了笑："如果她不要，就扔了吧，反正也不是什么值钱的东西。"

"这……"冯婆拾起那枚箭头，一时间心中百般滋味，再抬头看，杨骁已经转身走远了。

冯婆看着那个背影，发出一声怅然的长叹。

阿萝再次来到冯婆的院子，已经是十日后。

她伤得太重，躺在床上高热不退，婆婆照料也不尽心，头几天灌了几碗汤药，之后就不再管她，任她自生自灭。

阿萝命大，总算慢慢康复，只可惜当她能下床时，便听说大军撤离的消息。

“这是他留给你的。”冯婆把箭头交给阿萝，叹息道，“我瞧着他是个有情有义的，要不然也不会三番五次来我这儿寻你，可惜你们俩没缘分啊。”

箭头颜色陈旧，却泛着光亮，似乎常被人握在手里把玩，尾端系着一根红绳，做成了一个吊坠。

阿萝默默看了一会儿，低头戴上箭头吊坠，然后塞进衣服最里面，仔仔细细地用衣领掩住红绳。

“冯婆，我回去了。”她低声道。

冯婆担忧地看着她：“阿萝，别难过，回去了好好养伤，以后有合适的人选，我再去找你。”

“不用了……”阿萝的声音很轻，像只幽灵，没有任何情绪，“不用了，阿婆，就这样吧……”

她转身，一步一步地往回走。

钱被拿走了，身体带着伤，现在他也离开了……是惩罚吗？是老天爷在惩罚她的贪念与妄想，非要让她留在这里被折磨致死吗？

忽然之间，阿萝发觉自己所做的一切都成了徒劳，她挣不脱命运的摆布，逃不开老天的戏弄，明明自己已经拼尽所有，却连最后一丝微弱的希望也被夺走。

还是要回到地狱。

起早贪黑地干活，任劳任怨地侍奉，每日的“回报”是无休止的谩骂与责问，好在没怎么挨打了，公婆大概顾忌她身上的旧伤，怕真把她打死了，家里少一个劳力。

本以为再难也不过如此了，却没想到，又传来噩耗——说那撤退的大军，被另一路平军截杀，三万兵将，无一生还。

听到这个消息时，阿萝正在河边洗衣服，河水卷走了衣服，她愣愣地跪坐在河边，直到太阳西落也没回过神。

脑海中只有那四个字：

无一生还。

阿萝昏迷在河边，几名村妇把她抬回了家。

当着外人的面，婆婆没有打骂她，只当她是旧伤未好才会晕过去，随口抱怨两句，便去厨房做饭了。

阿萝一个人静静地躺在屋里，听见外面的响动，没有睁开眼睛。她想一睡不醒，永永远远，一直昏睡下去……

晚上，志贵在她身旁鼾声如雷，而阿萝睁开了双眼。

隔壁屋里公婆正在低声交谈，大军被歼灭的消息传来后，整个村子都受到了影响，每家每户都在计划搬走。

他们没有驴车，路上带不了多少行李，所以在离开之前，得想办法把地窖里的存粮换成钱，家里养的鸡也需要变卖，实在带不走的东西要找地方埋起来，以防被流窜的士兵毁坏……要做的事情太多了，接下来几天公婆都不会有空找她麻烦。

阿萝听着隔壁的低声细语，双眼直愣愣地望着屋顶的暗影。她毫无睡意，心里在想，如果她没有挨那顿打，至少能见他最后一面，至少可以好好道别……她还有许多话，许多话，想要对他说，可是如今，那个人不在了。

因为这一家人，她没能和杨骁说一句再见。

因为这一家人，她失去了见他最后一面的机会。

因为这一家人……

这一家人！

阿萝心中好恨！好恨！

于是她坐起来，像游魂一般推开房门，定定地看向院子角落堆放的柴。

只要将房门锁上，外面堆上柴火，再点一把火，这一家人就会从世上消失。

阿萝的动作很轻，也很快，无声无息地布置好了一切，只差最后一把火。想着这一家三口会被大火吞噬的场景，她却发现自己心中毫无快意。

她拿着火折子，静静地站在公婆屋外，手，一点点握紧，唇，一点点抿紧，一次又一次深呼吸……还是不甘心。

不够！

还不够……

她不想叫他们死。

她要叫他们活着，全部活着！尝尽生活中的穷困、饥饿、疾病、颠沛流离……以及其他能想到的一切磨难，她要他们痛苦至死。

阿萝闭上眼睛，良久，再睁开时，恢复了平静……

她收起火折子，回屋睡下。

翌日早晨，阿萝的公婆发现，院子里的柴摆得乱七八糟，两人心里记挂着搬家的事，没有多想，只当是志贵淘气，弄乱了柴火。

一整个早上，公婆都在收拾行囊，午饭草草吃了一顿，找邻居借了驴车，把地窖里的米面和干货搬上车，要送去镇上卖了换钱。

他们这一去，至少要到太阳落山才会回来，家中只留了阿萝和志贵。

出门之前，婆婆不放心，回头望了一眼——阿萝正在给志贵喂饭，汤水顺着嘴角往下流，志贵咧着嘴傻笑。

婆婆满意地收回目光，和公公一起上了驴车。

驴车渐行渐远，阿萝默不作声地喂完一整碗饭，然后放下碗和勺子，去了公婆的屋里。

公婆的屋子，比她和志贵的屋子略大一些，摆的物件也多。阿萝扫了一眼，视线定在床边一个双门柜子上。她记得里面会有一个木匣子，家中值钱的东西都放在那里面，婆婆怀疑她手脚不干净，最近把木匣子换了地方藏，不过再怎么藏，也肯定在这间屋里。

阿萝打开柜门，里面果然只放了些棉线杂物，她伏低身体趴下来，瞧见床底下摆着那个木匣子。

阿萝把木匣子抱出来，匣子上有一把结实的铜锁。阿萝视若无睹，将匣子抱出屋外，然后取来斧子，在志贵惊讶的目光中，她把木匣子砍得四分五裂。

——铜钱、银子全散落出来，还有婆婆私藏几十年舍不得戴的银镯子、银耳环。

阿萝把所有银钱包起来，塞进自己的衣襟里，然后回房，简单收拾了两件衣裳，准备离开这里。

没有详尽的计划，没有切实的目的地，甚至没有周全的退路，她打算一走了之。

即便明知道被抓回来后，会被活活打死，她也还是要走。

即便这一去从此流离失所，变成黑户，她也还是要走。

她受够了，忍够了，再也不能在这里待下去！

一秒也不能！

拎着包袱出来时，志贵正在院子里玩，他被破损的木匣吸引，蹲在地上不住地摆弄。

阿萝静静地看着他。

这是她的“丈夫”，也是她一切痛苦的源头，偏偏也是最无辜的那一个。她恨过婆婆，恨过公公，恨过老天爷，唯独面对志贵时，她想恨，却恨不起来……

“志贵，我要走了。”阿萝神情麻木地看着这个宛如稚童的男人。

志贵看她一眼，嘴角挂着口水，傻傻地笑着。

阿萝说：“我不会回来了。”

志贵听不懂，也不愿听，他抱起破损的木匣子，一蹦一跳地跑去了厨房。阿萝跟着他过去，看见他把木匣子往炉灶里塞，他又想玩火。

以往阿萝总会拦着，但这次，她只是站在门口，冷眼旁观。

她看到志贵被烫着，随后坐在地上哇哇大哭，燃烧的木匣子滚到一边，碰到炉灶外的细柴，燃烧成熊熊火焰。

志贵的哭声更大了，他像个惊慌失措的小孩，踉踉跄跄地扑进阿萝怀里，向她寻求保护："火……火啊……"

阿萝脸上神情仍是淡漠的，她无视逐渐蔓延的火势，语气平平地说："我真的要走了……以后，我再也不会给你喂饭，再也不会帮你洗澡，再也不会收拾你的屎尿，再也不会和你睡觉……我，我再也不……再也不要见到你。"

志贵还在哭。

阿萝拉开他的双手，转身，拎着包袱迈出院门……

本以为自己会漫无目的地游荡，可是当她真的离开村子，思绪却出乎意料地变得清晰。

——边城战乱，平军势如破竹，军队定会朝着王都方向进发，所以去往王都方向的沿途所有城镇都不适合她落脚，北上应该会比较安全。那一带接近草原，听闻游牧民族不需要户籍也能在城中交易买卖，她或许可以借外族人的名头一用。

此去山遥路远，光靠两条腿，不知要走到何年何月，身上的银钱也不够那么长时间的消耗，所以走水路最为稳妥，不但可以避开流窜的兵马，也能节省脚力，不至于叫她路上太辛苦；唯一需要注意的是，小心同船的人里面是否有地痞、盗匪……

阿萝一路上仔细考量，在路边看见野果，便把野果子的汁液抹在脸上，让肤色变得暗沉、蜡黄，她还嫌不够恶心，又往头上身上抹了几把干土，使自己看上去灰扑扑的，不起眼。

她沿着河，朝码头方向走，路上遇到不少扛着大包小包的人，大家似乎与她一样，都想要乘船离开这里。

阿萝的运气很好，此时码头恰好有一艘空船要往北去，尽管船夫要价颇高，阿萝还是咬牙登上了船——

风平浪静地行进十日，船在一个叫渝阳的地方靠岸，想要继续向北的话，需要换船。

阿萝换了一艘更大的船，船上的人更多，也更杂。她原本的计划是安安分分地去北部草原，不想惹人注意，却没有想到，上船后她就开始不停干呕，吐得天昏地暗。

难不成是晕船吗？可她之前明明不曾吐过，怎么换了船就这般大的反应？

阿萝百思不得其解，尤其每日用饭时，船上食物多是鱼类，她一闻着那鱼腥味儿就吐得更厉害。不过几天工夫，她已经瘦了一圈，原本清瘦的脸庞越发瘦了，连眼睛也深陷下去，瞧着吓人。

正当她以为自己支撑不住时，船上一个尼姑借来船夫的炉子，煮了一碗米粥，解救了阿萝的肠胃。

尼姑说："夫人有孕在身，如此长途跋涉，实在是辛苦了。"

阿萝怔了怔，眼睛直愣愣地看着这位相貌慈悲的老尼姑，一时忘了言语。

……她，有孕在身？

说起来，她的"小日子"确实一直没来。只是上次被公婆打伤，她连命也差点没了，便没想过就自己这副孱弱身体还能怀上孩子。

阿萝的手慢慢抚上自己的小腹，眼眶渐渐酸涩，欢喜与酸楚一齐涌上心头，她又哭又笑，不知该如何是好。

她有孕了！

她怀上孩子了！

是杨骁的孩子，是他留在这世上最后一点证明，是将会陪伴她后半生的最后的依靠。

阿萝的眼泪大颗大颗地涌出，无论如何也止不住，她张了张嘴唇，哽咽道："谢谢……"

谢谢眼前这位善良的尼姑，谢谢老天爷终于放过她，谢谢杨骁……谢谢他，给了她一个孩子。

船舶靠岸，船夫扯着嗓门吆喝："渝北到了！要下船的赶紧了——"

渝北，是杨骁的家乡。

阿萝从未想过，自己一路北行，竟会途经渝北，此时听见船夫喊出这个地名，她整个人不由得怔住了……

她低头看着自己的小腹，那里头已然有一个小小生命，偏巧这个时候到了渝北，仿佛一切冥冥之中自有定数。

身边陆续有人下船，船夫问阿萝："下船吗？"

阿萝愣了愣："……下，我下。"

她忽然发现，除了去草原这条路，她还有另一条路可走，那就是冒用杨骁妻子的身份，去他的老家入籍落户，听说他家中只有一位老母亲。如今她怀着杨骁的孩子，想必对方不会与自己为难。

冒用死人的名头，让阿萝的内心略感不安，但这念头一旦生出，便无论如何也压不下了。

她喃喃自语："你我相交一场，虽然你未必视我为妻，但眼下我生计艰难，只能不得已为之。待将来孩子平安落地，我愿意为你立衣冠冢，也为你母亲养老送终。"

杨骁的母亲未必还在人世，一切，只能等阿萝到了岚山村，再从长计议。

阿萝上岸后开始打听岚山村的位置。渝北很大，城镇村落不计其数，又有村子同音不同字，她打听了两三天，终于碰到一辆去岚山村收货的骡车。

车夫看她浑身脏兮兮的，本不想搭理，后来知道她怀着身孕，丈夫又是为国战死，便大发善心地载她一程。

到岚山村时，是正午时分。远山朦胧，炊烟袅袅，秋日高悬在天上，路边果树枝叶繁茂，几只母鸡卧在墙头晒太阳，偶尔有黄狗翘着尾巴从车边跑过，一派悠然的田园景象。

阿萝看着看着，无端生出几分亲切感，也不知是不是因为这地方是那人的故乡。

车夫把她在里正家门口放下，说道："村里百来户人，里正都会记载在册，你要找姓杨的那户人家，找里正问问便知。"

阿萝谢过车夫，拎着包袱下车，敲响了里正家的院门。

开门的，是一位年约五旬的村妇，她瞧见阿萝落魄的样子，吃了一惊，以为是逃难来的乞丐，吓得赶紧关门。

阿萝急忙拦住，声音轻柔："大娘，请问村中里正可在家？我来寻夫家的亲人，麻烦您行个方便。"

村妇正是里正的妻子，听阿萝说话条理分明，不似那些饿急了眼的流浪儿，稍稍放下警惕，半掩着院门问阿萝："你夫家姓什么？"

"姓杨。"阿萝回道。

"村里有好几户人家姓杨，你要找的是哪一户？"

"我丈夫叫杨骁，他上头有四个哥哥，只是都音信全无，听闻家里还有一位老母亲……"

里正老婆听了，眼睛顿时一亮，惊道："你是杨家小五的媳妇？菩萨保佑，杨骁那孩子可算有消息了！他娘日日夜夜盼着他回来，一双眼睛都快哭瞎了！"

阿萝心中一阵苦涩，垂下头低声说："半个月前传来消息，杨骁他……我夫君他所在的大军，遭遇平军截杀，三万大军，全军覆没……"

对方怔了怔，随后面露痛苦，叹道："造孽啊！"

阿萝眼睛发热，不禁落下泪来，把痛失丈夫的凄苦寡妇模样表现得淋漓尽致。

里正老婆劝慰道："从小五去当兵那天起，你婆婆就有心理准备了，去战场的能有几个全须全尾地回来？可怜她五个儿子竟没一个善终，好在如今你来了，日子再难，你们娘俩以后也能做个伴。"

阿萝红着眼睛点头："您说得是，等将来我生下孩子，再教他好好孝顺婆婆。"

里正老婆睁大眼睛，看向阿萝的腹部："你……你有了杨骁的孩子？"

阿萝轻轻颔首："月份小，还未显怀。"

"这可真是太好了！"里正的老婆喜道，"快，我这就带你去见你婆婆，她要是知道这个消息，还不知道会多欢喜！杨家总算有了后人！"

说罢，她竟是连门也不关，拉起阿萝的手就往村子里走。

阿萝猜测，杨骁的母亲与里正老婆应该关系匪浅，否则对方也不至于对她的事如此上心，且看对方面上的伤心与喜悦也都是发自肺腑，不似作伪。

沿着蜿蜒的黄土路走了百来米，两人停在一间村舍前。院门是敞开的，阿萝能看见院子里种的石榴树。里正老婆领着她直接进了院子，快步往屋里去，迫不及待地嚷道："老姐姐！快出来瞧瞧，你看我把谁给你带来了！"

屋里传来几声咳嗽，阿萝跟着走进去，瞧见一位正在织布的老妇人，双鬓斑白，形容枯槁。只这么一眼看上去，好似有六七十岁，比阿萝想象中苍老许多。不过想到对方痛失丈夫与五个儿子的经历，这般沧桑也说得通了。

里正老婆把阿萝往前面推，口吻中喜悦带着激动："这是小五在外头娶的媳妇，已经有孕，如今小五在战场上没有下落，所以你媳妇特意千里迢迢赶回来孝敬你！以后你可得保重好身体，养好身体才能等着抱孙子啊！"

对方没有直接说杨骁的死讯，这让阿萝略感宽心，她上前两步，福了福身，乖顺地喊了一声"婆婆"。

老妇干涸的双眼渐渐泪水盈眶，她怔怔地看着阿萝，良久，颤声问："你……是阿骁的妻子？几时的事？"

阿萝半真半假地解释："夫君所在的兵营，恰好驻扎在我娘家的村子附近。他偶尔会来村子里买卖物资，一来二去我们便认识了。两个月前成了亲，一切从简，只在自家摆了一桌酒。"

说着，她将脖子上那枚箭头摘下来，递给杨母看："这箭头曾经差点要了夫君性命，被军医取出后，夫君一直随身携带，后来赠送给我，当作信物。"

怕一枚箭头不足以证明，阿萝把头上的发簪也取了下来，一同递过去，"……这是夫君送我的簪子。"

杨母看了看箭头，又看了看簪子，泪水涟涟："好……好……"

她看向阿萝的腹部，又问："身子几个月了？"

“算着时间……应该刚满一个月左右。”阿萝轻声回答。

杨母擦擦眼泪，起身道：“你先坐着，我去给你把阿骁的房间收拾出来，让你好好休息。”

阿萝忙道：“婆婆，您歇着吧！我是来孝敬您的，这种事哪能让您动手，累坏身体怎么办？”

杨母执意要去：“你一路长途跋涉，定然累了，肚子里又怀着孩子，先歇着吧！”

里正老婆喜道：“你们俩别争了，现在时间还早，屋子晚一点收拾也没事。我回去抓几个鸡蛋，做一碗糖水鸡蛋，先给你儿媳妇垫垫肚子！”

杨母说：“也好，改日我家的鸡生了蛋，我再还你。”

“不用，不用，小五也是我看着长大了。几个鸡蛋而已，不值什么钱。”里正老婆摆摆手，转身走了。

屋里剩下“婆媳”两人，气氛一时有些沉寂。

不等阿萝开口说些什么，杨母已将她从头到脚打量一遍，目光停顿在她沾满尘土的鞋上。老人家叹了口气，道：“我去烧热水，你洗个澡，好好休息一下吧。”

阿萝微愣，杨母已经佝偻着身子出去了。

阿萝突然有种受宠若惊的感觉……

从来只有她烧水给婆婆洗澡，何曾有过别人给她烧洗澡水？

她想了想，觉得受之有愧，忙不迭地追出去，拦住杨母，磕磕巴巴道：“婆婆……我，我自己来吧……”

“你大老远过来，肯定累了，又怀着身孕，就安心歇着吧。”杨母说道，“何况你既嫁与我儿，便是我的半个女儿，以后我自然会拿你当女儿一样对待。你若不嫌弃，便喊我一声娘吧。”

阿萝鼻尖发酸，低声唤了一声：“娘……”

阿萝在岚山村安顿下来。

杨母丝毫没有怀疑她，第二天就领着她去里正家说明原委，然后由里正作保，去衙门里开具一份落户文书。杨母问阿萝姓氏时，阿萝假称自己姓冯，于是文书上她的名字，便成了“杨冯氏，冯萝”。

拿到文书时，阿萝捧着那一页薄薄的纸看了许久，她是不识字的，却硬是将上面每个字的形状默记下来，觉得时至今日是苦尽甘来，所有隐忍都有了回报。

她再也不是别人家里认打认罚的童养媳，再也不是无家可归，落地无根的黑户。她有姓有名，她是杨骁的妻子，将来还会是孩子的母亲，尽管……尽管，这份文书并不那么真实，可只要她当它是真的，它便是真的。

出于感恩，阿萝更加用心地侍奉杨母。她原本对杨骁的母亲就感到亲切，加上杨母赤诚以待，两人相处下来，也有了几分真情实感，像一对亲母女。

许是心中有了盼头，加上阿萝照顾得仔细，杨母的气色一日好过一日，不再像以前那般憔悴、枯槁了。阿萝也渐渐圆润、丰盈起来。

她腼腆内秀，干活勤快，哪怕大着肚子也在帮杨母做些力所能及的活。与杨母交好的街坊邻居都喜欢她，时不时地送来一些鸡蛋或干果，还有热心的婶子送来家中旧布，要给未出世的孩子做尿布。

日子就这么一天天地过着，阿萝的肚子也一天大过一天。

岚山村位置偏远，没有被战火波及，等到阿萝生产这日，恰好是王朝覆灭之时，平国皇帝大赦天下，免赋三年，战争结束，之后是漫长的休养生息。

……

4. 重逢

笔直的黄土路上传来急促的马蹄声，一队士兵在烈日下策马奔驰，沿途尘土飞扬，引来两侧农田里劳作者抬头张望。

路边驿站近日鲜少有客人光顾，今天突然来了一批士兵，小老板顿时不敢怠慢，亲力亲为地端茶倒水。

领兵者是个身姿挺拔的年轻男子，发冠紧束，眉目英俊，只这么四平八稳地坐在长凳上，便极有气势。

一名小兵凑上前道："大人，去村里打听到了，只是那户人家早在一年前就因逃难而离乡，听说临走前还着了场大火，如今只剩一片废墟……大人，还去看吗？"

杨骁微微皱了下眉，他对这个结果没有多少意外，那年战事连连，被殃及的无辜百姓不计其数，多少人流离失所，死在逃难路上，说是尸横遍野也不为过，村子里又怎么可能留下人呢？

他的指腹不紧不慢地摩挲着手中茶碗，仰头一口饮尽，平静道："去看看吧。"

放在以前，杨骁是绝不会去的。因为他清楚自己和阿萝的关系见不得光，名不正而言不顺，所以当初离别，哪怕心中难舍，他也从不曾想过去她家中找她。

但是现在，历经世间一场浩劫，有些事便不由自主地看淡了，且如今有身份加持，倒是不惧一些流言蜚语了。此行他问心无愧。

他的属下找了一个老实村民引路，带着杨骁往村子里走。虽然历经战火，但随着新帝恩泽的惠及和时间的治愈，这片土地已经陆续有村人迁居回来。他们见杨骁领兵来村里，都不由得探头张望，胆子大些的则跟上去，想瞧个究竟。不知不觉间，队伍后面就聚集了不少村民。

杨骁也不在意，继续向前走，直到走到一片废墟前，领路的村民说："这里就是了，不过这么长时间都没回来，怕是凶多吉少。"

房屋虽然被烧毁，但田地还在，人若是还活着，不可能弃之不顾，所以村民才会说"凶多吉少"。

杨骁走进院子，除了砖块砌的墙还在，其他部分几乎被烧了个干净，更不要提屋里的木质家具，目之所及全是黢黑的砖瓦残骸，一丁点东西也不剩。

仅从这样一片狼藉里，杨骁看不出阿萝住过的痕迹。

旁边的村民们彼此交谈：

"这是来干吗的？"

“不清楚，好像是来找人的。”

“吓得我，我还当是来抓逃兵的。”

“这家除了一个傻儿子就只剩一个小媳妇，要抓逃兵也不该来这儿啊……”

“说得也是。”

杨骁朝说话那人看过去，见是一个五十岁左右的村妇，便出声问道：“您对这家人的情况很清楚？”

村妇愣住，下意识地往人群里缩了缩，有些怕惹事。

旁边一个村民推她一把，大声道：“她是住隔壁的，当然清楚啊！”

杨骁笑了笑：“噢……既是如此，不知这位大婶知不知道这家人的去向？”

村妇见杨骁面带笑容，像是个和善人，胆子便大了些，扬声回道：“他们家遭了大火，连逃难的路费都凑不出来，哪有什么好去向，只能带着家里的傻小子去邻村避难，不过后来好像也没去成。那段时间乱得很，到处是流寇、逃兵，估计是死在半路上了。”

战乱中，有人会饿死，有人会病死，但更多的是在这混乱的世道中遇害，手无寸铁的老弱妇孺，是最容易欺凌的对象。

杨骁猜测过阿萝会遭遇什么，只是此刻亲耳听见，胸口闷得厉害。

他稳了稳心神，尽量用平静的语气继续问：“那……这家的媳妇呢？”

“你说阿萝？”村妇叹了口气，道，“失火的时候就没瞧见她，兴许被火烧死了。那几天她被婆婆打了个半死，连床都下不来，家里又只有一个傻小子，也救不了她。”

杨骁慢慢念道：“……傻小子？”

“是啊，她是他们家的童养媳嘛。唉，也是命苦，遇着那么一对夫妻，好好一个姑娘每天被折磨得没个人样……”村妇唏嘘不已。

杨骁听了，眸光沉沉地注视着院内废墟，抿着唇没说话。

旁边一个小兵觑着他的脸色，小心翼翼道：“大人，将军让我们二十日内务必赶到，您回乡安顿亲眷还要费些时间，您看……要不，我们即刻启程？”

既然人已经没了，也无处可寻，再耽搁下去，确实没有意义。

杨骁转身出去，道："走吧。"

骑兵来去匆匆，很快离开，朝北进发。

当初阿萝走水路去渝北，停停走走，花了将近一个月时间，而他们一路策马疾行，不到十日就到了岚山村。

都说"近乡情更怯，不敢问来人"，杨骁以前不懂，现在倒是品出这句诗的几分意蕴。

明明到了村子里，看见了一些熟悉的面孔，他却丝毫不敢打听家里的情况。

还记得走的时候，因为上头几个哥哥的死讯一个接一个地传来，他娘受不住打击，病卧在床，他却被征兵的人当场抓走，病床前一个伺候的人也没有。也不知道后来，娘的病好了没有……也不知道现在，娘亲是否健在？

杨骁真的不敢想。

几十个士兵骑着马出现在村中，引得村里人纷纷侧目。

杨骁循着记忆中的路慢慢走，瞧见自家门口坐着几个老太太，正一边乘凉，一边择菜，其中一个正是他十多年没见的亲娘。

杨骁喉头突然哽住，一下子发不出声音，想喊一声"娘"也不行，只呆愣地骑在马上。

他定定地看着，觉得娘的白头发多了，精神却极好，说起话来笑声朗朗，怀里还抱着不知谁家的奶娃娃。

"……小五？小五！你们看！是不是小五回来了？"旁人的老婶子认出他来，高兴地使劲拉了下杨母，"你家小五没死！小五回来了！！！"

杨母望了过来，看见杨骁的脸时愣住，似是不敢相信。

杨骁的情绪也是激动，赶紧下马，快步走上前，哑着声音喊了一声"娘"。

杨母眼眶顿时红了："我就知道我儿不会死，瞧，这不就回来了吗？"

她泪眼盈盈地看着自己的儿子，不肯眨一下眼，生怕一眨眼，杨骁就会消失，上上下下看了许久，才放心道："真是我家小五，瞧瞧……长高了，也长壮了，这身衣服是官家发的？穿着真气派，好看！"

"小五这是做官了吧？你以后要享福了！"旁边几个老婶子笑着劝道，"快别哭了，这么好的事，你该高兴啊！"

"是该高兴，是该高兴……"杨母一面笑一面擦泪，怀里的小娃娃被闹醒过来，睁着大大的眼睛，好奇地盯着眼前的陌生男人。

杨骁只当这是别人家的孩子，没有在意，一心宽慰母亲："我如今在李肃将军手下做事，任军中千户。娘，你看我厉不厉害？出去一趟回来，如今大小也是个官了，以后我让您住大房子，穿新衣服，给您买小丫鬟来伺候您，好不好？"

"好……真好……"杨母喜不自胜，"回来就好，回来就好，今天娘给你做好吃的，给你做油焖鸡！……啊，对了！要赶紧把你媳妇叫回来！"

杨骁愣了愣："……我媳妇？"

杨母将怀里的孩子一把塞他手里，笑道："算了，还是你亲自去接她才好！她帮我送布去老秦家了，你还记得你秦伯伯吗？快去接她回来！"

杨骁简直是一头雾水，手里的娃娃更是让他措手不及，这软乎乎的玩意儿叫他如何抱？

他手忙脚乱地把娃娃塞回他娘手里，皱眉道："这是谁家的孩子？……娘，我不在家，你怎么给我娶亲了？"

他娘闻言一愣，随后和旁边几个老婶子齐齐笑起来，笑得前俯后仰。

杨骁被她们笑得莫名其妙。

其中一个婶娘大笑道："小五，你自己在外头娶的媳妇都忘了？这娃娃是你儿子啊！"

杨骁："？？？"

这头杨骁正蒙着，那头已经有人跑去给阿萝报信，欢天喜地道："阿萝，你家男人回来了！小五如今可了不得，骑着马还领着兵，好像当上官了，可威风了！你快回去看看！"

阿萝正在秦家清点这个月交接的布匹，听了这话半天没反应过来，傻在原地。

秦老伯笑道："这是大好事啊，阿萝，你赶紧回去，剩下的我来弄就好了。"

"阿萝这是高兴傻了！哈哈哈……"

阿萝被他们半推着送到门口，大脑终于慢慢运转过来——杨骁回来了。

杨骁没死！

肺腑间像有什么东西在鼓噪，在争鸣，热腾腾地往上涌，一种极大的欢喜充满了整颗心。

然而这种喜悦只持续了短暂的一瞬，像沙滩上的海浪，在冲击之后急速退去。杨骁没死是再好不过的事，可他回来了，她该怎么解释？

村里人说他当了官，按照他如今的身份，完全可以娶一位千金小姐，再不济也该娶个大家闺秀，可她呢？……她算什么？

她不过就是……

阿萝的心顿时被刺痛，身子也晃了晃，下意识地扶住路边一棵柳树，闭着眼睛，缓了缓情绪。

她和杨骁，是在那种地方认识的，这是不容改变的事实。哪怕她觉得自己干净，可杨骁会怎么认为？一旦见到她，只怕第一个念头就是：哦，在那里认识的那个女人。

所以她有什么资格，占着人家妻子的位置不放手？

何况当初两人说好，她只要他一个孩子，就从此银货两讫（她连钱都没给），再无别的瓜葛，如今孩子已经有了，她却赖在他家里，占着他妻子的名分，这算什么？

阿萝感到羞愧，简直臊得慌。

不如走吧。

她心想：带着孩子，走得远远的，别留在这里碍人眼了。

这念头生出，她又不禁犹豫，虽说她私自占了名分，但是那孩子……孩子确实是他的骨肉，杨母把这个小孙子当心肝一样疼爱，她怎么能狠心带走？

可不带走的话，她岂不是又回到从前的境地？

阿萝心中左右为难，从没像现在这样难，似乎不管怎么选都是错。究竟是走，还是不走？孩子是带，还是不带？要是被发现了，又该如何解释？

殊不知，她纠结烦恼时，杨骁已经朝这边走过来了。

此时的杨骁也是心情复杂，出来打了几年仗，怎么一回家老婆和孩子全有了？看他娘亲满面欢喜的模样，他也不好否认，怕老人大喜大悲，身体受不住。

儿子回来了，却把孙子丢了，这算怎么一回事？

杨骁走到半路又想起，他连那女人的名字和模样都不知道，怎么接人？

接到了又怎么处理？

总不能真认下这门亲事吧？

万一对方长得特别丑怎么办？

……不过那奶娃娃长得白白嫩嫩，当娘的应该不会太难看……哎！重点不是难不难看，是事情不能这么办，他不能莫名其妙给别人当爹啊！

杨骁越想越烦，不知不觉间就到了秦老伯家附近，目光一瞥，就看见路边树下站着一个年轻女人，正脸色煞白地看着自己。

杨骁疑惑地皱了下眉，只当对方是被自己身上的军服吓着了，没多想，径直走进秦家院子。

院子里只有秦家老夫妇和一个面熟的邻居，没瞧见任何可疑的女人。

“秦伯，我来……”杨骁张嘴，想说自己来接媳妇，却不想显得那么亲近，最好能直呼其名，偏偏他又不知道那女人叫什么，于是一时哑了。

那个邻居热心地插了一句嘴：“来接你媳妇的是不是？她刚出去，你们俩没遇着？”

说完又开玩笑道：“你们小夫妻俩，该不会路上遇见了却没认出来吧？”

杨骁："……"

外头确实有个女人……

邻居几步走出门外，往外头招手，喊道："阿萝，别走了！你家杨骁就在这儿呢！"

杨骁听了心中一惊，脱口问："她是阿萝？"

邻居哈哈大笑起来，秦家老两口也笑："小五，你自己媳妇叫什么，难道你不知道？"

杨骁不知该怎么解释，想到那人是阿萝，他忍不住快步走出去，心跳一阵快过一阵，他真不敢相信，怎么会是阿萝呢？怎么会？！那么远的路，她究竟是怎么找到这里来的？！

阿萝起初不肯过来，后来被那位热心肠的邻居硬拽了过来，对方还笑话她："瞧瞧你这脸皮薄的，连自己男人回来了都不敢认吗？"

阿萝："……"

她抿了抿唇，硬着头皮抬头看了一眼杨骁，见他目光灼灼，她又像受惊的兔子般赶紧垂下头，惊慌、害怕、羞愧、歉疚，种种情绪憋在心头，憋了个面红耳赤。

她无法想象，如果杨骁此时告诉大家她压根不是他媳妇，村里人会用什么眼神看她。

她那一页户籍证明是不是也要从此作废？

阿萝一想到这些，眼眶不禁红了，鼻尖也发酸，想哭。

"阿萝这是太高兴了！每天盼星星，盼月亮，可算把你盼回来了！小五，你还愣着做什么？赶紧哄哄你媳妇啊！没瞧见你媳妇要哭了？"

杨骁很不自在，轻咳一声，牵起阿萝的手："那个……我先带阿萝回去了，我娘还在家里等我们。"

"去吧，赶紧回去，别让你娘等急了。"

寒暄几句后，杨骁牵着阿萝往回走……

两人各有心事，都走得很慢。

杨骁没出声，阿萝也不敢说话，她低垂着头，迈着小碎步，心里越想越不是滋味，人家帮她怀上孩子，她却得寸进尺，占了他这么大的便宜，眼下他指不定多生气呢……可这种情况，她也不知道该如何是好。

想着想着，她眼里慢慢蓄满了泪水，泫然欲泣时，却听见身边的男人低笑出声。

他笑得停不下来，连带着牵她的那只手也跟着一抖一抖。

阿萝眼泪汪汪地扭头看他，疑惑不解，用眼神问：你怎么还笑得出来？

杨骁忍着笑意，抬手抹掉她眼角的泪珠："怎么还真哭了？"

抹眼泪时碰着她滑软的肌肤，忍不住摸了一把。

阿萝毫无察觉，难堪地小声问："你认出我了？"

杨骁笑："这世上能有几个叫阿萝的？反正我只认识一个。"

阿萝越发窘迫，低低地说："对不起……我，我不知道会变成这样，现在可怎么办……"

"别急，让我好好想想。"他牵着她，边走边说。

阿萝很发愁："要是娘……我是说你娘，要是你娘问起我们的事，怎么解释呀？"

他们根本没有成亲，如果问起杨骁当初怎么求娶的她，肯定会穿帮。

杨骁点了点头："嗯，这是个问题，所以我们得先串好口供。"

"……啊？"阿萝愣了下，扭头看他，"要、要瞒着娘？"

"当然要瞒着，她今天正高兴，别让她扫兴。"杨骁嘴角噙着笑意，带着几分意味深长，"反正这事也不急，我们可以慢慢商量。"

阿萝听了，低下头嗫嚅："慢慢商量，也好……"

一时半会儿，她确实想不出一个万全之策，既能保证杨骁不吃亏，又能不叫杨母生气、伤心。

她心里头乱糟糟的，浑然不觉自己被杨骁牵了一路。到家后孩子又哭了，她手忙脚乱地把孩子抱回屋里哄，杨母则留在外面招待杨骁带回来的那些士兵。

几十个士兵还有马，光靠一家人，根本招呼不过来，好在村里人都热情，里正出面安排了几桌露天酒席，大家便在外头吃喝起来，气氛热闹得很。

杨骁也在外头，村里许多人要给他敬酒，夸他有出息，光宗耀祖，出人头地，那么多赞美之声接连不断，哪怕阿萝抱着孩子待在屋里，也听得一清二楚。

阿萝心中茫然，觉得自己像一个待审的犯人，犯了错，却不知道自己会等到什么样的判决。

酒席一直吃到入夜。

等到喧哗散尽，杨骁终于带着满身酒气回屋，阿萝赶紧起身，说："我去给你打盆热水。"

"不急。"杨骁身上虽然带着酒气，眼神却依旧清明。

"孩子呢？"他轻声问。

"睡了……"阿萝看了眼摆在屋子中间的小摇床，小小的娃娃在里头睡得正香。

杨骁走过去看孩子，摸摸小脸，又捏捏小手，想到这是自己的儿子，高兴之余，还有点骄傲。

"我早说了吧，肯定让你生儿子。"他得意扬扬。

阿萝："……"

她不知道该说什么好，以前和杨骁相处时都是黑灯瞎火的，现在这样亮堂堂的，共处一室，她感觉浑身不自在，极度想找个地洞钻进去。

杨母端着一盆热水进来，笑着道："阿骁，快过来洗把脸，等一会儿，灶上烧好了水，你就能舒舒服服地泡个澡了。"

阿萝赶紧道："娘，我去帮您。"

"不用，不用，我都收拾得差不多了，你就留在这儿陪阿骁吧。"杨母乐呵呵地说，"你们俩这么久没见，好好说说话儿。"

杨母把阿萝推回屋里，转身就走。

走了两步停下，不知想到什么，老太太又笑着回来，几步走到摇床边，把熟睡的孙子抱起来，对屋里两人说："熙儿今天跟我睡吧，这孩子夜里总要闹几回，阿骁赶了几天路，别被孩子吵得不能休息。"

"娘……"阿萝脸色涨得通红，连孩子也抱走，这也太明显了……

杨骁厚着脸皮点了下头，说：“谢谢娘。”

阿萝眼睁睁地看着杨母抱走孩子，还贴心地给他们俩关上了房门，一时之间，无论是表情还是心情，都复杂极了。

杨骁用热水洗了把脸，拧干毛巾，侧头看了一眼阿萝，见她局促不安的样子，不禁觉得好笑，逗弄她道：“怕什么，只要我不说，娘不会知道的。”

阿萝蹙着眉，有些难过：“可是瞒着她，总觉得不好。”

“我没回来的时候，你不也瞒得挺好的吗？”杨骁把毛巾搭好，不紧不慢地解身上的皮甲，“怎么我回来了，你就瞒不住了？”

阿萝咬唇，大着胆子看向他：“当时我以为……以为你……”

“以为我死了？”杨骁笑。

阿萝老老实实地点头：“村里人说你们的军队，被平军截杀，无人生还……”

杨骁想了想，道：“当时确实死了不少人。”

阿萝很疑惑：“那你……”

“因为我投降了。”杨骁答得很快，还冲她笑了笑，“好死不如赖活着，我干吗要替那狗皇帝卖命？所以我投降了，作为俘虏被平军收编，后来大大小小立了几次功，就被提拔成副尉。运气好，入了将军的眼，又提拔我做了把总、百户，现在是正五品千户大人。”

他随手把皮甲放到椅子上，然后解了衣襟和腰带，半露着胸膛走到阿萝面前，捏了捏她的脸，笑着问：“怎么样？你男人厉不厉害？”

阿萝本就脸红，被他一闹，脸更红了，讷讷地回道：“厉害……”

杨骁说：“哈哈，让你见识一下我真正的厉害。”

说完，他一把将她抱到床上，自己也翻身上床，而后将她压在怀里。

阿萝还没来得及反应，他便急不可耐地含住她的唇，恶狠狠地亲一口，问她：“你想我吗？”

阿萝脑子里一团乱，只能无措地看着他，幸而他也没真想要她的回答，一边亲吻一边含含糊糊道：“你一定很想我，否则不会找到这里来……”

阿萝又羞又慌，无力地推拒几下：“你、你别这样……”

杨骁确实心急了，从路上遇见她开始，他心里便好似燃着一团火，烧得他快没了理智，好不容易挨到宴席结束，哪里还舍得放开她？

他撑着手臂，略微抬起上身，定定地看着身下女人，眼睛亮得惊人：“阿萝，你真漂亮，比我想象中还要漂亮。”

阿萝咬了咬唇，红着眼睛看他：“你也是……比我想象中，还要更好。”

杨骁听了，再次爱怜地俯身吻她，并往她手里塞了一个香囊，哑声道：“我一直带在身边……阿萝，我很想你。”

阿萝紧紧握住那个香囊，泪水猝然而下，忍不住搂住他的脖子，觉得自己幸福得快要死过去……

之后的日子便快活得像梦一样，杨骁把她和杨母一起带去了边城的新家，他们住上了更大的房子，有了更大的院子，他们的小熙儿也慢慢长大。

过了两年，阿萝生下一个女儿。本来她有些担忧，怕女儿将来吃苦，杨骁却说不用担心，阿萝问他为什么，他眯眼笑着指了指天空，说：“你不知道吗？咱们的新皇帝，是个女人。”

阿萝不解，是女人又怎样？

后来她听说那位女帝颁布了新政，从此，女人也能立户，可以置办财产，可以买卖房屋、田地，可以外出经商，还可以和男人一样读书识字，甚至考状元。

阿萝心想：女人当皇帝，果然就是不一样。

第三朵花：苜蓿草

苜蓿草，苜蓿草属豆科多年生牧草，别称三叶草、幸运草，一片叶代表希望，两片叶代表信念，三片叶代表真爱，四片叶很罕见，因此代表幸运。

苜蓿草的花语是：幸运、幸福。

1. 异食癖

遥远的巴斯赫姆星系，进化出了宇宙中第二颗蓝星，生物演变的道路上各类生物有了新的表现，人类不再是唯一的智慧生命体……

“白筱铃，女，二十二岁，患有严重的异食癖……”

白筱铃生活在巴斯赫姆星系的一颗智人星球上，此刻她笔尖悬在纸上，一时半会儿没有落下，像是思绪停滞，又像是一种气馁。

停的时间有点久了，她终于放弃继续写下去，将眼前这张A4纸揉成一团，扔进脚边的废纸篓里。

上个礼拜，她给自己报了一个异食癖互助治疗的课程，今天第一天去，组长要她准备自我介绍，特别强调要手写，并告诉她，自我介绍是治疗的第一步。

不畏缩，不避讳，坦然面对真实的自我，才能取得良好的治疗效果——这是组长的原话。

异食癖有许多种，有的需要药物干涉，有的需要心理矫正，白筱铃不知道自己属于哪一种，总之医院的体检报告毫无问题，心理医生也没说出个所以然。这次她是在手机上偶然看到广告，抱着“死马当活马医”的想法才报了名。

其实事后想想，她有些冲动消费了。

但是钱已经交了，还是试试吧。

她轻轻叹了口气，又拿出一张崭新的A4白纸，准备再努力写写看。

刚准备动笔，同事们三三两两地从外头进来，白筱铃看了眼时间，才发现午休时间快结束了。

她还没吃午饭。

白筱铃从书包里拿出饭盒，准备去加热一下，目光瞟过桌上摆放着的一盆紫花苜蓿，脸上闪过几丝挣扎。

忍了又忍，还是没能抵过诱惑——她伸手揪下一把苜蓿叶子，和饭盒一起捧在手里，匆匆往茶水间去了。

微波炉加热午饭，需要一分半钟。

这一分半钟里，白筱铃握着苜蓿叶子吃得小心翼翼的，就像在吃最最珍贵的小零食。

是的，她有异食癖。

她的异食癖已经严重到一日三餐都必不可少的程度。

车前草、黑麦草、小麦草、大麦草、蒲公英……她对所有草本植物几乎没有抵抗力，哪怕只是一天不吃，她都会失眠、焦虑、心慌，头痛得无法思考。

她的最爱是苜蓿草，因为味道最好，而且适合养成盆栽，不容易引人怀疑。

小时候她住在孤儿院，因为贪吃花坛里的杂草，被孤儿院的小孩们嘲笑、挖苦，他们还编了顺口溜来骂她是个傻子，因为只有傻子才会吃地上的草。

后来她被人领养，慢慢学会了隐忍，只是在高中住宿时，太久没吃草的她实在饥渴难耐，半夜爬起床，偷偷吃了几口舍友养的猫草，结果被舍友发现了。事后舍友虽然什么也没说，但她永远忘不了舍友当时震惊的表情。

再后来，她不再刻意压抑自己另类的癖好，而是习惯性养几盆草，随时揪几片吃，以免自己发病的时候，失控得太难看。

白筱铃对自己的异食癖既恨又爱。

恨的是，这份怪癖使自己显得与身边的人格格不入。因为食草，她没有同伴，没有朋友，自始至终都孤独得连一个能倾诉的对象也没有。

爱的是，无论多苦多累，只要吃到一片小小的草叶，她就仿佛能够忘记所有忧愁，那种轻松愉悦感，那种充实满足感，让人难以自拔。

想让她戒掉食草，就像让人戒掉呼吸一样困难。

但是理智告诉白筱铃，这是一种病。

这是病态的、扭曲的、不正常的！要想在这个社会生存，她就有责任让自己变成一个正常人。

最后一口苜蓿草咽进肚子，唇齿清香，舌尖隐隐残留着甘甜。

与此同时，微波炉发出叮的一声响。

白筱铃从微波炉里取出自己的饭盒，打开盒盖，里头的饭菜冒着腾腾热气，可是她在回味刚才那一小撮苜蓿草。

好想吃……

好想吃……

好想吃那些鲜嫩欲滴、绿意盎然的青草，咬一口，满口清香，齿间溢出爽口的汁液，柔软的纤维被咀嚼、被研磨、被嚼碎……然后和着汁水咽下，带来极致的畅快与满足。

白筱铃没出息地吞咽了下，被理智拉回，决定还是老老实实把这一盒饭菜吃完。

正要走出茶水间，她忽然听见隔壁传来交谈声。

因为隐约听见了自己的名字，所以白筱铃脚步一顿，停了下来。

“……会选白筱铃吗？”

她听见一个女人说了这么一句话。

白筱铃认得这个声音，是公司的会计大姐，平时办事爽利，就是爱传闲话。白筱铃不止一次听到她私下议论同事，没想到今天撞上的话题会关于自己。

“应该是她吧，几个实习生里，经理最喜欢她，乖巧懂事，长得又漂亮……估计月底就该转正了。”

“长得是挺好看，可你们不觉得她性格有点问题吗？平时在工位上闷不吭声的，午休出去吃饭也从来不和咱们一起，感觉那个人太孤僻了……”

“是的，每次公司聚餐或是去 KTV，她都说身体不舒服，吃饭也总是自己一个人。有一次午休，我出门忘记带手机，回公司拿手机的时候，我看见她在揪自己桌上的那盆草吃。”

“啊？真的假的？！”

“就是她桌上养的那盆幸运草啊，不过，也可能是我看错了吧……反正她那个人奇奇怪怪的。”

……

白筱铃的心往下一沉。

还是被发现了……

不和同事一起吃午饭，是因为她每顿饭都需要加一些草来满足自己的瘾。

不和同事一起去KTV，是因为她对噪声敏感，过大的音量让她感到惊恐、痛苦。

除此之外，她还有许多毛病，譬如讨厌同事身上浓郁的香水味，讨厌公厕里湿漉漉的地面，讨厌和不熟的人发生任何身体接触，哪怕只是客气地握手寒暄。

她讨厌的太多，需要隐忍的也太多，就像一个异类，与这个社会格格不入……

下午的工作枯燥又乏味，整理文档表格时，白筱铃几次抬头看见桌上那盆苜蓿草，耳边仿佛响起自己在茶水间偷听到的话：

“……回公司拿手机的时候，我看见她在揪自己桌上的那盆草吃。”

白筱铃硬生生忍住想要吃草的欲望。

她努力让自己保持专注。

晚上六点下班，她提前完成了今天的工作，其他同事还在加班，但她要去参加互助治疗小组，所以不能留下一起加班。

白筱铃收拾东西时，经理让她去一趟办公室，她想了想，放下自己的帆布双肩包，然后去了办公室。

“坐。”经理含笑地看着她，“来公司快三个月了，还习惯吗？”

白筱铃在经理对面的位子坐下，文文静静地点头：“嗯，习惯。”

“跟同事相处融洽吗？”

“还可以……”

“听说你从来不和大家一起出去吃饭？”

终于问到了关键。

白筱铃不自觉地掐了掐自己的手指，小声解释：“我习惯了吃家里的饭，所以每天会带便当过来。”

经理目光温和地看着她：“怎么下班后的聚餐也从来不见你参加？”

白筱铃为难地说：“我要给弟弟做饭，不能回家太晚。”

“原来是这样。”经理轻轻颔首，“下次我帮你跟大家解释，下班后的娱乐项目，是不强制要求参加的，但如果每次都不参加，难免会让同事误会你对他们有意见。你能理解吧？”

白筱铃点了点头，面色讪讪：“给您添麻烦了。”

“你是新人，我多带带你也是应该的。”经理笑道，“不过咱们公司里年轻人多，面向的客户也是年轻群体，企业文化很重要，你要学着融入进来才行，下周六公司团建，能来参加吗？”

白筱铃在心里无声地苦笑。

话说到这个份上，看来这次团建是无论如何都要参加了，除非她不稀罕这份工作。

从经理办公室出来，白筱铃的心情再也轻松不起来，尽管距离团建还有一周时间，无形的压力却已经笼罩了她整个人。

她背起双肩包，离开公司。

写字楼外面，有人对着手机高谈阔论，有人急匆匆地赶往地铁站，有人端着一杯咖啡刚从便利商店里出来……

白筱铃站在公交车站，看着身边的人群，有那么几秒钟，她心中生出一种“世界之大却无处容身”的孤独感。

明明有家，有亲人，有工作，她却一直感到孤单。

手机铃声忽然响起。

白筱铃掏出手机，接通电话。

“下班了吗？几点回来？”

说话的人语气很不客气，带着年轻人的张扬，随后电话里又传来开关柜门的砰砰的声响。

“冰箱里没啤酒了，我要下楼买啤酒……你有想喝的饮料吗？我帮你带几瓶。”

白筱铃踮脚望了望迎面开过来的公交车，是303路，不是她要坐的308路。

“不用给我买，我今天会晚点回去，晚饭你点外卖吧。”她回道。

电话那头的白栎愣了下：“你要去哪儿？”

“我报了一个课程，说是可以……治疗异食癖。”

尽管白栎知道她的病，但是说出口时，白筱铃还是有点难堪。

白栎立刻皱眉：“这有什么好治的，不就是吃点草吗，当色拉吃不就行了！”

“跟色拉……还是有点区别的。”白筱铃讪讪道，“我就是去试试，要是治不了，就算了。”

“在哪儿？我到时候去接你。”白栎烦躁道。

“不用。”白筱铃瞧见308路公交车来了，忙道，“先不聊了，车来了。”

她匆匆挂断电话，朝公交车跑去。

白筱铃按照地址，找到一栋商住两用型大楼，然后乘电梯来到十七层。

互助治疗小组的主旨，主要是共享与关爱，小组成员可以无拘束地讨论个人症状和问题，其他成员则给予建议和支持。比起普通的一对一心理咨询，这种互助模式更注重通过自我释怀，去推动组员恢复正常的生活。

白筱铃在电影里见过这种互助小组，但是在现实生活中，还是第一次接触。

这地方的装潢风格温馨而自然，墙壁是柔和的黄，窗帘是浅淡的蓝，而地板的颜色是青草绿，让她颇有食欲。

初次印象，这里还挺正规的。

她被工作人员带到一个房间，房间很大，中间摆着一圈椅子，四周散落着一些鹅卵石状的懒人沙发和靠枕。大约为了营造出舒适轻松的环境，室内还摆了许多绿植盆栽，可是白筱铃不由得紧张起来。

盆栽里有草。

有草啊……

“您先坐一会儿，我去给您倒杯水，等人到齐就可以开始了。”工作人员微笑着说道，随后离开了房间。

白筱铃环顾四周，找了个座位坐下，距离约定时间还有十来分钟，她可以先玩会儿手机。

总之要做点什么来转移注意力，免得脑子总惦记那些草。

……幸好中午吃过一些，现在没那么饥渴，应该忍得住。虽说是来参加治疗的，可她也不想第一天就当众吃草。

手机打开，她看见十几条未读消息，除了两条推送广告，剩下的全是来自白栎。

白栎：“到了吗？大概多久回来？”

白栎：“定位发一下，完事了我去接你。”

白栎：“晚饭想吃什么？”

白栎：“我买了草莓，怎么洗？”

白栎：“有两颗烂了。”

白筱铃不禁莞尔一笑。

在孤儿院的时候，因为异食癖的缘故，一直没有人领养她。直到她十二岁，白栎的父母把她接到家中照顾，因为没办正式领养手续，白筱铃就叫他们叔叔阿姨。

那时，白栎只有九岁，现在长大成了十九岁的大男孩，性格却还是老样子，毛毛躁躁的，一点也不成熟稳重。

白筱铃正准备回复消息，门口传来脚步声，她抬头看去，不由得愣住——

一个容貌格外漂亮的男人走了进来。

白筱铃很少关注别人的外貌，但是这个男人实在是太漂亮了，漂亮得几乎难辨雌雄，以至于她差点就要怀疑对方可能是个穿男装的女人？

“你好。”他朝她点头、微笑，以示礼貌。

低沉、带有磁性的嗓音毋庸置疑地显示来人是男性。

白筱铃为自己的胡思乱想感到羞窘，微红着脸点了点头：“……你好。”

简单的问候之后，两人没有继续交谈，她低头摆弄手机，他在屋里慢慢散步，打量这里的环境。

出于好奇，白筱铃忍不住抬头偷看对方。

她从没见过长相这样令人惊艳的男人，皮肤雪白，头发乌黑，嘴唇饱满红润……最美的是他那双又黑又亮的眼睛，眼尾带着微微上挑的弧度，睫毛浓密卷翘，迷人极了。

似乎是察觉到她的视线，男人看了过来，微微一笑：“我第一次过来，随便转转。”

他以为白筱铃是好奇他为什么不坐下。

白筱铃有些不好意思：“我也是第一次来。”

“是吗。”男人笑笑，走到一棵龟背竹旁边，随意地伸手，在花盆里掐断两三根野草。

白筱铃微微愣了下。

男人一边踱着步子，一边将那几根野草含进嘴里，动作自然得就像含一片口香糖。

白筱铃目瞪口呆！

他！……他竟然吃草！！！

而且是旁若无人地吃草！

她每次为了吃几片草叶子，偷偷摸摸不说，还要承受着害怕被人发现的心理压力，可是眼前这个男人，他就这么轻松自在地做着她每天想做却不敢做的事。

男人再次看过来，分明瞧出了白筱铃的震惊，一双明眸弯了弯，笑着说：“味道有点酸，要尝尝吗？”

白筱铃：“不……不、不用了，谢谢。”

男人笑笑，双手插兜，慢条斯理地走到另一盆绿植旁，轻轻拨弄那些绿油油的叶子。

对方的神态太自然了，这让白筱铃不禁觉得，是自己过于大惊小怪。

没过一会儿，门外又陆续进来一些人。

走在最后的中年男人把门关上，愉快地对大家说："今天我们又有两位新同伴加入小组，大家欢迎——"

说完，他带头鼓起掌。

其他人也纷纷鼓掌。

掌声中，白筱铃和那个漂亮男人相视一眼，心中了然，原来他们俩就是今天的"新同伴"。

他们是新来的，为了不给两人太大的心理压力，分享顺序被安排在最后。

互助小组的"老人"先发言，分享自己的恢复程度和个人感想。

白筱铃以前就知道，异食癖患者会吃很多奇奇怪怪的东西，不过亲耳听见，还是挺吃惊的。

比如，小组里有一个男孩爱吃卫生纸，尤其爱吃一种带印花的妇婴用纸，可能"妇婴"这两个字给人感觉比较卫生。

还有一个人爱吃血痂和死皮，看见别人受伤结痂，会艳羡不已，馋的时候甚至自残过，然后等着伤口结痂，以满足自己的怪癖。

有一个五十多岁的大婶爱吃香皂。她说自己原来没有这毛病，四十岁的时候冒着风险生了二胎，之后不知怎么就迷恋上了香皂的气味，每天在衣服兜里揣一块，没事就用指甲抠一点吃。

与他们相比，白筱铃吃草，就显得没什么奇特了。

轮到她和那个男人分享时，组长笑呵呵地看过来，问："你们俩谁先来？"

"我先来吧。"那男人微笑着说，"我叫席臻，二十五岁，以前喜欢素食，后来渐渐不能满足，开始吃路边的杂草。试过搜集各种草做成色拉，但都没有刚从土里采摘的草味道好。"

“有接受过什么治疗吗？”

“去医院做过体检，身体状况一切正常。”

组长了然地点了点头，既然不是身体上的原因，那么就应该是心理上的。

组长看向白筱铃，和气地说道：“轮到你了，自我介绍一下吧。”

白筱铃有些不好意思：“我叫白筱铃，二十二岁，我和他一样，喜欢吃草……”

大家全都笑了起来。

组长也笑：“这么巧，你们俩以后可以多多交流。”

白筱铃腼腆地点头。

自我介绍结束后，有工作人员送茶点进来，大家纷纷离开座位。有人喝水、吃东西，有人去洗手间，有人三三两两地聚在一起闲聊。

席臻坐在白筱铃身边，把手机递过来，微笑着说：“加个好友？”

“啊，好的。”白筱铃拿出自己的手机，添加好友。

席臻加了她，发现她的头像是一棵幸运草，不由得翘了翘嘴角：“你喜欢吃这种草？”

“……还可以。”白筱铃有点不习惯把自己隐藏多年的癖好这么直接地拿出来交谈，不过想到对方和自己一样，这种不自在的感觉又消失了一些。

“你呢？”她问他，“平时喜欢吃什么草？”

“蒲公英，我喜欢连带着蒲公英的花一起吃，味道有点甘甜，微微发苦。”

“我也喜欢吃蒲公英，但是这种草在城市里不常见。”

“你没有在家里种吗？”

“我只种过猫草，别的植物我都养不活……”

“噢，猫草我也种过，有燕麦种子或者小麦种子就行，还种了提摩西草，你吃过提摩西草吗？”

“没有……”

席臻朝她笑笑：“改天请你吃。”

白筱铃也笑了。其他组员都在讨论怎么控制自己的异食癖，他们俩不但没提怎么控制，还在给自己扩充食谱，想想也是怪有意思的。

“对了。”席臻想起什么，伸手从兜里掏出一个自封袋，递给白筱铃，“送给你。”

自封袋不大，是粉色的，有点像饼干的包装袋。

白筱铃好奇地打开它，发现里面是一枚干草团子。

“提摩西干草。”席臻笑着对她说，“可能没有鲜草好吃，但是口感也挺不错，我还在里面加了苹果干，你尝尝。”

“谢谢……”白筱铃捏着这枚干草团子，有些好奇，也有点心动。

她还从未试过吃干草，不知道会是什么味道。

白筱铃下意识地望了望自己的四周。

席臻像是看穿了她的心思，笑道：“不用担心，就算他们看见了，也只会以为你在吃小零食，比如，颜色不太好的鱿鱼丝？”

扑哧！白筱铃被他逗笑了。

席臻：“你笑起来很可爱，应该多笑笑。”

白筱铃：“……嗯？”

席臻：“我刚进来的时候，你坐在椅子上一动不动，说话也不敢很大声，感觉你是一个很容易紧张的人。”

白筱铃愣了下，握着草团的手指微微合拢，不知道该怎么回答。

这时，席臻轻轻笑了下，说道：“不过也正常，像我们这样的人，总是胆小又敏感，稍微有点响声就会吓一跳，看见陌生人，会紧张也是理所当然的。”

白筱铃闻言有些发愣，什么叫……像我们这样的人？

席臻笑着看她：“看来你还什么都不知道？”

白筱铃疑惑地问：“知道什么？”

席臻移开视线，望向落地窗外的蓝天白云，淡笑道：“改天再聊吧。”

他在白筱铃愕然的目光中起身，朝门口走去，几步后停住：“对了……”

这个斯文、优雅的男人转过身，抬手指了下她手中的草团：“喜欢吃的话，下次我再送你几包。”

白筱铃："谢谢……"

因为席臻半途离开，小组讨论的后半段，白筱铃有些心不在焉。

脑海中一直在想席臻离开时说的话。

她确实胆小敏感，容易紧张，可只有熟悉她的人才知道，他不过见她一面，是怎么看出来的？是她太容易被人看透，还是他知道些什么？

这个人，真是奇怪啊……

回去的路上遇到晚高峰，公交车在车流中走走停停，白筱铃扶着车上的横杆，跟着车身一起摇摇晃晃。

空气中弥漫着一股汽油与灰尘相混合的味道，还有人体的汗水，厚重的发油，劣质皮包被太阳暴晒后散发出的刺鼻的味道。

她的嗅觉一向灵敏，也因此更加想念青草的芳香了。

衬衫长裙的口袋里有一包干草团子，是席臻送她的礼物，她想到这里，有点蠢蠢欲动……

"就算他们看见了，也只会以为你在吃小零食。"

脑海中回想起席臻的这句话，像是被壮了胆量，她伸手摸出那个软软的自封袋，小心翼翼地打开，目光不自觉地瞟向周围乘客——没人注意她。

白筱铃把自封袋拿到嘴边，低着头，含住几根草丝……

干草没有鲜草的鲜嫩多汁，不过，不知道是不是烘干过的缘故，草的味道更加浓郁了。口感清冽，带着些许苦涩，植物的纤维在齿间厮磨，有种奇异的快感。

她慢慢咀嚼，细细品尝，脸上不自觉地带起笑意，越来越快乐，也越来越放松。

公交车在行驶，风在流动，她看向车窗外的街景，忽然觉得，像这样嚼着草，一路摇摇晃晃地回家去，是多么有趣。

公交车到站，白筱铃背起双肩帆布包下车。

她把吃空的自封袋揣回口袋，顺手掏出手机看了眼，果然又有一堆未读消息。

本以为全是来自白栎的信息轰炸，点进去后却发现，其中一条是席臻发来的。

他的头像是黑夜中的月亮，昵称是本名，白筱铃点进去看，只有一句话：

“味道喜欢吗？”

不知怎么，看到这句话，她的心突突地急跳了两下，宛如夜里被人窥视到自己的行踪。

她回复消息：

“你怎么知道我刚刚吃了？”

回复之后，她又很快反应过来，人家问她味道如何，或许只是随口一问，反倒是她自己联想太多。

白筱铃放松下来，准备撤回自己那条消息，这时席臻的消息跳出来：

“因为清晨和傍晚是我们的食欲旺盛期。”

白筱铃愣住。

放在手机屏幕上的手指迟迟未动。

清晨和傍晚……是我们的……食欲旺盛期？

我们的？

小铃：“什么意思？”

席臻：“看来你真的什么都不知道啊。”

小铃：“能说得再明白些吗？”

席臻：“森林公园明天有划船比赛，要不要去看看？”

白筱铃看着手机，有些疑惑。

明天周六，她是有空的，只是席臻的这些话，分明是有什么事想要告诉她。

疑惑的同时，她心中又不免期待……就像他送她的草团子，在旁人看来可能是颜色难看的鱿鱼丝，可是在她和他眼中，是能治愈身心的可口小零食。两个人从此共有一个秘密，白筱铃心中有一种找到盟友般的雀跃。

她很久没有回话，而对方也耐心十足，再次发来消息。

席臻：“河道边的草最近长势不错。”

白筱铃看到这条新消息，顿时忍俊不禁，手指在屏幕上动了动，回了一个 OK 的表情。

心里有种说不出的开心。

白筱铃的好心情，持续到回家。

她刚掏出钥匙，没来得及捅进锁孔，门就被人从里面打开。白栎阴沉着脸色站在门后，目光阴森森地落在她身上，无声地倾诉着不满。

“去哪儿了？怎么才回来？”他侧身让开，将拖鞋扔到白筱铃面前。

白筱铃撑着他的臂膀，抬起一条腿，弯腰脱下凉鞋，然后踩在拖鞋上：“不是跟你说了吗，去参加互助治疗小组了呀。”

白栎盯着她雪白莹润的脚趾，小小的，软软的，不知道如果踩在他的脚上，触感会怎样……

情绪被这旖旎的念头打断，他的语气终于不再冷硬，只是仍然不高兴：“让你给我发定位，我可以开车去接你。”

白筱铃闻言笑道：“幸好你没来，你不知道今天路上都堵成什么样了！”

白栎敏锐地捕捉到她声音里透出的愉悦，他不由得蹙起眉，盯着白筱铃看。

白筱铃换了拖鞋往里走，经过沙发，顺手把散乱的靠枕摆好。

白栎像条大尾巴一样跟在她后面，问：“互助小组有意思吗？看你心情好像挺不错。”

“嗯，还可以。”白筱铃走到饮水机前，给自己接了一杯水。

白栎跟过去，又问：“明天还去吗？”

“不了，一周只去一次。”她喝了一口水，不知想到什么，轻轻笑了笑，“不过明天也要出门，约了人去森林公园。”

“去森林公园？”白栎眸光微闪，警觉起来，“谁？”

“一个朋友，在互助小组认识的。”她回答。

白栎："男的？"

"对，是男……"话音顿住，白筱铃转身，好笑地问他，"你今天怎么了？问这么多？"

白栎皱眉："我明天没事，陪你一起去。"

白筱铃："不用了。"

她准备回房，白栎却直接迈步，拦住她的去路。白筱铃没想到他会这样，一时没有防备，手中水杯登时撞上他的胸口，水溅了出来，打湿了他的衣服。

她愕然愣住。

水珠沿着浸透的布料向下流淌，滴在深棕色的木地板上。

"你干吗呀……"白筱铃叹气，柔柔地埋怨他，"衣服都湿了。"

"一会儿就干了。"白栎满不在乎。

白筱铃："脱了吧，穿湿衣服吹空调，你也不怕感冒。"

白栎便直接把上衣脱了，露出精壮的胸膛和结实的臂膀。

虽说两人一起生活了十年，可面前猛地站着一个身高一米八八的半裸男人，距离还如此之近，白筱铃感到分外不自在。白栎正值最好的年华，无论是皮肤的光泽，还是身体的线条，都彰显着年轻气盛的活力，以及让人难以忽视的荷尔蒙气息。

她微微侧脸，小声嘟囔："谁让你在这儿脱了。"

白栎脸上写满烦躁，把脱下来的衣服揉成一团，隔着十几米的距离将衣服精准地扔进脏衣篓里："不让我跟着，就给我发定位，要不然出危险怎么办？"

白筱铃笑了下，心想这家伙虽然长大了，但还是跟小孩似的爱黏人。

她踮起脚，捏了捏白栎的脸："能出什么危险？你呀，赶紧把衣服穿上吧，别感冒了。"

说完，她就回自己房间了。

客厅里剩下白栎一个人。

他有些气闷。

再过几个月他就要满二十岁，此时年龄介于十九与二十岁之间，宛如处在稚气男孩与成熟男人之间这座有些令人尴尬的分界岭上。

尽管身形高挑，筋骨强健，有无穷的精力和热血的冲劲，可是思维上，他似乎还不够强大，不知道在一场感情的围猎中应该扮演什么样的角色。

白栎烦闷地躺到沙发上，踢乱白筱铃刚摆好的靠枕，胳膊枕在脑后，瞪大眼睛看着天花板。

手机在口袋里嗡嗡振动。

白栎掏出手机接电话。

“明天出来打篮球呗！城市大学这边有场比赛，只要你来打，他们学校的啦啦队准会发疯！”电话那头的人兴致高昂。

白栎兴致缺缺：“没意思，不想去。”

“嗐，你怎么又不去啊，那下周呢？”

“我要和白筱铃一起整理花园。”

“那就三十号！三十号是周一，她要上班，周一总不需要帮她干活吧？”

“三十号是我爸妈忌日。”

“……那，下个月？”

白栎不耐烦地道：“你有毛病？下个月的事，下个月再说！”

说着他就要挂电话。

对方在电话里叫起来：“哎，哎，你等等，等一下！你和白筱铃到现在也没进展？”

白栎皱眉，望了眼白筱铃的房门，然后拿着手机起身，去了阳台。

“她总觉得我年纪小，我本来计划二十岁生日那天向她表白……”白栎倚着阳台栏杆，低声说道，“这段时间我想多陪陪她，也算做个铺垫。”

“铺垫什么啊！”电话那头道，“直接上！”

白栎皱紧眉头，一口回绝：“不行，她胆子小，会吓到她。”

“你磨磨蹭蹭的，当心她跟别人跑了！哈哈！”

这话实在刺耳，白栎的脸色再度变得难看，直接挂断了电话。

白筱铃对这次约会很重视。她化了淡妆，穿了一条水蓝色的连衣裙，搭配白色软底单鞋，没有像平时上班那样背双肩包，而是精挑细选了一个奶油色小拎包。

她原本是一个不爱外出的人，更不会和不熟悉的人一起外出，席臻却打破了她的习惯和原则，成为例外。

森林公园的门口人来人往，一眼望去全是人，笑声喧嚣，五颜六色的气球和风筝争先恐后地霸占天空。

席臻从人群中走来，笑着朝她招了招手："我们走吧，买好票了。"

白筱铃笑了笑。

含蓄而礼貌的笑，带着几分自我鼓励的意思。这是她第一次和异性约会，真不敢相信她居然有胆子这么做。想来，大概因为他身上有种似有似无的熟悉感。

席臻动作自然地握住她的手。

他长得精致漂亮，手掌也柔软细腻，全没有男人的粗粝感。

白筱铃觉得两人的关系应该还不足以亲密到牵手的地步。不过，等穿过检票处，到了不那么拥挤的地方之后，席臻便松开了她。

刚才可能是担心两人走散。

两人沿着林荫大道向前，不远处是划船比赛的场地。人海如潮，遮挡了视野，看不到河道。

席臻带着白筱铃往另一条路去。

离河道越远，遇到的人也越少，因为比赛，今天大部分游客集中在河道两岸。

不过这些，白筱铃不太在意，她满脑子都在想席臻之前对她说过的话，忍不住打破沉默，问他："上次你为什么提前走了？"

席臻看她一眼，漂亮的眼眸似笑非笑："因为我不需要治疗。"

啊？

这个回答让白筱铃一头雾水。

不需要治疗，干吗来参加互助小组？

“小铃，你的父母吃草吗？”席臻问她。

白筱铃摇头：“我是孤儿，没见过亲生父母，从小借住在院长的朋友家里。”

“这样啊……”席臻轻轻颔首，继续向前走。

白筱铃的脚步微顿，落在后面，狐疑地注视席臻的背影。想了想，她快走几步跟上他，问：“上次你说我什么也不知道，是什么意思？你知道些什么吗？”

“那个啊，一会儿再告诉你。”席臻拉起路边黄色的安全警示隔离带，弯腰钻了过去，“过来，走这边。”

白筱铃被他吓了一跳，瞪大眼睛：“那、那边不能去！”

森林公园是在自然地貌的基础上建起来的，虽然没有危险的野生动物，但一部分树林、泥沼被围了起来，防止游客误入，发生危险；同时，也为了保护生态环境。

席臻施施然地站在里面，微笑地看着她：“小铃，你尾椎骨的位置，是不是有块疤？”

白筱铃双眼圆睁，惊讶得说不出话来：“你……”

“想知道的话，就进来吧。”席臻转身，朝树林深处走去。

“喂！”白筱铃着急，“你等等！”

繁茂的枝叶遮住了席臻的身影，如果她再不抓紧时间，就追不上他了！

白筱铃咬了咬唇，看看左右无人，一咬牙也弯腰钻进了林子。

视线陡然变暗——

遮天蔽日的树冠挡住了大部分阳光，连空气也变凉，离开平整的水泥地面，脚下触感柔软而不平整，是泥土混着碎石枯枝的触感。

白筱铃越走越深，距离游览通道也越来越远，而席臻完全没有要停下来的迹象。

“等、等一下！”白筱铃边追边喊，“席臻，你等一下！”

席臻非但没有停，反而移动得更快了，那抹白色身影如鬼魅般在密林里穿梭，时隐时现，她不得不加快速度。

尖锐的枝叶划破裙摆，石块埋在草丛里硌疼脚底，她的小拎包也在奔跑中晃荡不停，包角在腰间撞击，让她有种说不出的恼怒。

白筱铃紧盯着前面那个身影，咬住下唇，有些生气。

任谁这样莫名其妙地跑个不停都会生气吧？她想要的是一个答案，而非愚弄。

“席臻！”白筱铃提声问，“你到底要带我到哪里去？！”

席臻的身影消失在树后，她眼前猛地一亮，不禁闭眼，再睁开眼睛，发现自己已经跑出了树林，眼前是一大片葱茏的绿草地。

不是人工种植的草坪，没有修剪的痕迹，没有杀虫剂的异味，是一片充满大自然野性的天地。

说起来可能有些好笑。

因为这一刻她怒气全消，全身上下的每个细胞都像浸泡进陈年佳酿里，浓烈的青草香侵入所有感官，哪怕只浅浅吸一口气，也醉得不能自已。

白筱铃实实在在地怔住了。

“喜欢吗？”席臻不紧不慢地脱了鞋，赤脚踩在草丛里，闭着眼，深深呼吸，而后平静地看向她，“无论在城市中生活多少年，无论被驯化得多么适应现代科技，我们对自然的向往永远不会消减。这是融在血液里的东西，你无法逃避，因为你无法违背你的血脉，你的基因。”

他朝愣怔的白筱铃伸出一只手：“过来。”

白筱铃的目光迟疑着落在他那只手上。

席臻看着她，温和笑意里有几分无奈：“小铃，即使我不说，你应该也有感觉，我们是同类。”

白筱铃愣愣的，张了张嘴，却不能发出声音，此刻她的肺腑间仿佛得到了滋养，舒服得嗓子连同思绪一起凝滞，失去语言能力。

“你以为自己和身边的人格格不入，是因为异食癖吗？不是，那不过是你潜意识里为自己找的借口。你胆小、懦弱、孤僻，是因为你一直生活在一个无法给你安全感的环境里，压力与日俱增，却没人教你如何应对。于是你只能靠吃草勉强维持生活下去的勇气，否则你迟早有一天会崩溃。可惜……”

席臻轻轻叹了一口气，握住她的手，牵着她坐下来。

“可惜，你应该在出生的时候就做了切除手术，不仅切掉了尾巴，而且把最重要的腺体也一起切除了。否则，哪怕只是在人群中路过，我也能认出你。”他说道，“这是异性相吸的本能，幸好，现在找到你不算太晚。”

白筱铃艰难地思考着：“那……我们，到底是什么？”

“妖族。”席臻清晰地在她耳边说，“我们是，兔妖。”

他的气息喷洒在她的肌肤上，让白筱铃本就眩晕的脑子更加不清醒，口齿也不清：“我们……是兔子？”

席臻失笑：“不是，但确实有些关联，就像人类与猿猴，你不能因为觉得它们相像，就把猿猴认作人类。”

白筱铃迷迷糊糊地点头：“原来……我……是妖怪啊……”

席臻觉得她现在的模样格外可爱，伸手撩开她脸颊上的碎发，笑着说：“这里的猫尾草太多，你大概没接触过这么浓郁的气味，就像住在高海拔地区的人来到平原后容易产生‘醉氧’，以后你会慢慢习惯的。”

他侧身离得近些，伸手抬起白筱铃的下巴，深深凝视着她。他的眼眸似一汪清泉，目光温柔如水，而后这双眼睛缓缓闭上……

唇与唇即将相触的一瞬间，白筱铃忍不住扭开脸，于是那个吻落在了她的耳朵尖儿上。

霎时，一阵酥麻沿着尾椎骨向上蹿。白筱铃面红耳赤，连耳朵也红了——她的耳朵，比嘴唇更敏感。

席臻微愣，随后静静地看了她片刻，轻轻一笑：“没关系，你会慢慢习惯的。”

……

2. 同类

白筱铃回家的时间，比白栎预料中更早。

本以为她逛一会儿森林公园，肯定要和人吃午饭，没想到刚到中午她就回来了。

白栎打开门，正想问她今天约会怎么样，谁知白筱铃头重脚轻地倒过来，差点摔在地上。

白栎眼明手快地一把捞起她，抱进怀里，看到她的模样后一下愣住了！——怀里的女孩面颊绯红，呼吸凌乱，浑身肌肤烫得不行。

“怎、怎么回事？”白栎猛然看见她这副模样，心跳失控，有些发慌。

“是喝酒了吗？”他胡乱地问了一句，完全没过脑子，因为她身上根本没有酒味。

白筱铃正难受着，几乎整个人全挂在他身上，有气无力地回答：“没有……是，是‘醉氧’了……”

“醉氧？什么醉氧？”白栎听着有些糊涂。

白筱铃也不知道该怎么解释，微喘着说：“扶我去床上……我……我要躺一会儿……”

白栎见她难受成这样，也不敢再胡思乱想，将她打横抱起，大步流星地走进卧室。

卧室里昏暗沉寂，急促的娇喘声尤为清晰。

她侧躺在柔软的大床上，一张小脸涨得绯红，红唇微张，眼眸无辜地半睁着，浑然不知道自己此刻有多么迷人。

尽管身体难受，但白筱铃的意识十分清醒，她知道自己不是普通的“醉氧”，哪怕对身世还一知半解，她也能断定，这绝对不是所谓的“醉氧”。

猫尾草的气息再迷人，也不该让她持续这么长时间的口干舌燥、浑身乏力、心跳紊乱、血液发烫。

至于原因是什么，恐怕只有问席臻才能知道。

这事她不想当着白栎的面问，便让他下楼帮她倒杯水。

白栎平时毛毛躁躁，此时却显出粗中有细的优点来，帮她脱掉鞋袜，又细心解开领口最上面两颗扣子，让她呼吸畅快些，然后才匆匆走出卧室。

白筱铃用手肘撑起半边身体，伸手去够床头柜上的手机，没等发消息质问席臻，就看见了对方发来的消息。

席臻："忘了告诉你，回家后如果感觉难受，可能是因为受到雄性腺体气息的刺激，不用太担心，这是本能反应，休息一会儿会恢复的。"

席臻："需要的话，我可以去陪你。"

白筱铃盯着那个"陪"字良久，然后，轻轻叹了一口气。

和她想的差不多，今天除了猫尾草的气息有些醉人，还有另一种气味搅得她神魂颠倒。她形容不出，硬要描述的话，大约是被小奶猫的爪子挠着自己的五脏六腑，又痒又麻，也像雪糕落进桑拿房，整个化成一摊水，又甜又腻……

门外传来脚步声，打断了她的思绪，抬头看见白栎端着水回来，她便放下手机，从他手里接过玻璃杯。

她喝得有些急，此刻体内燃烧着一场大火，急需瓢泼大雨来浇灭。

来不及吞咽，透明的液体从嘴角流淌下来，像蜿蜒的小溪，沿着柔美的曲线一路往下，画出亮晶晶的痕迹，直至隐没在微敞的衣领里。

白栎直愣愣地看着她，喉结微动，移不开目光。

她仰头喝光所有水，燥热似乎有所缓解，却又不够，顺手将玻璃杯还给他，有些意犹未尽地舔了舔发干的嘴唇。

白栎见那粉嫩舌尖扫过唇瓣，大脑嗡的一声，血液直冲脑门。

咚——

玻璃杯落地，摔在地毯上发出闷响。

白筱铃微微错愕，未料到白栎会没接住杯子，而下一秒她的下颌被他捏住抬起，吻突如其来地落下来。

这个吻来得毫无预兆，也十分莫名其妙，她甚至不知道该不该将其称之为"吻"。她的唇被他死死碾压、紧紧封锁，呼吸堵在肺腑间，化成升腾的火焰。分开后，连呼出的气也仿佛带了烫人的温度。

白筱铃被吓到了。

白栎也被自己的举动吓到。

但他的大脑被那短暂的唇齿贴合的美妙触感所占据，理智难以回笼。见心上人的脸上除了迷茫并未显出抗拒，便忍不住得寸进尺，俯身压住她再次亲吻——他为着那心心念念的粉嫩舌尖，开始无师自通地撬开她的唇齿，情绪也随之激烈，恨不能将这些年隐忍的情愫统统以一个吻宣泄出来。

白筱铃被压在床上，退无可退，起初脑海中闪过白栎是否被自己身上的气息所蛊惑的念头，后来却很快就无力思考。

他吻得如此凶狠，唇舌间的纠缠像一股浪潮冲刷她的全身，气息急促，眼神迷离，她陡然一惊，终于回神，知道此刻自己在做什么。

“不行……”白筱铃用力推他，心惊胆战。

是那该死的腺体气息作祟，还是她失心疯了？她怎么能和白栎接吻？还那么享受？！

白栎英俊的面庞早已被情欲染红，即便松开她，眼神依旧恋恋不舍地凝视着她：“白筱铃，其实我……”

“没、没事的！”她紧张地坐起来，强作镇定道，“刚才只是个意外，你……你不要放在心上，也不要有心理负担！”

她以生平最快的速度做完自我反省——白栎本就是血气方刚的年纪，偏偏她身上带了那些气味，导致他一时失控也很正常。

白栎愣住，疑惑地看着白筱铃。

“你是……什么意思？”他迟疑地问。

白筱铃低下头，双臂环抱，指甲无声地掐进肉里，试图用疼痛让自己更清醒一些。而她的手心开始渗出细细的汗水，心脏也跳得厉害，带来一阵阵没来由的恐慌。

今天她刚刚得知自己是个妖怪……她还没来得及调整情绪，就和白栎发生这种事……这些年她在白家借住，她一直当他是弟弟。

白筱铃不敢细想其中的前因后果。

若真是自己身上散发出某种特殊气味，导致白栎失控，那她……她会觉得，自己真是不知廉耻极了。

白栎的父母好意照顾她，夫妻俩去世后留下她和白栎相依为命，她千不该万不该，无论如何也不该把他牵扯其中。

“是我不好……我今天，身体不太舒服，有些犯迷糊……”白筱铃坐在床上，低着头细声细气地说，“刚才发生的事，我们……都忘掉吧……”

“你说，忘掉？”白栎脸上的红潮渐渐消失，隐隐透出几分铁青，“你的意思是，当作一切没发生？”

“嗯……”白筱铃红着眼眶点头，抬眸看他一眼，又胆怯地快速垂下头，“我们可以和以前一样，今天的事就当作，没发生。”

“没发生……”白栎重复这三个字，口吻森冷，目光阴寒。

随后他冷笑了一声，起身离开房间，脚步踩得很重，显然带着怒气。

……

之后的几天，白栎再没有理过白筱铃。

他每天都在家，却像赌气的小孩似的不肯和她说话，即便一起吃饭，她问他想吃什么菜，也只会得到“哦”“嗯”“可以”“随便”等诸如此类的答复。

白筱铃不知道他怎么了，只觉得，自己似乎把他得罪狠了。

这几天，她和席臻一直保持联络。虽然他们没有见面，但每天都会在网上聊上几句。

席臻明确向她表达了好感。

白筱铃没拒绝，也没接受。

尽管知道两人在物种上非常般配，但她还是希望能从朋友做起。她怯弱也保守，哪怕接受了自己是妖族的事实，也依旧固执地认为，感情的事还是循序渐进比较好。

另外，她没有拒绝席臻，其实还有一个难以启齿的原因……

虽然这样不对，但她总觉得，如果她有交往的对象，那么以后在白栎面前，自己似乎能变得坦然些……

好在，席臻很尊重她，于是真的像知心朋友一样，听她倾诉，陪她聊天，给她讲述妖族的种种趣事。

有时，席臻也约她出去吃饭，但是上次的失控令白筱铃心有余悸，便找借口推掉了。

周五晚上，白筱铃为第二天的公司团建做准备，收拾行李。

席臻细心地帮她查了团建地点的环境资料，打电话告诉她："拓展训练一半在室内，一半在户外，户外项目是皮划艇，附近只有石头河滩，没有大面积的草地，如果馋了，吃我寄给你的那些干草团，如果被人发现，就……"

"就说是零食。"白筱铃笑着说完他下面的话，"我都记住了，放心吧。"

席臻笑笑，提问考她："如果你的同事也想尝尝这些小零食，你该怎么办？"

白筱铃听了迟疑："……不给？"

"不给的话，别人会怀疑吧？还会认为你小气。"

"那……给同事吃？"

"同事会问你味道为什么这么奇怪？吃起来像干草。"

"每个人口味不一样？"她认真思索，"或者，就承认是一种用草类加工的零食？"

席臻轻轻笑起来："嗯，你可以告诉他们，这是美国巴罗切洛达州当地的零食，不知道具体是什么原料做的，多吃几次也就吃惯了。如果他们是聪明人，就该听出零食价格不便宜，以后不会再随随便便找你要零食了。"

白筱铃很是佩服："你考虑得好仔细呀，但是，如果真有人去过那个州怎么办？"

"不可能。"席臻不紧不慢道，"巴罗切洛达州是我胡编的地名，何况美国那么多州，他们不可能了解每一个州。"

白筱铃忍不住笑出了声："你真行，哈哈哈！……"

门口忽然冒出一个人影，吓得白筱铃的笑声戛然而止。

白栎站在那里，正面色阴沉地盯着她。

不知怎么，她瑟缩了下，挂掉电话，明明她也没做错什么……

白栎阴阳怪气地笑了下，讥讽道："聊得挺开心。"

他几步走进房间，将手里的一摞干净衣物扔到白筱铃的床上："外面下雨了，你的衣服。"

说完，他转身走了。

白筱铃瞧见那堆晾干的衣服里，夹着一条自己的内裤，脸上顿时火烧火燎，嗫嚅道："干吗这么勤快，以前也没见你帮忙收过衣服……"

尽管两人处于冷战中，但是到了周六，白栎还是亲自开车送白筱铃去了公司。

公司包了一辆大巴，送员工们去团建地点。就在城区周边，有山有水，有专门组织团建的教练负责接待他们，不仅会安排各种比赛和游戏，还有篝火晚会。

白筱铃下车时，无意间瞟到不远处有一辆车，看上去很像白栎的车，她的心猛地一跳，差点以为他开车跟来了。

她正想看清车牌号，同事叫她去集合，这么一句话的工夫，那辆车就不见了踪影。

白筱铃想了想，觉得自己应该是眼花了，最近因为和白栎关系变差，以至于稍微有点与他相关的风吹草动，她都会特别在意。

不期然地，脑海中浮现两人接吻的情景……她赶紧捂住隐隐发热的脸颊，阻止自己继续胡思乱想。

"白筱铃，过来报项目啦！"部门同事在不远处催促。

白筱铃应了一声，小跑着过去。

团建安排的活动不少，每个人至少要报一项，有些爱玩的同事恨不得每项都参加。

白筱铃仔细研究了下——皮划艇要下水，撕名牌太吓人，两人三足需要和同伴亲密接触。她虽然来公司三个月了，但大部分时间只待在自己工位上做事，几乎没有特别熟的同事，最后她选了中规中矩的接力赛跑。

她跑步还是可以的。

不知道是不是和席臻聊过后，她的心态发生了变化。以前她总为自己无法与人建立亲密关系而焦虑，这次来参加团建，感觉也还好。

只要一想到自己是个兔子精，那……那她和同事之间有点隔阂，也挺正常的，毕竟物种不同嘛。

以前嫌弃自己不合群，以前介意自己爱吃草，以前讨厌自己胆小、敏感、没出息。

现在，白筱铃的心境变得十分坦然，不纠结了。

想想也挺不可思议，她竟一点抵触也没有就接受了自己是妖怪这个事实，甚至还有松了口气的感觉。

接力跑，白筱铃和同事一起给自己所在的部门拿了第一，大家都很高兴。去吃午饭时，她也不再遮遮掩掩，带上自己的小零食，和同事们一起聚餐。

饭桌上，果然有女同事对她的小零食感到好奇，她面不改色地把零食包递过去："朋友从美国给我寄的，要尝尝吗？"

女同事笑着伸手，从自封袋里扯出几根草丝："看着好像干草……嗯，没什么味道……"

女同事又嚼了嚼，表情微妙："有点苦……"

白筱铃体贴地说："多吃几次就习惯了。"

这话听上去没毛病，但如果不好吃，谁会多吃呢？

会计大姐一副很懂的模样插嘴道："国外挺流行这种零食，叫什么粗纤维膳食，可以改善肠道功能，像我现在吃的那种膳食片呀，也有这种功效。"

众人纷纷附和："是这么回事。"

这个话题很快过去，大家笑笑闹闹地聊起下午的活动。白筱铃坐在一堆笑容满面的同事里，吃几口菜，再吃几口草，很是悠然自在。

偶尔身边有人找她搭话，她笑盈盈地说"是吗""这样啊""好厉害""嗯嗯"，聊天毫无障碍，气氛如常。

也没有多难嘛。

只要不刻意去寻求认同感，社交就变得如此轻松。原来，她一直以来的压力根本不存在，只要接受了自我，也就不用再自我折磨了。

白筱铃的心情轻松愉快，心想，公司下次再组织聚会，自己也可以参加看看。

下午活动结束后，大家开始准备篝火晚会，明明天色还没有黑透，一个个却迫不及待地点燃火把，又唱又闹。

白筱铃原本轻松的心情，再次变得压抑。

她实在不喜欢吵闹的环境，那些男同事手握麦克风，兴奋地高歌，在她耳中毫无音乐的美感，仅仅是造成她痛苦的噪音。更不要提，还有一些同事在大口喝酒，她也不喜欢酒精的气味。

白筱铃心里叹气，暗暗想：算了，这样的聚会，以后能不参加就别参加了吧。

"小铃。"经理从身后拍了下她的肩膀，"一会儿吃完饭要玩游戏，你跟我去拿一下扑克牌和惩罚道具吧。"

白筱铃如蒙大赦，赶紧跟着经理走了。

回到酒店——是一栋类似学生宿舍楼的建筑，不比城市里酒店的华丽精致，但在山野也算得上干净清爽。

酒店条件有限，只有一部电梯能够使用。白筱铃陪同经理一起等电梯，看见旁边摆着一盆绿植，叶子绿得极其鲜艳。

她没有闻到植物的清新味儿，估摸着这盆绿植应该是塑料仿真品。为了验证自己的想法，她还伸手捏了捏那盆绿植的叶子——

果然是假的。

旁边的经理发现她稚气的举动，不由得一笑，问她："今天玩得开心吗？"

白筱铃不好意思地缩回手，点点头："嗯，开心。"

其实也就是凑合，不过场面话她还是会说的。

电梯门打开，经理走进去，很体贴地教她："你刚来公司，要多参加集体活动，和大家熟悉了，平时工作上合作起来才会更融洽，以后有什么问题，可以随时来找我，不要脸皮薄，不好意思。”

白筱铃听这话像是在提点自己，再次点了点头：“嗯，谢谢经理。”

到了楼层，她跟在经理身后走出电梯。

走廊十分安静，两人一前一后地走着，隐约能听见篝火晚会的音乐声，还有一群人唱卡拉OK“鬼哭狼嚎”的声音。

经理打开房门，白筱铃走进去。

看见眼前的大床标间，她站在原地没动，脸上显出迷茫。

这不是放道具的屋子，这是经理自己的房间……

“要洗个澡吗？”经理关上门，脱下西装外套。

白筱铃疑惑不解，觉得两人之间是不是信息传输有误？

“为什么要洗澡？”她认真地询问经理，“我们不是要拿游戏道具吗？道具在哪儿？”

经理像听到笑话，轻轻笑了声，用哄小孩的语调说：“不着急，等我们洗完澡再拿也来得及。”

白筱铃的眉头蹙起：“那我等篝火晚会结束了再来拿吧。”

说着她转身就要走人。

身后一股力拽住她，经理把她拉回来，脸上笑容和往常一样温和体贴，说话的语气却像变了个人，油腻到令人作呕。

“小铃，你真可爱。”他强行将白筱铃搂进怀里，“……别怕，以后在公司，我会好好关照你的。”

他抱得很紧，而白筱铃四肢僵硬，整个人像冻住了。

明明可以用力挣脱，她却不知为什么僵住，犹如被一条毒蛇缠裹住身体。手脚冰凉，呼吸停止，惊恐使她浑身上下一动也不能动。

直到那张臭烘烘的嘴凑过来，她终于后知后觉地意识到自己应该反抗。

不仅要反抗，还要大声呼救。

她颤抖着挣扎，嗓子眼像堵着棉花，紧张到无法顺利发出声音。而后呜咽一声，被身后的男人用力扔到床上。

床单是冰凉的，让她想到蟒蛇的鳞片，接触到皮肤竟有种接触死亡的恐惧。

她惊慌无措，又头昏脑涨，不敢在床上停留半秒，颤巍巍地就要爬起来，然而还未下地，就被男人从后面压住，整个人动弹不得。

救命！

她在心中发出尖叫，眼眶通红，声音被床褥掩埋。

砰砰砰！

这时，外面传来大力的拍门声。

经理舍不得放开还未得手的猎物，一只手按着白筱铃，另一只手解开自己的衣裤。

砰砰砰！砰砰砰！

拍门声越来越大，力气惊人，剧烈震动的门板显示着来者不善。

经理无法再置之不理，这一阵阵的拍门声使人心惊，他只得松开白筱铃，警觉地走到门前。

白筱铃赶紧爬下床缩到一边。

砰砰砰！砰砰砰！

声音越来越大，越来越响，经理被这动静吓到，不敢开门，甚至不敢靠近猫眼看一看外面到底是谁。紧接着突然砰的一声巨响，房门直接被踹开。

一个高大的男人几步走进来，挥起一拳直击经理面门。

“啊！！！”

房间里响起惨叫声。

白筱铃看见白栎那张凶狠又英气逼人的脸庞，大脑一片混沌，怎么也没想到，他竟会找到这里……

“傻站着干吗？！去关门！”白栎没好气地吼她一句。

白筱铃抖了抖，小脸惨白地跑去关门。

门锁被踹坏了，她用力推了好几下才勉强关上，再转身时，发现经理已经被白栎揍得满脸是血。

白筱铃怔住。

刚才欺凌她，强悍到令她无法挣脱的经理，此时在白栎手里弱得像只菜鸡，被打到跪地求饶、痛哭流涕。

白栎朝他狠踹了两脚，那惨叫声凄厉无比，而后白栎一脚踩在他脸上，弯腰开始撕对方的衣服。

“转过去！”白栎又朝白筱铃吼了一嗓子。

白筱铃缩了下脖子，背过身去，接着听见经理嘶哑的哭声和不住的求饶声，但白栎根本不为所动。

经理大约因为看不到希望，生出破罐破摔的怒气，喝骂道：“你给我等着！你等着蹲监狱！！！”

白筱铃听到“监狱”两个字，心中一紧，不由得转身想劝白栎。

可是她刚挪动步子，就听见白栎暴躁地喝道：“叫你别转过来！不怕看了长针眼？！”

白筱铃不敢动了，咬住下唇，为难得不知道该怎么办，既为经理遭殃感到大快人心，也担心白栎会因此惹祸上身。

白栎一边撕衣服一边骂骂咧咧，许多难听话她以前从未听他说过。

咔嚓、咔嚓……咔嚓咔嚓……

在她背后，手机相机的音效一声声响起，与此同时，还有白栎冷冷淡淡的声音：

“行了，这些照片我暂时保留，你通讯录里三百多个号码我也全部复制了，只要你敢报警，这三百人将会欣赏到你的个人写真集，如果你不介意，就尽管试试。”

白筱铃背对着他们，看不见身后是什么情景，只听见经理极度压抑的哭声，哭得无助、绝望极了。

肩上一沉，她扭头看，是白栎揽住她的肩膀，他伸手开门，搂着惊魂未定的她走出了这个房间。

得救了……

她忍不住回头想看一看，脑袋刚转一半，就被身边的男人用大手扣住——

他像扣篮球似的把她的脑袋转回来，面色不悦地警告：“不许看。”

白筱铃："……"

好，那就不看了。

夜色昏沉，汽车孤零零地行驶在无人的公路上。

白筱铃坐在车里，回想自己这一天的遭遇，仍有些浑浑噩噩。

她实在没想到，平日里待她和善亲切的经理，竟会做出那种事，如果不是白栎及时赶到，她现在会是什么下场？

她是不是反抗不了？

她既没有力气，也没有胆子，经理是不是也看准了她这窝囊性子，所以才会选她？

白筱铃蓦然感到心酸。

她只是想融入群体，为什么要这样对她？为什么她不管做人还是做妖怪，都这么没用？老天爷是不是存心欺负她？既然让她做妖怪，怎么不让她做个厉害的妖怪？老虎，狮子，或者大灰狼也行啊……为什么她总是受欺负的那一个？

她鼻尖一酸，眼泪立时滚落下来。

刚才在房间里，恐惧使她头脑空白、情绪混乱，现在脱离险境，她一点点捋清了头绪，才越发感到深深的后怕。

她泪水涟涟，白栎单手扶方向盘，另一只手抽了张纸巾扔给她，烦躁道："别哭了，这不是带你回家吗？还哭什么？"

白筱铃哭得伤心，抽抽搭搭："都……欺负我……"

"谁敢？！"白栎低吼。

这样另类的安慰对白筱铃毫无用处，此时此刻，她脑子里全是自己这辈子受的委屈，幼儿时期就被孤儿院的孩子们排挤，长大后努力控制不去吃草，唯恐被同学发现。她不敢去 KTV，不敢去电影院，不敢去所有人多的地方，失去了许多交朋友的机会。上班了她依然不合群，好不容易遇到一个释放善意的领导，其实是对她另有所图……

她越想越委屈，泪水无声流淌，根本停不下来。

白栎咬咬牙，猛地踩一脚刹车，然后推开车门就下车了。

白筱铃愣住，眼泪汪汪地看过去。

他的身影消失在黑暗中，白筱铃正疑惑着，就看见他捧着一堆从路边扯来的鲜草回来，不耐烦地塞到她怀里。

白栎抽了几张纸巾，胡乱擦着手上的泥，又略带粗鲁地擦她脸上的泪，那些泪痕让他心烦意乱。

“一点用都没有。”他的口吻仿佛万分嫌弃，“吃吧，你的最爱，吃了就别哭了。”

白筱铃看着怀里的苜蓿草，眨了眨眼睛，泪珠儿挂在浓密的睫毛上，不知怎么，心中平静了下来……

车程的后半段，两个人都没有说话。

一个默默开车，一个默默吃草……

回到家，白栎把车停进自家车库，然后看向身边的白筱铃，她已经没哭了。青草对她而言不仅能解馋，更能解压。从小到大，但凡遇着点什么事，她总会抱一堆草把自己关在房间里，然后一点一点地慢慢吃。

白栎从白筱铃怀里捡了一根草，放进嘴里嚼几下，嗤笑了一声：“怪味儿。”

他叼着剩下的半根草下车，绕到汽车另一边，拉开副驾车门，对白筱铃说：“周一去把离职手续办了。家里又不是缺钱花，起早贪黑去上班也不知道你图什么。”

白筱铃幽怨地看他一眼。

——白栎的父母非常富裕，为他留下巨额遗产，不仅包括他们现在居住的这栋漂亮别墅，还包括大笔信托基金和一些房产。哪怕白栎一辈子不工作，生活也能高枕无忧。

可这些财产并不属于她啊。

就算白栎看在从小一起长大的情分上，愿意让她在这里吃住，她迟早也得搬出去，学着独立生活。

她有手有脚，可以用工作养活自己。

她只是没想到……毕业后的第一份工作，会遇到这种事。

白筱铃想到这里，觉得很不公平，语气难过："明明不是我的错，为什么我要提离职……"

嘴里虽然这样抱怨，但她没有要留下的意思，只是心里委屈——明明受伤的人是她，为什么要躲起来的人也是她？

"能把那种人招进来当领导的公司，估计就是个臭屎坑，有什么舍不得走的？待久了不怕自己被熏臭？"白栎厌恶地说道。

他想起这事就怒不可遏，只是不想当着白筱铃的面表露出来，免得吓着她，自己心里默默盘算怎么报复对方，最好能神不知鬼不觉地让那家伙生不如死。

白筱铃想到又要去一个新环境重新适应，就忍不住叹气："其实下一家未必比这家公司好，每个公司都有形形色色的人……"

白栎打断她："别人是生活所迫，不得不委曲求全，你为什么要委曲求全？工作不开心就换，换到开心为止！"

白筱铃："……"

她委曲求全，当然是为了融入这个社会啊！

身为异族，想要生活得像个正常人一样，努力工作，用心生活，稳固自己的社交圈子，并且不惜压抑自己的本性，这不是理所当然的事吗？

在这方面，席臻是个高手，他用了一种让自己比较舒服的方式融入群体，在社交中游刃有余。而她还处于跌跌撞撞的摸索中，分寸和距离都是需要学习的科目。

席臻教她隐藏自己，学会婉转和含糊。

白栎现在却说她不用委曲求全，让她做自己。

白筱铃心想：白栎虽然好心，但他到底不是妖族，不明白她在人群中的孤独与拘谨，也不明白她对同族有着天然的亲近与好感。

她太寂寞了。

她想要一起玩的同伴，想要能交心的朋友，想要接受她真实自我的家人，她想要一个家。

这天夜晚，白筱铃躺在床上想心事，很晚很晚才睡着。

第二天，她收到席臻发来的消息。

席臻问她团建玩得怎么样，白筱铃犹豫之后，把团建时发生的事情告诉了他，也想听听，以他的经验，遇到这种情况该怎么应对。

席臻直接打电话给她。

“这种事很常见。”他的声音平静、淡然，“兔妖无论雌雄，长相都要比普通人类漂亮得多，再加上性情胆怯、懦弱，所以容易被人盯上，不仅会被人类盯上，有时也会被其他大妖盯上。”

白筱铃很惊讶：“还有其他妖怪？”

席臻笑：“这是当然，难道你以为妖族里只有兔妖？”

白筱铃为自己的视野狭隘感到脸红：“我一时没想到……”

“以后你就会知道，比起人类，住在同一城市的大妖更需要我们小心提防。”

“怎么？”

“我们爱吃草，大妖也有自己的食癖，捕食弱小的妖，是他们的本能。”

“捕食”这个词，让白筱铃感到极度不适。

席臻说：“别担心，你做了尾部切除手术，身上的气息很微弱，一般情况下，大妖不会发现你。而且……就我所知，目前我们所居住的这座城市里，没有大妖。”

白筱铃小声道：“听你这样说，挺吓人的。”

她都不知道，原来自己的处境这么危险，像大自然里的兔子，随时可能被天敌吃掉——她的亲生父母是不是因为这个，所以才会在她出生时切掉她的尾巴？

那后来，他们为什么抛弃她呢？为什么要把她扔去孤儿院？

“你接下来准备怎么办？”席臻问。

“周一准备去办离职手续，休息一段时间再找新工作。”

“在家待着无聊的话，可以来找我，我介绍几个朋友给你认识。”

“朋友？……也是妖族吗？”

“嗯，正好下周我要在家里办聚会，你也来吧。”

“你的朋友都喜欢什么？我给你们带礼物。”

电话那头的席臻笑了笑：“你人过来就行。”

白筱铃答应下来。

挂断电话后，席臻把地址和聚会时间发到她手机上。

虽然席臻说不用带礼物，但她还是想好好准备一下。毕竟这也算是她第一次正式和同类见面。

周一，白栎开车送白筱铃去公司，办离职手续。

本来担心会遇到经理，但是白栎说以对方的伤势，至少一周都出不了门。她果然没在公司见到经理，其他同事对发生了什么毫不知情，她的离职手续很顺利就办好了。

白筱铃抱着自己的东西回到车上，白栎问她：“办完了？”

“嗯。”她点点头，“我是实习生，没签正式合同，所以手续很简单。”

白栎眉梢一挑，说：“反正不上班了，下午没事做，我们去看电影？”

白筱铃面露难色：“可我还想去买礼物……”

这个回答让白栎愣了下：“买礼物？”

白筱铃解释道：“朋友聚会邀请我去玩，我想买些见面礼。”

白栎阴阳怪气地说：“从来没见你送我礼物。”

白筱铃：“……”

这事确实算她理亏，主要是因为白栎家里太有钱了。他从小到大，什么都不缺，她不知道该买什么送他，买便宜的，觉得不合适，买贵的呢……就只能花家里的钱，毕竟她自己是没多少钱的。

“那你想要什么，我买给你？”白筱铃试探着问。

白栎握着方向盘，眼睛看着前方，慢悠悠地说道：“我想要什么，你不知道吗？”

白筱铃听了，稍微有点……如坐针毡。

“我们不是说好了吗……”她别扭极了，支支吾吾地说，“说好要忘掉的……”

“嗯，是，要忘掉，要当作一切没发生。”他冷冷一笑，“不就是嫌我恶心吗？”

“我、我不是那个意思！”白筱铃着急地解释，“我是觉得，我们不应该因为一个意外，一个错误，就影响彼此的生活。叔叔阿姨已经不在了，我作为姐姐应该照顾好你，我不想让这件事影响到我们的关系和感情，我……”

白栎讥讽：“呵，一个错误。”

白筱铃脸色涨红：“你不要总是抠我字眼！”

白栎想要回击，想了想又觉得这么吵挺没意思，他抿了抿唇，烦闷地吐出一句“算了”，然后发动车子，驶出停车场。

车在路上行驶了一会儿，他心里始终不痛快，没忍住，开始若无其事地问白筱铃想去哪个商场买礼物，预算多少，买几份，什么时候聚会，旁敲侧击地问聚会上有没有男的。

白筱铃应付着白栎，心情越来越难复杂……

……

因为不清楚对方的喜好，白筱铃最终没有挑到合适的礼物。聚会这天，她准备了一些点心，又选了一瓶好酒，打车前往席臻的住处。

幸好白栎不在家，要不他肯定会亲自送她过来，万一到时候让他遇见席臻，估计又要摆脸色了。

想到白栎可能会变得臭臭的脸色，白筱铃头疼的同时，又有些忍俊不禁。

他的脾气，实在太差劲啦！

出租车把白筱铃送到目的地，她单手拎着东西下车，另一只手掏出手机看了看。

没错，就是这个地方，二号楼二单元……啊，找到了！

她快步走进公寓楼，按下电梯键，又看看手机屏幕。

二号楼二单元，204 室，晚七点……等等！晚七点？

白筱铃傻眼了。

她弄错时间了。

她以为是十七点，也就是下午五点！而席臻约的时间是晚上七点，差了足足两个小时。

……怎么办？

电梯门在她面前打开，白筱铃窘窘地走进去，感觉自己从头到脚都透着尴尬。

参加聚会，提前到场是礼貌，可她居然提前整整两个小时……算了，聚会肯定需要准备很多吃的喝的，她提前过来可以给席臻帮忙。

白筱铃如此自我安慰。

到了楼层，她找到房门号，听见门里传来欢声笑语，心里顿时松了一口气——还好，不只自己一个人来得早，大家都来早了，不尴尬。

白筱铃调整好表情，面带微笑地按响门铃。

叮咚——

屋里的笑声停下来，接着是逐渐靠近的脚步声，有女孩子扬声问："席臻，是你点的外卖吗？"

一个男人大笑："他忙着呢，哪有空吃外卖！"

又有许许多多笑声响起。

门外的白筱铃，脸上的笑容渐渐凝滞，隐约觉得不对劲。

这时，房门打开，一个全身上下只披了件单薄浴衣的年轻女人站在门后，眼神狐疑地打量她。

白筱铃的脸色一下子白了！

她向后踉跄一步，闻到了似曾相识的气息。

她来早了。

真的来太早了！

白筱铃僵硬地挪动步子，转身往电梯方向走。

身后有人喊她，她却更为惊悚，落荒而逃般跑进电梯，拼命地按关门键！

"白筱铃！！！"

席臻再次喊道，连衣服也没来得及穿，只套了一条长裤和一双拖鞋，就追上来，用手肘挡住即将合拢的电梯门。

白筱铃受惊地大叫："你别过来！你走开！！！"

席臻挤进电梯，无奈地喘了口气："小铃，你听我解释。"

"不、不用解释！"白筱铃极度紧张地贴着电梯壁，唯恐他靠近自己，"是我理解错了，你、你想做什么都跟我没关系，以后我们也不要再联系了！"

席臻漂亮的眉眼流露出不悦，盯着白筱铃的脸问："……不联系了？你这话是什么意思？"

"没、没什么意思。"白筱铃磕磕巴巴地说，"……就是说我们，不适合，继续做朋友。"

"不适合？"席臻仿佛听见天大的笑话，"你知道同为妖族的一对男女，能在同一座城市里相认的概率有多低吗？我们都是兔妖，你雌我雄，哪里不合适？"

白筱铃觉得整个脑子快炸了，她不能理解为什么在被自己发现那种事之后，席臻的态度还能够如此坦然！

难道他不羞愧吗？！

诚然，她和席臻还没有发展到恋人那一步，她没资格干涉他的任何事，但她确实是诚心诚意地想和席臻进一步培养感情的。在这种前提下，今天这一幕当真是吓到她了！

"你……你已经，已经有女朋友了，所以……我不行，我接受不了……"白筱铃咬住下唇，重重吸了一口气，终于说出那个词，"我觉得……恶心，太恶心了！"

这时电梯门打开，白筱铃埋头冲出去，席臻从后面一把抓住她。

白筱铃吓得奋力甩开，连同手里那一大盒点心也甩了出去，满地狼藉——

席臻没有再逼近，而是站在原地，惊讶且恼怒地看着她："你疯了吗？！说我恶心？难道你认为我们应该从一而终，至死不渝？"

他这番话让白筱铃有些蒙——男女之间，不是本该如此吗？

大约是她脸上表情太过明显，席臻当即笑了起来，满目嘲讽与鄙夷："因为被人类收养，所以你被洗脑了吗？"

白筱铃哑然。

席臻收起脸上的讥讽，眼中渐渐流露出无奈与怜惜："我真的没想到你会这么认为。人类为了社会的稳固才会自愿套上道德的枷锁，而你，竟想把这枷锁套在我们妖族身上。"

他这番论调，让白筱铃瞠目结舌，她对爱情的美好向往，怎么在他嘴里全成了荒唐？

"好了，别闹了。"席臻走过来牵她的手，"你把大家都吓着了，跟我上去吧，我重新介绍你们认识。"

白筱铃抽回手，此时她也冷静了下来，不想和席臻在这里争论对错，闷声回道："不了，我要回家了。"

席臻想了想，没有继续勉强，白筱铃这个样子，即使硬拉上楼，也只会坏了气氛。

"我上去拿车钥匙，然后送你回家。"席臻说道。

白筱铃摇头："我打车回去。"

"这个时间很难打到车，你等我一会儿，我马上下来。"席臻说着，转身就进了电梯。

白筱铃没有等他，她不想再跟他有任何关系。席臻一进电梯，她就立刻走出了公寓大楼。

本想打车离开，可是路边一辆出租车也看不到，网约车也一直在排队。

她在路边等了几分钟，没等到出租车，却等到了席臻。

"走吧，现在真的打不到车，我送你回去。"

他换了一身轻便的白色运动装，看上去干净无害，谁能想到这样一个男人，会有那般放浪形骸的一面？

白筱铃咬了咬下唇，看了看空荡荡的道路，最终选择妥协，硬着头皮坐进了他的车里。

座位上有一包提摩西草，是无声道歉的礼物。她把那包草拿开，闷不吭声地坐着，什么话也不想说。

那股气味还在。

哪怕换了衣服，白筱铃也还是能闻到席臻身上那股浓烈的气味。

她不禁屏住呼吸，心想，等她回家，就再也不见这个人了！

“我刚才仔细想过了……”席臻开着车，慢慢开口，“你没有错，我们既然没有避世而居，选择生活在人类社会里，难免会受到一些影响。但是，我还是希望你回去以后，能够再好好考虑一下，究竟什么是我们需要的，什么是我们不需要的。”

席臻用余光扫了一眼白筱铃，她侧头望着车窗外，长发遮住半边脸，一只手紧紧拽着女士拎包的带子，浑身透出防备。

席臻心里有些失望。他在白筱铃身上投入了很多精力，也花了不少心思。如果两人的关系就此终止，他会觉得非常可惜，但如果白筱铃无法接受他的生活习惯，他也会感到非常困扰。

“小铃……”席臻的声音放柔了些，缓缓说道，“我们兔妖，一直以来都是这样生活，没有束缚，所有族人都是自由的。我没想到今天你来得这么早，也没想到……你的反应会这么大。”

白筱铃仍然看着车窗外，没有给出任何回应。

她的性格就是如此，不擅长争辩什么，索性一句话也不说，把心思全埋在心底。

席臻轻轻叹了口气，谆谆诱导：“你以前问我，我们是不是兔子。我们确实不是兔子，但我们的处境，比兔子好不了多少。你想一想，生活在大自然里的那些兔子，如果开始守贞守节，从一而终，它们还活得下去吗？为了将种族延续下去，怎么做才是正确的选择？”

无节制的求爱，和旺盛的繁殖欲，从来都是弱者在生存这件事上能做的唯一努力。

席臻的劝解非但没能安慰白筱铃，反而令她更加难过。

此时，她真希望自己只是一个患了异食癖的普通人类，而不是什么兔妖！

漫长的路程终于结束，看到眼前的花园别墅时，席臻有些意外。

他没想到白筱铃家里条件这么好，她平时的穿着打扮，看上去就像家境普通的女大学生。

他把车停在院门前，下车时闻到风里的气味，隐隐有种不舒服的感觉。

席臻警觉地打量四周，问白筱铃："你住这里？"

"嗯。"白筱铃在院门密码锁上按下几个键，电子门自动打开。

"小铃，刚才我说的那些话，希望你能再想一想。"席臻努力挽留，"今天没能好好招待你，我很抱歉，下次再一起吃饭，好吗？"

白筱铃的性格，注定她是一个不擅长拒绝的人，但心里已经在席臻身上画了否决的大红叉。

"回头再约吧。"她闷声道。

不约了，她再也不想见这个人了。

席臻还想说些什么，这时，从屋里走出一个身形颀长的男人，穿着宽宽大大的灰色帽衫，双手插兜，优哉游哉地走来。

席臻僵在原地，脸色青白。

"不是说有聚会吗，这么快就回来了？"白栎语气凉凉，却透着几分不易察觉的高兴。

"嗯，我提前回来了。"白筱铃回道，"路上打不到车，是朋友送我回来的。"

"哪个朋友？"白栎歪头朝院子外头瞧了眼。

只见停在院外的那辆车嗖的一下开走了，只留下一小段，短促而惊惶的尾气。

3. 是狼

席臻被吓得魂飞魄散，连闯两个红灯，一路惊惶地逃回来。

此时屋里的狂欢已经结束，有人慵懒地躺沙发上玩手机，有人在厨房找吃的。

他们每个月都会像这样聚会两三次。平常在生活中大多是沉默寡言的人，过着隐忍压抑的生活，只有在聚会时，面对自己的同类，才能彻底卸下伪装，在狂欢中释放所有情绪。

所以，当席臻听到白筱铃说“恶心”时，他异常恼火。

席臻希望自己有足够的耐心去挽回白筱铃，每一个同类对他而言都无比珍贵，尤其是同类里的雌性。可是他没想到，白筱铃会住在那种地方……

难道是场阴谋？

她是故意引他过去吗？

这个假设让他心惊胆战。

不，这说不通！一直以来都是他主动联系白筱铃，白筱铃那副懵懵懂懂的模样，连妖族的存在都不知道，恐怕根本不知道自己其实一直住在狼窝里。

席臻脸上没有一丝血色，他一进家门，就迫不及待地灌了几口冷水，手脚止不住地发抖。

大家纷纷看过来，疑惑地问他：“席臻，你怎么了？”

“是啊，你不是去送那个新人了吗？出什么事了吗？”

席臻艰难地吞咽了下，努力让自己镇定下来，然而沙哑的声音全没有平日里的温润：“我……我看见……”

他深呼吸，回忆起那个高大的身影，灵魂深处的本能让他感到恐惧，声音也颤抖。

“你看见什么了？”

“席臻，你没事吧？”

“到底怎么了……”

席臻闭上眼睛，深深呼吸，终于再次开口：“……是狼。”

他咬牙，沉声道：“我看见了，狼！”

众人面面相觑。

室内陷入诡异的寂静。

良久，有人开口：“席臻，你是不是看错了？”

话音落下，凝滞的气氛稍稍松动。

“是啊，你看仔细了吗？”

“在哪里看见的？”

“住了这么多年，没听说过这里有狼啊。”

席臻摇头：“不会看错，我送白筱铃回家，就在她家里，一个年轻男人，他身上有狼的气味！”

他如此言辞凿凿，其他人哪怕觉得不可能，也不由得信了三分。

“你有被对方发现吗？”

“我……我不确定，我发现他之后就立刻逃了，没有多留。”

“除了那个男人，有没有其他人？”

“没有，我只看到一个，以前白筱铃和我聊天时提过，她从小寄人篱下，叔叔阿姨去世后，家里只剩她和弟弟，那个男人应该是她的弟弟。”

“这不太合理……狼族一向习惯群居，不应该单独出现，而且，目前还存活在人类社会中的狼族大多居住在北方城市。”

“没错，狼有强烈的领地意识，既然已经定居在北方，除非发生重大事故，否则不可能迁徙。”

“……会不会是孤狼？”

如果是孤狼呢？

由于某些理由远离族群，独自来到这座城市生活，这不是不可能发生的事。

众人都沉默下来。

许久没有说话。

直到一个个头较高的男人冷笑了一声，大家的目光便全望过去。

“孤狼的话，这事就好办了。”男人说。

“怎么，你有主意？”

“狼族之所以可怕，是因为会群体作战，分工明确，纪律性极强，一群狼甚至能够围攻棕熊，可是孤狼……呵，战斗力比那野狗强不了多少。”

“你的意思是……”

“你们疯了吗？！那可是狼！”席臻听出了他们的意思，惊恐得脸色剧变，“就算是孤狼，那也是一只足够将我们撕碎的成年狼！”

他这么一说，不少雌性都面露惧色，紧紧地依偎在一起。

但有些雄性不认同席臻的观点。

“席臻，你有没有想过，如果这只孤狼遇到了雌性会发生什么？”

“是啊，席臻，我们要往长远考虑。狼族以家庭为单位，只要有一只公狼和一只母狼，就能繁衍生息，组建族群，还会吸引其他落单的孤狼加入，等到狼群壮大，我们怎么办？我们要往哪里躲？”

“好不容易在一座城市安逸了几年，怎么会冒出一只狼……”

“只要让这只狼消失，大家的生活就能和以前一样！”

“孤狼而已，我们人多，对付一只孤狼绰绰有余！”

附和的人越来越多，连原本畏缩的雌性也忍不住表示赞同：“趁着他势单力薄，我们要先下手为强！”

席臻难以置信地看着他们：“你们知道自己在说什么吗……再多的兔子，也不可能斗过狼啊……”

他的话音，被一片群情激愤声掩埋。

……

白筱铃不会想到，仅偶然一面，她的族群就掀起了轩然大波。

她的世界很小，她的心愿也不大，考虑不了关于族群生死存亡的长远议题，只想找一个爱自己的人，平凡并幸福地度过一生。

还有，如果能摆脱妖族身份，那就更好了……不需要灵敏的听觉，也不需要敏锐的嗅觉，更不要像现在这样蜷缩在床上，发烫的身体酥软无力。

这感觉十分熟悉，和上次一样——被浓烈的雄性腺体气味刺激，生理不受控制地作出了回应。

她真讨厌这样的自己。

尤其想到席臻说的那些话，她就更加忍不住自我厌恶，仿佛自己是随时为繁衍做好准备的机器，真是糟糕透了。

房门被轻轻敲响，白栎在外面问她："我要点外卖，你晚饭想吃什么？"

白筱铃侧躺在床上，抱着枕头掉眼泪："……我不想吃。"

白栎听着声音有点不对，疑问道："你不会在哭吧？"

白筱铃委屈又生气，努力很大声实则没多大音量地喊道："没有！"

门外沉默一会儿，白栎问："真的不吃？"

"不吃。"

"我去花园里给你拔点草？"

"……"

白筱铃有种被侮辱的感觉，她生气地冲房门方向大喊："不吃，什么都不吃，草也不吃！不吃、不吃、不吃！"

白栎："……"

门外脚步声离开。

白筱铃在床上翻了个身，继续抱着枕头哭。

她毫无办法，生理上的煎熬不知道该如何纾解，除了硬撑和苦熬，就只剩下心酸地掉眼泪了。

难受……

委屈……

她闭了闭眼睛，又几大滴泪珠淌下来，浸湿脸颊下的床单，一片片的水渍。

上次是怎么熬过去的来着？

好像是硬撑了几个小时，后来迷迷糊糊睡着了，睡醒后那股感觉才消退干净。

难道这次也要硬撑到睡着才能解脱？

白筱铃更想哭了，觉得自己是真的惨。

有没有办法能够快速睡着？

她想起包里有一瓶酒——本来想拿去参加聚会，后来聚会没参加，酒也带了回来。

说实在的，她不爱喝酒，甚至有点讨厌。但是考虑到喝醉后可以昏睡不醒，她决定试试。

白筱铃抹抹眼泪爬起来，去找包包里的酒。

酒被她翻出来了却打不开，又拿着酒下楼找开瓶器，然后在白栎狐疑的目光下，揣着酒瓶、开瓶器以及一只玻璃杯上楼回房——

白栎："你不吃晚饭还喝酒？"

白筱铃没理他。

回到自己的房间，打开酒瓶木塞，她开始一杯接一杯地喝酒。不知道喝几杯才能醉，就先喝了三杯，然后她坐在床上等着接下来的反应。

等了一会儿，她觉得反应有点不大对，头更晕了，身体更热了，手脚软得更厉害了……

怎么回事？

白筱铃觉得这办法不靠谱，放下酒杯，头晕目眩地往浴室去。

白栎从看见她拿酒瓶开始就觉得不对劲，一直守在门外，现在见她去浴室，眉头皱起，跟上去问她："你到底怎么了？是不是今天去参加聚会又出了什么事？一回来就闷在房间里不出来，不肯吃晚饭还喝酒……"

话还没说完，白筱铃打开淋浴喷头，冰冷的水花溅了他一身！

白栎恼了，伸手就关掉喷头："你喝了酒还要洗澡？！"

"你别管我……"白筱铃晕晕乎乎，双手去扒拉喷头开关，水又哗啦啦地喷出来。

白栎怀疑她已经醉了，单手箍住她的腰，另一只手啪地又关掉喷头："不行！你喝醉了不能洗澡！"

"我要洗！"白筱铃挣扎着去抓喷头的开关，她浑身如被蚂蚁钻爬，脸颊烧得通红，根本听不进白栎的话。

"洗热水行不行？"白栎头疼地做出让步，"喝了酒不能洗冷水澡！"

"不，我要冷水……"她固执己见，使劲扒拉眼前的喷头开关。

“不行，只能洗热水！”白栎把开关调到热水方向。

“我要冷水！”白筱铃把开关调到冷水方向。

白栎又换到热水方向。

白筱铃又扳到冷水方向。

白栎没耐心了，再次调回热水，然后在她反应过来之前把她摁到墙上，不许她再碰开关。

白筱铃迷迷糊糊地挣扎了几下，突然哇的一声哭了：“你故意跟我作对！你一点都不听话！！！”

白栎也恼火得很：“就这么洗！要么你就别洗！”

“臭浑蛋！”白筱铃一边哭一边骂，使劲推他、打他、挠他！她不要洗热水，她要洗冷水。她浑身上下已经快烧起来了，她只想要冷水。

嘴唇突然被封住，她骂不出来了，他的舌头闯进来，带着惩罚的怒火，连她的魂儿也快要吸走。

白筱铃的身体一下子软了下来，温热的水流浇在身上，她像雨中淋湿的羔羊，努力仰着头，可怜巴巴地汲取力量。

水雾朦胧，他们吻得激烈而平静，水声掩盖了急促的喘息。

体温持续上升，她大脑缺氧，呼吸艰难，软绵绵的身体不断往他身体里陷入。

白栎狠狠吻了她一阵，终于松开，盯着她醉醺醺的小脸问：“还骂不骂了？”

白筱铃有些晕乎乎、飘飘然，红润的嘴唇被亲得湿漉漉、亮晶晶。她迷糊地摇摇头，然后环住他的脖子，主动和他亲吻。

他的身体猛地一僵，随后回应得又凶又狠，恨不能将她一口吞下。

身体紧紧相贴，湿透的上衣变成累赘。他吻她的唇，咬她颈间的软肉，她那里格外敏感，呜咽着叫出了声。这声音几乎让他失控，可他在她面前总是缺少几分勇气，担心她酒醒之后怕他、恨他，视他如洪水猛兽，便只能强忍着不敢再有进一步举动。

他又不甘心……

他俯低身体，迫使她看清自己，问：“白筱铃，你会不会后悔？”

她皱了下眉，一爪子软绵绵地招呼在他脸上："臭浑蛋，不让我洗澡！"

真是醉得不轻。

白栎摸了摸自己挨打的脸颊，微微眯起眼睛，看着她说："你记住了，是你先动的手。"

第二天，白筱铃是在床上醒过来的。

窗外天气晴朗，阳光照耀着安静的房间，室内清爽明亮，被褥也是干净的。她似乎洗过澡，身上还有香喷喷的沐浴露气味。

一切都很正常，和每个平静而安逸的早晨一样，除了……除了，这是白栎的房间。

白筱铃扶着晕晕的脑袋坐起来，觉得大事不妙。

昨天发生了什么事？

她是想灌醉自己来着……后来呢？后来去了浴室，白栎不让她洗澡，再然后……

啊……

白筱铃用双手捂住自己的脸，想起来了！

她跟白栎……她跟他……啊！她怎么能和他做那种事？！会不会是梦？会不会是她喝醉后做的梦？其实是假的吧？梦里那些都是假的吧？

那又怎么解释她睡在白栎的床上？！

这时，门外传来脚步声，白筱铃如受惊的兔子，本能地一骨碌滚进被窝，将自己从头蒙到脚。

她现在没脸见任何人！

白栎走进来，看见被窝鼓起一个大包，不由得一笑。知道她醒了，他将手里的三明治和牛奶放到桌上，说道："我刚刚出去晨跑，顺便买了早饭，你起来吃了吧，我去冲个澡。"

他边说着话，边佯装往门外走，而后方向一转，又悄无声息地来到床边。

白筱铃以为他走了，脑袋慢慢从被窝里伸出来，刚露一个头，就被床边的男人按在床上一顿猛亲。

白筱铃被亲蒙了，结束后瞠目看着眼前的人，见他脸上挂着得意的笑容，顿时气红了眼。

“你还笑！都发生那种事了，你还笑！”

她都快急哭了。

白栎微愣，端详她的神情，联想到上次接吻后她的反应，他的脸色慢慢沉下来。

“你该不会……”他蹙眉盯着她，“又想当作什么都没发生？”

白筱铃确实有这个想法，可是被白栎这么直勾勾地盯着，又莫名心虚……

她垂下头，没底气地小声商量：“不行吗？”

白栎冷笑：“次次都当没发生，我晚上去外头免费搬砖，至少也能得一句谢谢，在你这里我就什么都不是。”

这话委实不好听，白筱铃脸上火辣辣的：“是我不好，我昨天喝醉了……”

她咬咬唇，又鼓起勇气抬头质问他：“可是，你、你明知道我醉了，应该阻止我啊。”

白栎冷冰冰地说：“阻止了，是你一直缠着我不放！”

“你别说了！”白筱铃整张脸涨红，“你胡说！！！”

“我胡说？”白栎讥讽她，“你要不要现在去照照镜子？身体上的痕迹不会说谎！”

白筱铃急得眼泪在眼眶里直打转儿。

白栎进一步刺激她：“说不定现在肚子里已经有孩子了，你还想当作什么都没发生？！”

白筱铃愣住，一时呆了。

涨红的脸色慢慢变白，她下意识地捂住自己的肚子，整个人都傻了。

白栎见她捂着肚子一动也不敢动，也不由得愣了愣，没想到这句话的效果这么好。

虽然白筱铃迟迟不肯接受他，让他有些上火，但是瞧着这张发白的小脸，他又很心疼，于是放软了语气对她说："你别怕啊，我又不是不负责任，大不了结婚把孩子生下来……"

"结婚？"白筱铃立即看向他，"可、可以吗？"

白栎有些弄不懂她了，要跟她谈个恋爱就这不行、那不行，怎么说起结婚，她好像不抵触？

他认真想了想，在床边坐下，说道："手续上我不太清楚，不过我可以请老家的姥姥和姥爷出面，给我们举办仪式。他们比我懂，也能帮我们想想办法。"

白栎毕竟年轻，缺乏社会经验，好在他上头还有长辈，可以帮忙出主意。

白筱铃却有些发怵："要是被你姥姥和姥爷知道了……"

老人家会不会骂死她啊？

坑害他们的宝贝外孙喜当爹，别说举行仪式了，他们恐怕会举起拐棍暴打她吧！

"他们都知道我喜欢你。"白栎无所谓地说道。

"啊……啊？啊？！"白筱铃愕然，"都知道？！"

白栎把她抱到腿上坐好，搂着她说道："姥姥和姥爷，舅舅和舅妈，姨妈和姨夫，表哥，表弟，表姐，表妹，舅姥爷，太姥爷，表叔，表姑……全都知道。"

白筱铃："……"

真是一个庞大的家族啊。

白栎见她没吱声，不免有些担心，不确定她会不会又打退堂鼓，字斟句酌地说："可以先办婚礼，等我年纪到了再补手续。要是真有了孩子，就让我舅妈给我们介绍保姆，她手里有个家政公司，不缺人手。我们还可以换一套房子，滩湖湾那边环境好，离幼儿园也比较近，生活会很方便。"

他预想了很多，怀里的女人却一声不吭。

白栎怀疑，她是不是又想找借口逃避自己，这半天憋不出一个字的性格真是要急死人，还是晚上喝醉的模样可爱。

醒了就翻脸不认人了。

白栎心里堵得慌，耐心也告罄：“你为什么就不能喜欢我？你喜欢我一下会怎么样啊？”

白筱铃：“……”

刚才还像个成熟的大男人一样盘算着小家庭的未来，现在立马现出原形了……哼，幼稚鬼！

白筱铃在他腿上扭了扭，不满地说道：“你说要结婚，那我们，我们总得过渡一下吧？”

哪有一表白就结婚的？她心里多别扭。

白栎疑问道：“你的意思是，先订婚过渡一下？”

白筱铃：“……”

算了。

她闷闷地从他腿上下来，又被他重新抱回去。白栎问：“你要去哪儿？”

白筱铃烦闷道：“我出去买验孕棒。”

白栎微窘：“怎么可能这么快就验出结果。”

“不要你管，反正我要去买。”白筱铃捂着肚子再次跳下去。

白栎想到昨晚自己是有点过分，略尴尬地摸了摸鼻梁，将她拉回来：“我去买，你趁热把早饭吃了。”

他动作快，穿着早上跑步的衣服就去了，除了买验孕棒，还买了一些生活用品，因为没什么经验，所以各种品牌都买了几盒。

回来时他路过庭院花园，看到院子里的青草，又十分殷勤地拔了许多草，拿到厨房洗干净，装了一盘原生态青草沙拉，端到二楼房间去哄白筱铃。

白栎出门时，白筱铃一直坐在床上没动，她摸着肚子，反复考虑如果怀上了孩子怎么办。

结婚对她来讲，无疑是最好的结果，她胆子小，堕胎是万万不敢的，也狠不下心伤害小生命。只是这事实在是稀里糊涂，即便她觉得应该接受白栎，心里也还是别扭极了。

不过他送来的沙拉让她稍感暖心，在人生大事面前，她确实需要吃点草来冷静冷静。

白筱铃吃了一盘草，心情慢慢平静了。

然后她握着验孕棒去了洗手间……

现在验确实有点急切过头，但她也不清楚兔妖的繁殖能力到底有多强，出于谨慎，还是尽早检验比较好。

守着那根小棍棍几分钟，没有看到传说中的两条杠，白筱铃的心情仍然不能放松。接下来的日子，她恐怕要每天验一次，直到来例假，才能确定自己没怀上。

她这边忧心忡忡，白栎那边却是兴高采烈，挨个打电话通知自己要结婚的消息。

他侧坐在窗台上，整个人笼罩在阳光里，笑容也仿佛染上阳光的温度，格外灿烂温暖，笑到高兴处，轻轻一扬眉，口吻得意地说："嗯，没骗你们，我真的要结婚了。"

说话时似乎察觉到她出来了，白栎转过头看她，眼眸含情，像是爱极了她。

白筱铃的心跳有一瞬紊乱，脸微微泛红。

她不自在地移开视线，觉得她在两人之间画下的那条无形防线，又被他悄悄逾越了不少。

……

甜蜜是短暂的。

在确定关系后的当天晚上，两人发生了第一次矛盾冲突，争吵的焦点在于——晚上怎么睡？

白筱铃想回自己房间睡。

白栎坚持认为两人应该一起睡。

"既然决定要在一起了，为什么还要分开睡？"

"我不习惯……"

“是不习惯，还是不想和我一起睡？”

白筱铃不作声。

白栎神色颓然地一笑，自嘲道：“反正不管我做什么，你就是接受不了我。”

他平时在她面前总是骄横自大，突然流露出受伤的神情，让白筱铃心里有些难受。

“我不是……”她犹豫地解释，“不是接受不了，我就是觉得，进展有点太快了，不习惯……”

白栎点头：“好，你不习惯，那你告诉我，你什么时候会习惯和我在一起？”

白筱铃：“……”

“答不上来是不是？”白栎神情黯然，淡淡道，“不习惯一张床上睡，多睡几次自然就习惯了。可如果是心里不喜欢，不管我怎么做，你都不会愿意和我睡。”

白筱铃听得心里越发难过：“我没有不喜欢……”

她垂下头，声音低低地妥协：“一起睡就一起睡嘛。”

白栎半信半疑地看着她。

她再次开口，声音更低了，低得几乎快听不见：“但是你不能……不能……”

她说不出来，脸红了。

白栎转身去她房间里拿枕头，没搭理她。

月黑风高夜，她蜷缩在大床一角，如藏匿于丛林中的幼兔，自以为一动不动就不会被发现。

而过于遥远的距离引起床上另一人的不满，强健的手臂捞起她细软的腰，用力揽进怀里。

结实的胸膛压住蝴蝶骨，肌肤相贴，她在被窝里发出一声轻叫，小声埋怨：“说好了不能……”

“不能什么？”白栎好笑地逗她，“不能打呼噜？还是不能磨牙？”

她说不过他，也挣脱不了他，郁闷地哼了一声以示不满。

白栎欺身上来，压着她和她接吻。

他喜欢亲她，哪怕只是单纯的亲吻，对他而言也是莫大的快乐。胸腔里燃着欢愉的火焰，焚烧无用的理智。最重要的是……

亲吻，还会带来一种近似进食的快感。

……

白筱铃觉得，有什么东西，在悄然改变。

她开始习惯醒后的早安吻，开始习惯睡前的缠绵不休，习惯牵手，习惯拥抱，习惯一同在浴室里胡闹，习惯依偎在沙发上接吻……

周末，她被他带到婚纱店，试了一件雪白的拖尾婚纱。

当着店员的面，他的目光毫不收敛，亢奋得如黑夜里的灼灼星火，回家后等不及回房，就在客厅里与她厮磨，格外失控。

事后，他和她躺在沙发里。他轻轻撩开她鬓角的发丝，眉眼带笑地看着她，喃喃道："我们真的要结婚了吗，怎么像做梦一样……"

白筱铃听见自己的心脏跳得急促。

这世上有一个人，将与她在一起这件事，比作梦一般美好。

她忽然有点想哭，埋进他怀里，恍惚听见心房咔嚓一声——

防线被彻底击溃的声音。

定下婚纱之后，还有买婚戒、拍婚纱照、预订酒席等一系列琐事，这些事可以一样一样地慢慢做；迫在眉睫的，是白栎的姥姥和姥爷、舅舅和舅妈、姨妈和姨夫等众多亲戚即将来到这座城市，与准新娘和准新郎见面。

要见家长了，白筱铃很紧张。

上次见面，还是在白栎父母的葬礼上，这次却要作为白栎的未婚妻接待他们，实在是……有些一言难尽。

唉……

算了，既然决定在一起，就和他一起好好面对吧，而且他说姥姥和姥爷都挺喜欢她的，所以可能没有她想象中那么糟，也不会挨拐棍打。

白筱铃自我鼓励一番。

她正在超市里，推着购物车不紧不慢地逛着，挑了一些水果，给白栎发消息：

“姥爷姥姥他们爱吃什么？我提前买好食材。”

白栎回复得很快：

“不用，聚餐的事我已经安排好了。”

看来不是在家里吃，而是预订了餐厅，就是不知道他订的是哪一家。

白筱铃正想着，白栎的消息又发过来：

“你在哪儿？怎么不在家？”

白筱铃看见这条消息就笑了。

“你没在学校吗？”

“课上完了就回来了，你跑哪儿去了？”

“哼，你管我去哪儿！”

“不管不行，想你啊。”

白筱铃扑哧笑出了声，她赶紧左右看看，还好，这里只有她一个客人，没人看见她傻笑。

白筱铃甜蜜蜜地回复：

“我也想你。”

没发出去，觉得过于肉麻了，于是删掉，重新编辑：

“马上就回去啦。”

白栎不愿意：

“太慢，我去接你。”

其实超市离得没多远，根本不需要接送，但是两人这段时间有些黏黏糊糊。

白筱铃把自己的位置给他发过去，然后去收银台结完账，拎着购物袋去超市门口等他。

等待的时间里，有几对小夫妻，拎着大包小包从她身边走过。白筱铃不禁幻想，自己和白栎结婚以后，是不是也会像他们一样，在某个周末的傍晚来到超市购物，然后回家一起做饭，在温馨的灯下共享晚餐……

她被这个念头迷住了，也有点害羞，觉得自己缺乏定力，明明前不久还抗拒和他在一起，怎么这么快就……就陷进去了呢？

白筱铃站在超市门口，傻傻地笑。

时间一分一秒过去，白栎一直没有来，她看了眼手机，也没有任何信息发过来。

奇怪，这不符合他的性格。

白筱铃有点疑惑，也有点担心，打电话给他，却一直没人接。

超市离家也就十分钟车程，不管怎么样也不该这么久都没到，而且还联系不上。

……会不会在路上出事了？

她越想越担心，索性不等了，招手拦了一辆出租车。

等她回到家，发现家里的车根本没开出去，白栎不见踪影，她心里不由得有些慌了……

白栎不在家，手机也不在，显然是出门了。

可是家里的汽车还在车库里，白栎不可能坐公交车去超市接她，他一向不耐烦等车。

白筱铃在楼上楼下找了一圈，忍不住怀疑这是不是一场恶作剧？他那么坏，也许躲在某个地方，预备突然冲出来吓她一跳？

然而这个猜测，随着时间推移，最终被她否定。

白筱铃想起了家里的防盗监控。

这些电子产品一向是白栎在捣鼓，她不太会用，研究半天，才把监控设备的内存卡取出来，连接到电脑上。

她把监控视频的播放进度条，调到她和白栎通话的时间前后。

画面里，白栎单手拎着书包回来，他穿着一身轻便运动服，身材高挑，长腿迈开几步从镜头前走过，没过多久又快步走出来。

他手里的书包没了，显然是把书包放家里后出门去接她，可是当他走出院门，路边一辆面包车里突然下来两个男人，他们手里不知拿着什么，猛地扑向他。他反应不及时，身体瞬间软倒在地。

白筱铃看着这一幕，心脏骤停，惊惧得几乎无法呼吸。

两个男人之后，车上又下来两男两女，他们用绳子把昏迷的白栎绑起来，然后七手八脚地抬到车上，面包车车门关上，飞快地开走了。

整个过程不超过两分钟，没有任何声音，白筱铃却看得心惊肉跳。她忍着泪意把视频调回去，重新播放，另一只手颤抖着拿起手机，艰难地按下报警号码——

即将要拨打号码的那一秒，白筱铃停住，睁大眼睛盯着视频画面：白栎被抬上面包车，车门关上，面包车驶出画面……

她急促呼吸着，忙把进度条再次拖回去，重新观看。

白栎被两个男人用电击枪击倒，面包车里下来两男两女……

那个女人！

她认得那个女人！

上次她去席臻家里参加聚会，就是这个女人给她开的门！

为什么席臻的朋友要绑架白栎？他们到底想做什么？！

白筱铃脸色苍白，这件事涉及妖族，她不确定报警是否明智，考虑再三后，她尝试给席臻打电话。

电话无人接听。

白筱铃握手机的手，控制不住地颤抖。她不敢想白栎现在的处境，也不敢猜他们要对白栎做什么，最后，她做了一个她此生最大胆的决定。

她从厨房里拿了一把刀，用杂志夹住，放进包里，然后驱车前往席臻的家。

去的时候抱着破釜沉舟的决心，在脑海中假设了无数极端场面，她甚至做了最坏打算——大不了和他们同归于尽。没错，她是只胆小的兔子，可她不能连同类也害怕。

到了公寓，发现有搬家工人在进进出出，她紧紧拽着双肩包的带子，埋头走进电梯，去找席臻——

要搬家的，正是席臻。

他的家门大大敞开，里面一片杂乱，而席臻本人正站在几盆绿植前，叮嘱搬家工人动作轻一些，不要磕碰坏了叶子。

白筱铃站在门口，有一瞬间的迷茫。

如果绑架白栎的主谋真是席臻，他会这么兴师动众地搬家吗？难道不是应该藏匿行踪，悄悄离开？

这时，席臻转身看见了白筱铃，他的脸色骤然大变："你、你怎么来了？"

他的反应很不对劲，白筱铃刚放下的疑心再次提起。她绷着脸走进屋内，压抑着情绪质问他："你们把我弟弟弄到哪儿去了？"

席臻脸色青白，身体颤了颤，而后强装镇定地缓缓吸气，说："什么你弟弟，我不知道你在说什么……"

他竟不承认！

白筱铃肺腑间怒火灼烧，恨不得扑上去撕咬。她咬了咬唇，低声道："你以为我不敢报警吗？监控已经拍下来了，只要我报警，你们一个都别想逃！你就是主谋！你还想搬家？等警察来了，看你能搬到哪里去！"

附近的搬家工人好奇地望过来，似乎听见了"报警""主谋"等敏感字眼，他们脸上流露出疑惑。

四周的目光让席臻如芒在背，他咬咬牙，将白筱铃拉到阳台，情绪焦灼地说道："这件事你别管了！就当什么都没发生！你那个弟弟……你弟弟，是狼！"

白筱铃微愣。

席臻的话音里透出崩溃："他是狼！他和我们不共戴天！你为什么要和他在一起？！"

白筱铃缓缓回神，眼眶也红了："不管他是什么，你们都必须放了他！否则我就报警！"

"你清醒一点！"席臻快要疯掉，眼瞳变成赤红，"一只狼把兔子养在身边能安什么好心？！如果把他放回去，你以后死都不知道怎么死！"

白筱铃哭了起来："席臻，我求求你，你们放了他吧，只要你们肯放他，我保证不报警，以后也不会找你们麻烦……"

席臻不是一个硬心肠的人，他对同是兔妖的白筱铃更狠不下心，无奈道："白筱铃，你求我也没有用，他们根本不听我的劝，兔子和狼就不该生活在同一座城市，一旦遇上，哪次不是你死我活？这件事你就别管了！"

"好，那就你死我活吧。"她擦擦眼泪，语气坚决，"监控视频我已经备份了，我会交给警察，就算这座城市里没有狼，我也不会让你们好过！你们都是凶手！"

席臻拿她没有办法，头疼道："你为什么不听劝？你到底明不明白，他是一只狼啊……"

白筱铃一只手轻轻放在小腹上，低声说："我没得选，席臻，我怀孕了。"

席臻怔住。

白筱铃沉默地站在他面前，眼泪一颗一颗地往下掉。她的肚子里，已经悄然孕育出了生命，而她和孩子的未来，就在他一念之间。

手机铃声打破沉寂。

席臻接通电话，不知那头说了什么，他的目光时不时地落在眼前的白筱铃身上。片刻后他挂断电话，仰头望向公寓外的高楼林立。

这座城市很大，对妖族而言却太小，小到容不下两个族群同时存在。

他深深呼吸，仿佛下了极大的决心，对白筱铃说："他没事。"

白筱铃猛地抬头看他，眼神仿佛在质问这消息的真实性。

席臻沉声道："他们原本的计划，是把他电晕，然后伪造成失足落河，但是你弟弟在半路上醒了，所以计划有变。现在他被关在一座仓库的集装箱里，你要想救他，就赶紧去吧。"

白筱铃警惕地注视他："他真的没事？"

"他是狼。"席臻苦涩地笑了声，"你见过兔子在狼面前是什么样吗？就算电晕了他，用绳子绑住他，可只要他醒过来，一个眼神就能让兔子腿脚发软，更不要说去伤害他。这是……刻在我们基因里的恐惧。"

——就像人类面对蛇，哪怕知道是一条无毒的蛇，也知道自身的体型比蛇大过百倍，可还是会害怕，无法控制，就是害怕，怕得只想夺路而逃，根本不敢去碰那条蛇分毫。

“那附近没有人，只要在集装箱里关上几天，断水断粮，不用亲自动手他就会死掉。”席臻握着手机，把定位地址发给白筱铃，“你去找他吧，能不能救他出来看你自己的本事。我建议你最好不要报警，因为说不定现在箱子里的人，已经变成了一只狼。”

白筱铃瑟缩了下，眼里闪过一丝惊惧。

“我很快就会搬走，你好好考虑吧。”席臻扭头看向逐渐搬空的房屋，“其实……你可以和我一起走，只要你愿意放弃孩子。”

白筱铃咬住唇，低下头，转身走了。

……

漆黑的夜。

公路两侧越来越荒芜，稀稀拉拉的树，暗沉沉的建筑，所有一切陷在夜色中，模糊不清。

白筱铃把车开到附近，缓缓停下，不敢再往前了。

她担心会被那些人发现。

她背着双肩包，找到席臻所说的废弃仓库，仓库的院门前亮着一盏刺目的应急灯，有七八个男男女女聚在灯下打扑克。

白筱铃绕到仓库后面，贴着墙慢慢往大门方向靠近，然后蹲在一块烂木桩后面等待时机。

那些人一边打牌一边闲聊，聊的内容是接下来几天怎么轮岗的问题。他们准备分成三组，每组守八小时，直到把集装箱里的狼耗死。

也聊到席臻，骂他是个没用的孬种，不肯和大家一起行动。

白筱铃听着他们聊天，心里暗暗盘算，如果她能坚持到明天，应该更容易救出弟弟。因为明天他们会轮岗，每次守在这里的人不超过三个。

可是想到白栎要被困在这种地方一整晚，她忍不住地心疼。

她又等了一会儿，有几人困了，回车里休息，剩下几个留在外面打牌。

她继续等。

等到这些人全都开始昏昏欲睡，等到应急灯电量不足，等到天空也蒙蒙亮，她觉得时机应该到了。

她蹑手蹑脚地走过去，车里的人睡得很熟，她的动作也足够轻。穿过仓库的外院大门来到里面，看见院里的大仓库以及仓库里堆放的集装箱。

白筱铃不禁觉得奇怪，为什么他们不守着仓库，而非要守在院墙外面？

转念一想她又明白过来——他们害怕狼，既担心白栎会逃跑，又不愿意离白栎太近，所以才会远远地守着。

这反倒给了她可乘之机。

白筱铃背着双肩包小跑进仓库，里面的集装箱有许多个，但是也很好辨认，因为只有一个箱子外面缠着锁链。

她鼻尖一酸，忽然有点想哭，忍着酸楚的情绪贴近集装箱，轻声试探："白栎，你在里面吗？"

"……老婆，你怎么来了？"白栎惊讶极了。

白筱铃顿时想哭又想笑，小声骂他："臭弟弟，叫姐姐。"

白栎才不叫她"姐姐"，忙问："你怎么在这儿？不会也被他们抓起来了吧？"

"我才没那么笨。"她擦擦眼泪，从包里拿出准备好的剪锁钳，钳住集装箱上的锁链，用上平生最大的力气。

咔嚓！

断了。

她把锁链一圈圈摘下来，然后慢慢打开集装箱的门——

里面黑漆漆的，隐约有个人影，她看不太清楚。

外头隐隐传来说话声，守在仓库院墙外面的那些人醒了。白筱铃不敢耽搁，赶紧拎起包钻进集装箱，又把门重新合上。

关门的时候她不忘安慰白栎："别担心，他们不敢进来，等一会儿我们就可以出去了。我昨天晚上听见他们说，今天早上只会留三个人看守这里。”

她把手里的剪锁钳塞给白栎，又从包里摸出一把榔头：“我带了很多武器，等外面剩三个人的时候，我们就一起冲出去。”

语气听上去还挺有魄力。

白栎忍着笑，在黑暗中摸到她的胳膊，顺着向下摸到她手里的包：“你还带了什么东西？”

“刀，扳手，消炎药，碘酒，纱布，水，移动电源，手电筒……手电筒现在不要用，我担心集装箱漏光，会被他们发现。”白筱铃一本正经地说道。

白栎失笑，把她搂到怀里：“怎么像哆啦A梦似的。”

“那我又不知道你会出什么事，当然要尽量带多一点东西。”白筱铃扭过身子来抱他，闷闷地说，“你身上好凉，我应该再带一件衣服的……这是什么？”

她摸到一团毛茸茸的东西。

白栎把那团毛从她手里抽出来，扔到一边：“集装箱里的杂物，上面都是土，别乱摸。”

白筱铃装作不知情地说道：“是吗，怎么还热乎乎的呢。”

“这里有点冷，刚才被我垫着取暖，所以带了点温度。”白栎随便扯了个理由。

“这样啊……”白筱铃的手伸到他身后，又把那团毛茸茸的东西抓过来，“是挺暖和的。”

白栎哑声说：“别摸了。”

白筱铃：“它好厚实呀！”

不过话说回来，这么大一条，平时藏哪儿？

她好奇地捋了捋手里的毛，顺着方向往后面摸，刚摸两下就被白栎擒住双手，摁在集装箱的墙壁上——

背后是冷硬的金属，身前是滚烫的胸膛，她被牢牢箍住，湿热的吻封住唇舌，带着几分粗暴，像要将她肺腑间仅存的空气夺取干净。

在黑暗中激烈亲吻，让白筱铃感到心悸，身体也不禁绷紧，她提心吊胆道：“外面好像有情况，嗯……”

“管他们做什么，反正他们不敢进来。”他嗓音低哑，炙热的吻落在她的蝴蝶骨上。

封闭的空间里满是荷尔蒙的气息，白筱铃的意识也渐渐模糊。

……

白筱铃想不起自己是怎么离开的仓库，似乎在他怀里昏睡了过去，再醒来时，人已经在车里。

她揉揉眼睛，看着车窗外已然大亮的天色，人还有些迷茫。

“那些人呢？”她喃喃问。

白栎在前面开车，闻言回道：“不知道，我抱你出来的时候，外面已经没人了。”

“没人守着？”

“嗯，大概是回家睡觉去了吧。”

“怎么可能……”

“是啊，我也觉得不可能，那些人真奇怪。”

白筱铃迷迷糊糊地想了想，他们是不是因为太害怕了，所以逃了？……算了，只要白栎没事就好，不想那么多了……

手机铃声响起，白栎接通电话：“喂，舅舅……是吗，你们都吃饱了？我就不过去了，嗯，不用给我留饭，我送她回家，她有些累了。”

短短几句结束通话。

白筱铃问：“是舅舅他们来了？”

“嗯。”白栎点头，“他们刚过来，本来要请我们吃饭，我推掉了，等晚上再一起聚吧。”

白筱铃看了眼外面的天色，喃喃道：“他们吃饭的时间好奇怪。”

白栎随意道：“可能刚好遇见可口的东西吧。”

白筱铃没有深想，笑了笑说：“我们也去吃东西吧。”

白栎问：“你想吃什么？”

“没想好……”她摸摸肚子，弯着眉眼说，“不过，我有一个消息要告诉你……”

……

婚礼，是在北方举行的。

白筱铃第一次去白栎的老家。那地方美极了，像一座古老的庄园，有一大片望不到头的葡萄园，还有四季景致分明的果园。

时值初秋，树叶黄了一部分，剩下一部分维持着浓绿葱茏。孩子们在半黄半绿的树林里疯跑打闹，滚了一身草叶，又被大人叫回来，换上礼服扮作花童，准备参加婚礼。

外面一片欢声笑语，还有口风琴的音乐声。

白筱铃坐在镜前，听着窗外笑声一阵一阵地传来，自己也忍不住高兴地扬起嘴角。

“新娘准备好了吗？”一个身形高挑的女人走进来，看见白筱铃满脸笑容，“真漂亮，一会儿小栎准会看呆！”

白筱铃腼腆地打了声招呼：“舅妈。”

不知道是北方人都是如此，还是白栎老家这边的基因特殊，他家的人都长得高高大大，男人威猛，女人冷艳。而舅妈是个中翘楚，穿了条深蓝色抹胸长裙，五官明艳，肤白腿长，像T台上的模特。

明明自己这么漂亮，还拉着她的手直夸她漂亮，白筱铃被夸得都不好意思了。

“哎呀，皮肤真好，真嫩。”舅妈感慨地摸了摸白筱铃的小手，嘴边流下一小股清亮的液体，随后飞快地吸溜回去，擦拭着嘴角笑道，“时间差不多了，我们出去吧。”

“好。”白筱铃羞涩地点头。

舅妈扶她站起来，然后叫花童进来托起婚纱裙长长的拖尾。

几个小孩一见白筱铃，全都哗啦啦地流口水，舅妈动作利索地掏出纸巾，给小孩们挨个擦嘴：“没事，没事，家族遗传病，总爱流口水。”

白筱铃朝那几个小孩笑了笑。

等收拾妥当，她在舅妈的牵引下走出去，外头已经铺好了红毯，穿过玫瑰花的拱门，白栎正在前面等她。

他穿着笔挺的银灰色礼服，面目俊朗，神采奕奕，望向她的那双眼眸似骄阳般明亮，目光胶着在她身上，一秒也挪不开。

耳边是舒缓的奏乐，白筱铃却觉得心跳声更大，她面颊泛着桃粉色，眼睫轻颤，手捧粉色苜蓿花一步一步走向他，走向婚姻，也走向她与他共同的未来——

白栎迫不及待，几步走过来牵起她的手，十指交握。

白发苍苍的证婚人念着长长的证婚词，白栎按捺不住，悄声喊她："老婆……"

白筱铃抬眼瞧他，他一脸傲然得意，轻声问她："听见了吗？"

她抿着唇笑笑，垂下眼帘，心道：听见了，我也爱你。

我永远爱你。

"……让我们祝福这对新人，从今以后，无论富裕还是贫穷，无论健康还是疾病，无论顺利还是挫折，你们都将忠贞不渝，深爱一生，今生今世，永不分离。"

现场掌声雷鸣般响起，掩盖了口水的吸溜声。

这真是一场圆满的婚礼。

4. 番外

白栎从小就知道自己与别人不一样。

他有一对毛茸茸的耳朵，还有一条长长的尾巴。当然，耳朵和尾巴平时可以藏起来，但如果他生气了，就会奓毛，怎么也藏不住。

所以他没办法去上幼儿园，妈妈把他送到姥姥和姥爷的家里。那里有许多和他差不多大的孩子，他们不去学校，而是留在葡萄园里，帮长辈们做事，同时学习控制身体。

葡萄园虽然有趣，可他想念爸爸妈妈，他不在乎能不能去上学，他只在乎能不能回家。

爸爸来看他的时候，他发了很大脾气，质问爸爸是不是因为讨厌他，所以才会把他扔在葡萄园不管不问。

爸爸说，以后他会遇到自己最心爱的人，为了不把心上人吓跑，他一定要从小学会藏起自己的尖牙和利爪，耳朵和尾巴。

白栎：就像妈妈那样吗？

爸爸：对，就像妈妈那样。

白栎：骗人，妈妈在家也露出过尾巴，你怎么没被吓跑？你还亲她！

爸爸：那是因为爸爸爱妈妈，可如果我第一次见到妈妈时，她就对我露出尖牙和尾巴，那我还会有机会去爱她吗？

白栎似懂非懂，最后勉强接受了这个解释。

白栎在葡萄园多住了一年，七岁才上学。

他不爱学习，讨厌写作业，成绩只要及格就万事大吉，是个不思进取的坏学生。但是他运动细胞发达，体育科目全部优秀，给学校拿了不少奖项回来，也是个受欢迎的好学生。

九岁这年，家里发生了一件事。

爸爸妈妈从外面带回来一个小姑娘。

听说已经十二岁了，却像没长开似的，瘦瘦小小，瞧着比他大不了多少。

她在孤儿院的名字叫小铃。到了他们家，爸爸给她取名叫白筱铃，妈妈为她布置好了新房间，他们让他喊她“姐姐”。

白栎不太明白，爸爸妈妈为什么要给他找个姐姐，比起姐姐，他更想要一个弟弟。那样他就能带着弟弟去打篮球、踢足球、玩摔跤，还有玩游戏机。

这个姐姐太没意思了，每天只知道看书。哦，她还会偷偷揪花园里的草吃，自以为没人发现，其实什么都逃不过他的眼睛。

自从这个姐姐住进家里，他就觉得家里的气氛有些怪。

明明爸爸和妈妈没有吵架，但是爸爸脸上的笑容少了，妈妈也时常发呆，两个人都很古怪。

他觉得这件事一定和姐姐有关，可是那个姐姐跟小傻子似的，一问三不知，所以他决定自己调查。

终于有一天，他潜伏在父母的房门外，偷听到他们的争吵。

妈妈说：“你要是后悔，就把她送回去，用不着每天在家里摆出一副愁眉苦脸的模样。”

爸爸：“我没有后悔，我就是觉得……她还那么小，能不能等她再大一点……”

妈妈：“大一点？现在你都觉得心疼，等多养几年，养出感情，我想再吃她，你只怕会觉得我是个食人魔！”

爸爸：“我不是那个意思，我只是……”

妈妈：“是你主动把她带回来的，是你想要讨我欢心，现在悲悯给谁看？我跟着你搬到这里，我饿了这么多年，是我错了吗？”

妈妈说着说着，哭了起来：“我想回家，我太饿了，我太饿了……”

爸爸叹气：“你没有错，是我错了。”

这次争执，没有结果。

也许已经有了结果，只是以白栎当时的年纪，没能听明白。

第二天，爸爸离开了家，据说去了很远的地方出差。

家里的妈妈一天比一天沉默——她大约知道，这是丈夫有意给她制造的机会，以免她要进食时，被他目睹会感到尴尬。

但她没有对白筱铃做什么，也没有打电话劝丈夫回家。

日子就这么一天天过去。

白栎感到焦虑，他想做点什么，却不知道自己能做什么。

放学后，他没有立即回家，漫无目的地在城市里游逛，不知怎么，开始怀念老家的葡萄园。

这里太狭窄了，甚至没有一只像样的猎物，他追丢了一只松鼠，放跑了一只野猫，最后终于有所收获，抓到了一只又肥又憨的珠颈斑鸠。

他把这只斑鸠藏在自己家的花园里，然后偷偷翻窗户进屋，结果他的姐姐——

就是那个小不点儿姑娘，瞪大眼睛站在窗户边，惊讶地问：“你怎么弄得身上这么脏？阿姨看见一定会骂你的。”

她牵起他的手，不由分说地带他去洗手，挤出白白的泡沫，轻轻揉搓他的手指，洗到沾泥的指甲缝，苦恼地蹙起眉头，神态专注而认真。

白栎默默看着她。

圆圆的小脸，清亮的眼瞳，嘴巴小小的，头发软软的，胳膊白白细细，没想到力气还挺大，不过没他的大，但是她身上有好闻的气味，他身上就没有……

她给他洗干净了双手，拍掉膝盖上的尘土，摘掉头发上的叶片，然后如释重负般朝他露出笑脸："好啦，弟弟现在干净了。"

他脸颊发热，回了一句："我才不是你弟弟！"

然后他低着头跑了出去。

跑到花园，拿出他珍藏的猎物，然后去了妈妈的房间，他局促不安地看着妈妈："不要……不要吃姐姐，妈妈，我可以每天给你猎斑鸠，不要吃姐姐。"

这一年，他心里有了一个念头：不要吃姐姐。

谁都不能吃掉她。

只要他在，谁都不能。

……

第四朵花：西番莲

西番莲，多年生常绿攀缘木质藤本植物，又名巴西果、转心莲、西洋鞠等。西番莲有着珍惜时间的寓意，将其送人，用来表示时间会一去不复返，希望对方能够珍惜现有的时光，不辜负每一寸光阴。

西番莲的花语是：珍惜时间；爱的憧憬。

1. 相亲

张觉是不婚主义者，却被逼相亲。

如果是亲朋好友介绍，他早就强横地拒绝，偏偏是领导介绍的，领导还开玩笑说，这是上级给他下达的新任务，希望他能够一如既往地出色完成。

张觉是一个特警，非常优秀的那种，一向无条件服从组织安排，这次却差点掀了领导的办公桌。

但他最终还是来了。

这充满着靡靡情调的餐厅。

温馨的音乐，暧昧的灯光，矫情的装饰画，空气透出诡异的甜，不知用了什么牌子的空气香氛喷雾。他心烦意乱地想抽根烟，可该死的，这餐厅禁止吸烟。

更烦躁了。

他在脑中过了一遍打好的腹稿：抱歉，我们不合适，你非常优秀，但我情况特殊，职业原因导致我经常和犯罪分子打交道，加班、出差都是常事。有时候忙起来，几天都回不了家，甚至可能永远回不了家。今天见面浪费了你的时间，我感到很抱歉。祝你以后找到真正适合你的男士。

张觉自认没什么文采，这篇腹稿已经用尽了功力，他自己也还算满意。

手机上显示时间六点二十七分，约的是六点三十分，距离见面还有三分钟。

他打开手机相册，里面有一张领导发来的女方照片——既然要相亲，当然提前交换过照片。据说女方那里收到的是他的证件照，难不难看张觉不在乎，他巴不得对方看不上他。

照片上的女人看上去清纯秀美，发长及肩，穿着复古风的明黄色连衣裙，戴着成套的珍珠项链和耳环，很淑女，很优雅。

但张觉不喜欢。

不是人家女孩不够好，而是他这个人比较俗气，就喜欢长腿辣妹。

他也不喜欢约束，认为两个人开心就在一起，不开心就一拍两散，不想要小孩，没考虑过未来。说不定哪次出任务就把自己交待了，活一天算一天。拒绝婚姻，免得束缚了自己，也祸害了别人。

尤其是照片上的这种乖乖女，心思敏感，精神脆弱，容易在婚恋关系中要死要活，不堪一击。

他们是两个世界的人。

右前方传来脚步声，离得还远，但张觉已经机敏地抬头望过去。

看见真人了。

他不禁怀疑照片被修过，因为女孩本人比照片上圆润得多，白嫩嫩，水灵灵，红唇饱满，睫毛浓密，望过来时眼眸透出几分懵懂和委屈，很有几分矫揉造作的劲儿。

也不知道是不是因为脸比照片里圆，所以气质上完全没有照片里的优雅淑女范儿，而是……怎么说呢，其实姿态还是很优雅的，只是让人有种说不出来的违和感。

张觉微不可察地挑了下眉。

那女孩已经在桌对面坐下来。

张觉率先开口，中规中矩的开场白："你好，我是张觉，初次见面，很高兴认识你。"

"你好，我姓相里，单名一个梦字，你可以叫我梦梦……"

张觉不在乎她姓什么叫什么，直奔主题："不知道我的情况介绍人有没有跟你说清楚，其实我们不太合适，不是你的问题，你非常优秀，是我的职业导致我经常和犯罪分子打交道，加班、出差都是常事，有时候忙起来……"

"呜呜呜！……"女孩突然掩面痛哭。

张觉："？"

他好像还没有讲到关键处。

相里梦哭得十分伤心，虽然没看见几滴泪，但她双肩抖动，声音哽咽，引得附近客人和服务生都频频望向这边。

张觉抽了两张桌上的纸巾递过去，刚准备再次开口，对方哭得更崩溃："你别说话！"

张觉："……"

相里梦接过纸巾狠狠擦了擦眼泪，抬起头，楚楚可怜地看着张觉，声音像小女生一样软："我知道你要拒绝我。你可能不相信，但其实你已经拒绝了我五十三次。每次你拒绝我，走出这家餐厅，时间就会轮回重来一遍，我实在受不了了，呜呜呜……"

她说着说着，再度伤心欲绝地哭起来。

张觉狐疑地打量她："你这话……是什么意思？"

"不相信是不是？"她吸了吸鼻子，扭头看向餐厅一侧，"看见那个戴领结的服务生没有？再过一会儿她就会说，'七号桌埋单'，还有那边的玻璃窗，一分钟后窗外会有一个中年女人牵着小孩路过，接着是一个穿黑色衬衫的年轻男人走过去……你能理解吗？只要你拒绝我，时间就会回到我们见面的这一刻！呜呜呜，算了，你肯定不会相信我，你只会觉得我疯了……我该怎么办……我们永远也离开不了这里了……呜呜呜……"

这番话令人匪夷所思，张觉无法相信。他怀疑对方是不是脑子有什么毛病，可领导突然兴致大发地当红娘，不太可能给他介绍一个精神病患者。

"七号桌埋单。"不远处的服务员对着便携式耳麦说道。

张觉微怔。

相里梦仍在掩面哭泣。

他蹙眉不语，目光投向窗外。

片刻，一个中年女人牵着孩子走过，后面跟着一个穿黑衬衫的年轻男人。

一切都和她说的一样。

难不成真如她所说，因为时间循环了太多次，所以她知道接下来会发生什么？

这怎么可能？

张觉执行过许多危险的任务，其中不乏有一些任务因涉及不可知的领域而显得神秘莫测，但他不认为，时间循环这种电影里才有的情节会发生在自己身上。

他垂眸，默然注视白瓷杯中淡绿的茶水，耳边有食客在交谈，餐具偶尔碰撞，服务生们脚步轻快，还有近在咫尺的，女孩子轻轻的抽泣声……

会是骗局吗？

只能是骗局。

但破绽在哪里……

“现在你总该信了吧？”桌对面的相里梦哭哭啼啼地抬起脸，红着眼睛看他，“我真的没有骗你。”

张觉神色冷淡地“嗯”了一声，问：“那你觉得，我们现在应该怎么办。”

“我也不知道……”相里梦可怜巴巴地咬了咬唇，洁白的牙齿压在艳红的唇瓣上，色彩对比鲜明，越发显得她娇憨动人。

但张觉似乎不懂得怜香惜玉，依旧冷冷的、酷酷的，一言不发。

相里梦犹豫了一会儿，轻声开口：“每次时间轮回都发生在你拒绝我之后，要不然，你试着接受我看看？”

张觉不禁笑了声。

相里梦被他这突兀的一笑弄得有些蒙，眨了下眼睛，问：“你……是不是，还是不信呀？嗯，其实你不信也正常，我能理解，换作是我的话，肯定也觉得不可思议。但事实就摆在眼前，我们真的被困在这家餐厅了。哪怕逢场作戏也好，试试看，说不定能脱困呢？”

张觉扫了眼四周，淡淡道：“服务生，女人，孩子，男人，除了这些还有什么？”

“什么？”相里梦不明白他的意思。

张觉身体向后靠，显出几分慵懒，语调也漫不经心：“介绍人一句没提你的家世背景，只说你有个亲戚身份不一般，否则也请不动我的领导来牵红线。不过能做到这种程度，还真是让人意外。”

相里梦微微拧起眉，有些不高兴：“你到底想说什么？”

“我看，就别演了吧？”张觉笑笑，看着她说道，“我也不是什么绝世大帅哥，相小姐犯不着如此。以您的身份，挑个顺眼的男明星谈恋爱应该也不是难事，就别折腾我这不起眼的小人物了。”

相里梦微恼：“我姓相里！”

“无所谓了。”张觉懒懒地起身，“认识你很高兴，那么，再见。”

相里梦愕然，一双黑白分明的眼睛瞪得圆溜溜的：“你、你要走？！”

张觉的嘴角勾起一抹笑，觉得她现在的模样倒有几分可爱，不过这种家世背景的孩子，他伺候不起，也不想招惹。

他不再停留，径直走向餐厅大门。

“喂！”

身后传来相里梦的喊叫，带着几分羞恼。

“你为什么不信我，我们真的出不去！”

怎么可能出不去？张觉心里好笑，以前他也被女人搭讪过，但这种请群演一起搞气氛的还是头一回遇见，怪新鲜的。

相里梦拎起包包追过来：“喂！张觉你站住！”

张觉充耳不闻，抬脚迈出餐厅门，与此同时，相里梦不甘心地拽住他的胳膊。

张觉不悦地挑眉，正想甩开她的手，耳边忽然嗡的一声，紧接着，相里梦和近在咫尺的人行道全消失了，眼前场景变成了餐厅内部——他刚才分明要走出去，可现在是走进来。

是幻觉？

是障眼法？

人类科技能够做到这种程度吗？

惊慌只是一瞬，张觉很快冷静下来，眸光微敛，警觉地打量四周。

温馨的音乐，暧昧的灯光，矫情的装饰画……以及空气里的香水味，一模一样。

他试着往后退，转身再走。

嗡的一声，眼前场景像镜头虚晃而过，再定格时，又变成餐厅里面的景象。

他走不掉了。

就像相里梦说的那样……他，被困住了。

左边那桌客人在大笑，右边第二桌的男人在打电话，服务生匆匆去后厨催菜。眼前一切景象都平平常常，张觉却感到窒息般的重压，因为他知道，这不平常。

他面沉如水地往里走，服务生迎上来问他有没有预订，随后把他引到刚才坐的位子——和发生过的一样。

坐下等了片刻，垂眸看手机时间，六点二十七分，距离见面还有三分钟。

就算那些人可以请群演，就算出门进门是幻觉，就算整个餐厅的场景全是假的，那他的手机怎么解释？难道手机也被人动过手脚？

张觉试图理清头绪，可是整件事荒诞无常，除非他能再见到相里梦，否则如何能理得明白？

这时，一个女人突然跑进餐厅，脚步又急又快地走向他。她娇艳的嘴唇用力抿着，黑亮的眼瞳怒气冲冲，手里的小拎包随着步伐一起摇摆，包上的挂饰发出响声。

她一直走到他面前，气势汹汹：“你！……”

只一个字就没了力气，她撇了撇嘴巴，委屈地坐下，一下子变得垂头丧气，闷声道：“算了……你什么都不记得，跟你说又有什么用，第五十四次了……我什么时候才能回家，我想回家，呜呜呜……”

说到伤心处，她又想哭了，自己从桌上抽了几张纸捂住眼睛。

张觉心想，也许是自己错怪了她，如果她当真被困在这里五十四次，哭了几十场，眼泪大概早就哭干了，流不出来也正常。

不过……为什么这次，他就记得了？

半晌没听见他的开场白，相里梦停止哭泣，抬头打量他，狐疑地问：“你是不是……”

张觉知道她想问什么，不用她把话问完，就点了一下头。

相里梦愣住，随后蓦然站起来。

“果然！我就知道会这样！”她说道。

张觉挑眉看她：“怎样？”

“就是这样啊！”她又坐下来，神秘兮兮地左右看了看，确定没人注意这边，双手按着桌子边缘，整个上身前倾，直勾勾地盯着他的眼睛说，“每次时间循环之前，你都会对我说一通拒绝的话，然后冷酷又绝情地走出餐厅，这次你没说完。”

“正常陈述事实就行，不必要的描述就不需要了。”张觉说道。

“反正就是那个意思。”她凑得很近，娇嫩红润的嘴唇在他眼皮底下一张一合，像怕被别人听见，音量也小得可怜，呼出的气息撩得人发痒，“这次你不仅没说完那些话，而且……你走出去的时候，被我抓到了……”

张觉无语。

什么“抓到”，说得好像他是头猎物似的。

“也许是别的原因。”他不动声色地向后靠，拉开两人之间的距离，“如果每次时间循环，都只有你记着前面的记忆，关键点应该在你身上。”

“可是我不知道啊……”相里梦沮丧地坐回去，“你以为这五十多次循环我没有想过吗？能想到的办法我全试过了，都没用！无论我怎么做，一到六点三十分，我就会出现在餐厅门口，真的一点办法也没有，我能怎么办？”

张觉若有所思：“但是，仅仅因为身体接触，就让我察觉到循环的存在，这一点真的很奇怪……”

相里梦想了想，迟疑地问：“时间循环会不会是一种磁场紊乱的表现？听说人体有生物电流，也许能对磁场进行干扰？比如两个人接触产生静电，加大了电流？”

张觉听了，只觉得一言难尽，看向她：“生物电和静电，应该是两种东西吧？”

相里梦道：“这不是没办法，所以瞎想吗，说不定被我蒙对了呢？要不然我们再试一次。”

张觉问：“你想怎么试？”

“简单。”她伸出一只手，平放在桌上，“等一会儿，我们手牵着手，一起从餐厅走出去。”

“请问现在点菜吗？”

服务生的声音打断了两人的交谈。

相里梦看看服务生，又看看张觉，慢慢收回手：“要不然，我们先点菜……”

张觉哼了声，斜眼看她：“你倒是吃得下？”

相里梦本来有些犹豫，听他这么一说，反而理直气壮起来，愤愤道：“你是不饿，我困在这里这么长时间，能跟你一样吗？”

她一把拿过服务生手里的菜单本，快速点了三四样，抬头问张觉：“你吃什么？”

张觉现在有点烦躁：“随便点吧，我没什么胃口。”

相里梦又加了三样。

张觉问：“点这么多，你吃得完？”

“不多呀，你看，分量很小的，一屉水晶饺只有三个，虾仁烧卖才四个。”相里梦翻到最后一页，“饮料喝什么？我想喝冰奶茶，你呢？”

“白开水。”张觉回道。

相里梦撇着嘴看他一眼，合上菜单本还给服务生，斯斯文文地说：“麻烦给他一杯清水，谢谢。”

服务生转身离开，两人重回时间循环的话题。

张觉说：“有没有可能，这里是一个平行时空，时间不断循环，类似世界总程序里出现了一个 bug。我这段程序原本可以顺利运行，但是被你的 bug 碰到，所以被拖进这个独立的循环空间内？”

相里梦微愣：“什么意思，你是在怪我吗？”

“我是在合理分析。”张觉皱了皱眉，“不过现在想这些，似乎也没什么用，重点还是在于怎么跳出循环，我会被拖进来总该有个缘由……对了，你碰过别人没有？”

相里梦摇头：“我没事碰别人做什么？多奇怪啊。”

张觉说：“如果，你把餐厅里每个人都碰一遍，这些人会不会全部被你拖进时间循环里？”

“我又不是精神病！干吗要去把每个人都碰一遍？”相里梦对他的分析很不满意，“你不要说这些奇奇怪怪的话了。我来这里是为了相亲，因为相亲不顺利才会被困在这里。你要是早早接受我，说不定就没这些乱七八糟的事了。”

张觉闻言扯了下嘴角：“这么没道理的事，被你说出来，听上去居然还挺有逻辑的。”

“本来就很有逻辑。”相里梦强调，“我是一个讲道理的人。”

“行吧……”张觉叹了口气，伸出手平放到桌上，掌心朝上，“伸过来。”

相里梦愣了愣：“伸什么？”

“你的手啊，相小姐。”

“我都说了，我姓相里……”

她不甘不愿地伸手过来，放在他的掌心里。

张觉握了握，淡笑道：“挺软。”

“软吗？”相里梦也捏了捏他的手，感受两秒，“……你的很硬。”

“那是常年握枪磨出来的茧。”张觉牵着她的手起身，闲闲懒懒地道，“走吧，相里小姐，我们去门口试试。”

相里梦感慨：“你总算称呼对了一次。”

走了两步她又说：“我们点的菜还没上。”

张觉牵着她往门口走：“无所谓，如果时间再次循环，你可以再点一次。”

相里梦直撇嘴：“你是无所谓，反正饿的人不是你。”

两人手牵手走向餐厅大门，俨然一对情侣。

当脚踏出门外，熟悉的嗡嗡声再次响起，张觉下意识地皱眉，以为场景又要开始变化，谁知迈出去的脚稳稳地踩在了餐厅外的地垫上。

张觉看得很清楚，那地垫是猩红色的，铺在暗灰色的台阶上。他继续往前走了几步，耳边的嗡嗡声更大，伴随着刺耳的噪音，让人忍不住想要捂住耳朵，而他也确实这么做了——松开相里梦的手，捂住耳朵用力甩了下头，再睁眼，他又站在了餐厅大门里侧。

“欢迎光临，请问先生有预约吗？”门口的服务生礼貌地问道。

张觉微怔，而后一言不发地走进去。

还是原来的座位，还是原来的对白，手机上显示的时间是六点二十七分。他找服务生要了一杯清水，又把相里梦之前点的菜点了一遍，没等多久，相里梦也回来了。

她的脚步轻快，脸上带着些许雀跃的神情，一走过来就迫不及待地自我褒奖：“看！我说得没错吧？之前根本没法走出那扇门，可是刚刚我们牵着手，走出去好几步！”

张觉却没显得多高兴，靠在椅子上问：“那你觉得，是什么原因导致我们只能走几步，而不是彻底脱困。”

相里梦愣住，坐下来思索一会儿后，迟疑地说：“会不会是因为……我们不够投入？”

“什么？”张觉皱眉。

相里梦：“听说爱情会让两个人之间产生量子纠缠……”

张觉感到无语：“生物电之后是量子纠缠？你还能鬼扯到什么东西上去？”

她有些生气：“我怎么就鬼扯了？你不鬼扯，你倒是解释一下这是怎么回事呀！”

张觉当真很认真地想了想：“……看过电影《黑客帝国》没有？也许这个世界是智脑控制的虚拟世界，我们两个都只是一段程序。程序设定我们需要在这里完成某件事，只要没达成，就无法离开，类似于在游戏规定的地图内完成任务，否则无法离开一样。”

“扑哧！……”相里梦捂着嘴乐了，“哈哈哈，你都多大了，还这么中二！”

张觉噎住了，目光凉凉地看着她：“行啊你，受困这么久还能笑出来，心态不错。”

相里梦听出他的讽刺，还是忍不住笑：“怎么啦，明明就是很中二，还不让人笑呀？哼，小气吧啦的。”

张觉忽然起身，长腿迈开，两步迈到桌子这边，跟相里梦肩并肩坐在一起。

相里梦下意识地往里靠，背部快要贴在身后的彩绘玻璃隔断墙上。

“你要干吗？”她瞪圆了眼睛。

张觉扬手搭在她的椅背上，朝她勾了勾唇角，笑得显出几分不正经，又有几分敷衍：“来跟你量子纠缠啊。”

相里梦瞪眼看着他，红嫩的唇瓣紧抿着，纠结一会儿，吐出两个字：“好吧。”

她主动把自己的手递给张觉，牛奶似的白，豆腐似的嫩。

张觉再次握住她的手，一时无话可说，你捏捏我的手心，我挠挠你的薄茧。没过一会儿，服务生端来奶茶和水，接着又端来流沙包、水晶饺、珍珠糯米鸡、虾仁烧卖、腊味萝卜糕、白灼芥蓝和双拼肠粉。

相里梦用另一只手拿筷子，小口小口地吃东西。流沙包还很烫，她轻轻咬一口，然后微微噘着嘴，吹吹气，接着再咬一口，吃相斯文，胃却好似无底洞，不一会儿就把三个流沙包全吃完了。

张觉侧头看着她吃，若有所思道：“如果牵手能走出去两三步，那么牵久一点，走出去的距离是不是能更远？如果再亲密一些，拥抱和接吻，会更远吗？”

“不知道……”相里梦咬着萝卜糕，含糊地回道。

张觉看着她：“你怎么就知道吃？”

相里梦翻了个白眼：“你连吃都不会。”

张觉拿她没办法，皱着眉催促：“快咽了，再把嘴擦擦。”

“干吗啊？我还没吃完。”

“一会儿再吃，先试试接吻。”

相里梦很不乐意，但还是选择以大局为重，咽下嘴里的食物，又喝了一口奶茶，然后擦干净嘴巴，对张觉说：“我准备好了。”

张觉也不矫情，把人拉到自己怀里，就要俯首吻下去。

“等、等一下！”怀里的女人突然挣扎起来，用一只手捂住自己的口鼻。

“又怎么了？”张觉挑眉，“大小姐，你的量子纠缠不会还要我来几句甜言蜜语吧？”

“不是……”她瓮声瓮气的，半张脸被手挡住，露出一双水汪汪的大眼睛，带着显而易见的不满和嫌弃，“你身上有烟味，你怎么还抽烟啊？”

张觉好笑又好气：“我没嫌你一嘴萝卜味，你倒还嫌我有烟味？”

相里梦辩驳：“烟很臭啊！”

“哪个男人不抽烟？”

“我爸爸、我弟弟、我干爹都不抽烟。”

“……”

张觉服了。

他心烦地坐回去，相里梦又问：“不亲了吗？”

张觉抬眸看她一眼，没好气地回道：“我配吗？”

相里梦嘻嘻一笑，仿佛听不出他的反讽，说：“你去洗手间漱漱口嘛，我让你亲。”

那口吻就跟多大恩赐似的。

张觉看着她这张脸，没法真生气，心想终究是自己占了便宜，也就不跟她一般计较了。

他起身问服务生洗手间在哪儿，得知位置后顺着过道往前走，在拐角处遇见一对神情古怪的父子。擦肩而过时，因为职业关系，张觉不由得回头多看一眼——

父亲穿着不起眼的灰格纹衬衫，身形高瘦；儿子七八岁模样，脸色苍白，隐约可见泪痕。

张觉注意到那男人的手放在小男孩的后颈处，童装衣领被紧揪出褶皱，而男孩的胳膊肘上还有一道很深的红痕。

这未必是一对父子！

张觉的步履顿住，几乎没有犹豫，蹙眉喊了一声：“喂。”

那男人停了下，扭头看张觉，目光警觉，而他手里的小男孩却如惊弓之鸟，突然尖叫着飞跑出去。

刹那间，餐厅里所有人都惊诧地望过来。

男人面目狰狞，扭头去追小男孩，张觉几步上前，抬脚就是一踹。男人砰地撞翻桌椅，还没等他下一步动作，突然接连响起几声枪声！

砰！——砰、砰、砰！

门口的小男孩瘫倒在地。

张觉望向四周，没发现开枪的人。

这突然的变故让餐厅陷入沉寂，数秒之后，人群爆发出惊恐的叫喊，所有客人争先恐后地往外跑，混乱中，地上的男人也爬起来往外逃。

“站住！”张觉想追，却被人群推搡着踉跄几步。

“张觉！你在哪儿？！”

他听见相里梦的声音，挤过人群回去找她。

她捂着耳朵躲在桌子下面，被张觉一把拉出来，瑟瑟发抖地扑进他怀里：“张觉，那个男孩是不是死了？”

“快走，这里有人手里有枪！”

他拉着她冲出餐厅，大街上已经乱成一片，四处可见仓皇逃离的客人，街上车辆被迫停下，还有不清楚情况的路人拿出手机，拍摄餐厅门口的乱象。

张觉环视一周，没有发现刚才那个男人，正焦急，耳边再次出现那熟悉的嗡鸣声——

他蓦然想起了时间循环。

来不及思考，只闭眼睁眼之间，所有混乱全部消失，他又回到了餐厅门口。

大理石瓷砖光洁，伴奏的音乐舒缓，地上不见小男孩的尸体，也没有那被踩踏至凌乱的血迹。

难道这才是循环的真正原因——要他救那个男孩？

张觉定定地站在门口，半晌回不了神。

服务生礼貌地问他："欢迎光临，请问先生有预约吗？……先生？"

他没有回应服务生，而是大步走进餐厅，越走越快，脚步急促，一直走到洗手间附近，也没有看见小男孩的身影，他情急地抓住一个服务生："你们这里有包间吗？"

服务生愣了愣："包、包间全都满了，需要提前预订……"

"我不坐包间，我找人！"张觉急声问道，"你们这儿的包间在哪儿？有没有客人带小孩？！"

"带小孩……那，那可能是七号包间。"服务生犹豫地指了一个方向。

张觉一刻也不敢耽误，立即直奔七号包间，包间门是关着的，他猛地推开，里面的人全被吓了一跳。

张觉的目光定在小男孩脸上，随后眼中厉色缓缓收敛，朝男孩身边的夫妇俩道歉："抱歉，找错门了。"

他不动声色地退后，重新关上了包间的门。

"张觉！"

相里梦从餐厅大门跑进来，气喘吁吁地来到他面前："刚才是怎么回事……"

张觉揽住她的肩往旁边走，同时拿起手机打电话："宜蓝路 29 号茶餐厅有一家三口遭遇劫持，目前推测劫匪至少两人，要求立即调派人员解救人质……"

相里梦吃惊，掩嘴小声问："里面的人被劫持了？"

张觉收起手机，警觉地看向四周："还没有，但如果不是全部被劫持，没有父母会眼睁睁地看着自己的孩子被劫匪带走。"

相里梦闻言，更加紧张了，抓着他的胳膊问：“那现在怎么办？等警察过来吗？”

“希望他们看到警察后放弃劫持计划。”他漆黑的眼眸似锐利的鹰眼，一眨不眨地盯着包间门，“但无论他们行不行动，我现在都要把他们找出来。”

“怎么找？”相里梦心慌慌地缩在他身边，左右张望，“你进过包间，会不会已经引起他们注意了？那些人有枪，万一要伤害你怎么办？”

张觉听了，垂眸看身边的女人：“你说得很有道理……”

他突然牵起她的手，放在唇边亲了一口：“我们走。”

相里梦一愣，随后被他牵着走出餐厅。

张觉说：“我们重来一次。”

2. 循环

重来一次——

走进餐厅，坐下，手机时间是六点二十七分。

张觉从服务生手里拿过菜单本，照原样点了一遍菜，然后拿出手机打电话。

他已经彻底冷静下来。在权衡之后，这次他没有选择报警，而是把电话打给了上级领导，请求领导协调附近辖区警力，尽快将餐厅包围起来。

但是他无法说出劫匪的准确人数、劫匪的犯罪意图，对被劫持小男孩的家庭背景也一无所知。

领导在电话里把他臭骂一顿，勉强同意派一队人马过去，预计时间十到十五分钟，到时候电话联系。

相里梦坐在他身边，听他打完电话，不由得问：“现在怎么办？我们就只是等着吗？”

张觉蹙眉看向包间的方向：“不管来多少警力，只要人质在他们手里，我们就会很被动，现在必须阻止他们劫持人质。”

“你说那个小男孩？”相里梦回忆起上个场景中男孩的死状，不由得戚戚然，“他好可怜……”

张觉闻言皱了皱眉：“这事很古怪，如果是为了绑架小孩勒索父母，为什么要在众目睽睽之下撕票？如果是为了寻仇，为什么不直接找仇人，反而去折磨一个孩子？”

“也许是变态呢？”相里梦说，“现在这个社会，变态好多的。”

张觉无语地看她一眼：“变态型罪犯一般单独行动，餐厅里的这几个，明显是团伙，而且有枪。”

有枪，是张觉最无法理解的一点。

刚才虽然只是匆匆一瞥，也足以看出小男孩的父母只是普通工薪阶层，并不算大富大贵。那么，绑架一个普通家庭的小男孩，用得着枪吗？

整件事处处透出违和感。要说对方有预谋、有组织，对方却选在人多热闹的餐厅下手；要说对方是为了钱财，劫持的却是普通家庭的孩子；要说对方是为了寻仇，他们放过了父母，唯独不放过那个孩子。

除非那对父母其实是局外人？否则，实在说不通。

多想无益，眼下最重要的是抢先一步把人质救出来。

张觉皱着眉，扯了扯领口，松开一颗纽扣，仰头喝水，而后默不作声地站起身。

相里梦见他这架势，顿时有些慌：“要不然还是等一等吧，你都说他们是团伙了，你只有一个人……”

张觉看了眼手机：“我去洗手间的时间，至少在一刻钟以后。当时男孩已经在劫匪手里了。也就是说，现在劫匪正计划着进包间，并用最短时间控制住男孩的父母，然后把男孩从包间带出来。”

他顿了顿，目光扫向四周：“说不定劫匪现在和我们一样，盯着包间门准备进去，等警力协调好，估计黄花菜都凉了。”

相里梦张了张嘴，不知道该说什么好，眼神里满是担忧：“那你要小心啊。”

张觉低头看她，明明和她才刚认识不久，这份关心却是情真意切。

他心中忽然涌起一股异样的感觉，仿佛自己和眼前这个女人，在此时此刻成为彼此人生中的男女主角。人与人之间的缘分实在奇妙，这样的际遇也不是时常能有的。

“如果能跳出循环，相亲的事，我们接着聊聊吧。”张觉说道。

相里梦微愣：“你不是说我们俩不合适吗？”

“我什么时候说过不合适？”

“就在刚才啊，你说了五十多遍……”

张觉失笑：“你再好好想想我是怎么说的，我说的是自己的工作性质比较特殊，无法履行一个合格丈夫的职责。”

相里梦点头：“对，你是这么个意思。”

张觉问：“那你介意我的工作性质吗？”

相里梦抿了抿唇，神情略有些纠结：“倒也还好……”

“不介意的话，就可以接着聊。”张觉扔下这句话，转身往包间方向去了。

相里梦看着他的背影，喃喃道：“这人好臭屁哦。”

默然一会儿，她又小声地自言自语：“不过，他也挺帅的……”

……

洗手间位于餐厅左侧，和包间共用一条通道。

张觉的脚步有意放慢，走到六号包间门口时，看见那个穿灰格纹衬衣的男人迎面走过来。张觉神色不变，目不斜视地继续往前走。

那男人推开七号包间的门，直接进去。

张觉与他擦肩而过，在包间房门打开的瞬间，听见里面的人寒暄：“您就是杨先生吧，这是我儿子，电话里跟您提过……”

张觉脚步顿住，蹲下来佯装系鞋带，但七号包间的门已经关上，里面的说话声也随之听不见了。

他的感觉越发怪异了——劫匪竟跟男孩的父母是认识的。

这念头刚刚在脑海中冒出来，又听见门里传出一声尖细的女音：“你不是杨先生！你是谁？！……”

接着又是砰砰两声，桌椅碰撞的动静。

张觉知道这是出事了，不敢耽搁，立即起身闯进去。

包间内一片狼藉，小男孩神态惊恐地缩在墙角，母亲躺在地上生死不知，父亲被灰衬衣男人勒住脖子，憋得满面通红。

灰衬衣男看见张觉也是一惊，完全没想到会有人进来，来不及防备，张觉已经几步逼到身前，擒住灰衬衣男的肘部，猛地往后翻。

筋骨顿挫中产生剧痛，灰衬衣男痛叫一声，不得已松了手，男孩的父亲得以逃脱，踉跄着大口呼吸，然后赶紧跑到墙角，把儿子紧紧搂在怀里。

张觉将灰衬衣男反扣在桌上，迫使对方的脸贴着桌面，逼问道："你还有几个同伙？他们在哪儿？！"

灰衬衣男嘴里说了一句什么，听不出是哪国的语言。张觉微怔，余光瞥见那名父亲抱起儿子往外逃，他心头一跳，出声喝道："别出去！！！"

稍一分神，被擒住的灰衬衣男突然反击，回首朝他就是一拳。

张觉抬臂格挡，对方却根本不想与他缠斗，夺门而逃。张觉暗道要糟，他知道只要一出这个门，外面那对父子就可能没有活路，当下也紧跟其后追了过去。

可他再快也没有枪快，就在那对父子快要跑到餐厅大门时，枪声再次响起，混乱也再次上演。与上次不同，这次是父子两人齐齐倒在了血泊之中。

尖叫声在餐厅里响起，受惊的人群疯狂地冲向出口，张觉看见这似曾相识的场面，忍不住骂了句脏话。

他穿过拥挤的人群去找相里梦，她抱着膝盖蹲在桌子下面，一见张觉回来找她，立即惊惶地扑进他怀里。

"张觉，我看见那个人了！"

张觉拉起她往外跑，问她："看见谁了？！"

相里梦着急地道："开枪的人！"

两人一起冲出餐厅，而后又随着时间循环再度回到六点二十七分——

张觉极度焦躁地走进餐厅，用最快的速度点菜、打电话。等到六点三十分，相里梦终于走进餐厅，他急不可耐地起身迎过去，压着情绪低声问她："是谁？"

相里梦惊魂未定地看着他，一时没说话，只默默去牵他手。

她的手很软，也很凉，带着轻微的颤抖。

张觉心领神会，将她搂进怀里，俯首在她耳边说："不要看他们，也不用害怕，你小声说出来，不会被他们听见。"

相里梦缓缓点头，紧张地揪着他的上衣："在你身后……你不要回头看，我用手机拍给你……"

两人宛若情侣般在过道中相拥，搂抱一会儿后回到座位上。

相里梦拿出手机，用一只手撩拨头发，做出自拍的样子，然后把手机平放在桌面上，轻轻推给对面的张觉。

张觉拿起来看了看。

在他斜后方，靠墙的位置，坐着一男一女。男的自然就是那个穿灰格纹衬衣的人，而女的穿一身黑衣，鼻梁很高，褐色长发，看长相不像本地人。女人的手边放着一个手提包，枪应该就在包里面。

张觉把手机还给相里梦，觉得整件事越来越古怪了——这一男一女，为什么要为难一个小孩子？

他进包间的时候，看得很清楚，那个穿灰格纹衬衣的男人，对小孩的父母根本是下了死手，之后想要把小孩带去哪里？他出来阻止，小孩逃脱，黑衣女人又为什么会对小孩开枪？

他们的所作所为，不像普通的劫持绑架，更像是抢夺某个东西，事情败露就索性毁掉。如果灰衬衣男负责将孩子活着带走是A方案，那么黑衣女执行的就是B方案——一旦计划有变就杀了那孩子，一了百了。

可是为什么？

那孩子究竟有什么特殊之处？

张觉理不出头绪。

相里梦惴惴不安地问他："你不去包间吗？那个男人……好像要去了……"

张觉抬眸看她，沉声道：“他起身的时候，你立刻告诉我。”

“好……”相里梦点头，不敢直接看，举起桌上的菜单本挡住脸，用余光悄悄瞄着那边。

张觉低声与她交谈：“男的进包间抢孩子，女的拿枪守在外面，想要救那个孩子，必须先解决外面的女人。”

“你准备怎么做？你有枪吗？”相里梦小声问。

张觉皱眉，摇了摇头。

“你这种职业的人怎么会没配枪？”

“相亲带什么枪。”

相里梦替他着急：“那现在怎么办？硬抢吗？”

张觉点头：“对，硬抢。”

灰衬衣男离开座位，张觉默数十秒，而后利落地起身，大步走向坐在餐厅角落里的黑衣女人——

他动作太快，黑衣女根本没有防备，连枪都没来得及掏出，就结结实实地挨了张觉一拳。

这一拳正中面门！黑衣女顿时眼前发黑，鼻腔涌出一股热流。

四周响起惊呼声，附近客人惊恐地望着张觉施暴。张觉根本顾不上这些，争分夺秒地又挥出一拳，直接将人撂倒，而后从女人包里翻出手枪，立即赶往包间。

包间里的灰衬衣男非常机敏，察觉到外面的动静，不再和男孩的父母纠缠，一把抓过孩子就往外跑。

“站住！”张觉举枪喝道。

对方却不惧他的威吓，甚至根本不在乎他是否会开枪，手里抓着孩子跑得飞快。那小孩跟不上他的速度，号啕大哭着，下半身几乎在地上拖行。

小孩的父母也追出来，哭天喊地地要去抢孩子。

“该死的！”张觉异常暴躁，眼看小孩就要被拖出餐厅，不再管队里那些规定，举枪射击。

砰！

这一枪打中对方肩膀，灰衬衣男受力往前栽倒。然而在摔倒的那一瞬间，他忽然回头，朝张觉露出极其诡异的笑容，随后抬起另一只手，手里赫然握着一把餐叉。

张觉的眼瞳猛地一缩，大喊："住手！！！"

白光闪过，餐叉狠狠扎进小男孩的脖子，再拔出，顿时血流如注。

周围客人发出惊恐的尖叫，小男孩的母亲直接晕厥，父亲捶地痛哭，服务生惊惶地拨打报警电话，而那个受伤的劫匪只是看着张觉冷笑。

张觉握着枪站在原地，觉得手里握的不是枪，而是一块废铁。他救不了那孩子……他怎么会救不了？明明有那么多次机会，为什么？为什么救不了？！

相里梦从人群里挤过来，拉住他的手往餐厅外走，催促道："快走，我们快离开这里……"

张觉跟着她走出餐厅。

外面阳光照耀，汽车鸣笛声刺耳，路人的面孔有惊惧、有疑惑，种种一切，都让他感到迷幻。

他为什么会被困在这样一个局面中……

再一次循环，六点二十七分。

张觉站在餐厅门口，咬了咬牙，认命般一步一步地往里走。

他看见了那个黑衣女人，也看见了那个灰衬衣男人，他知道他们要带走七号包间里那个小男孩，为了带走那个孩子会不惜对孩子的父母下毒手，如果不能带走，便连孩子也杀了，不留一个活口。

他究竟要怎么做，才能阻止接下来发生的惨剧？

六点三十分，相里梦匆匆跑进餐厅，喘着粗气来到他面前："张觉。"

张觉抬眸看她。

因为是跑进来的，她的脸蛋比平时更显红润，细密的汗珠挂在玉白的肌肤上，犹如雨打牡丹。嘴唇也娇艳异常，只是说出来的话，不太符合她此刻的气质：

“他们有两个人，我们也是两个人，不如分头行动吧？”

张觉默然。

相里梦坐下来，喘了一会儿气，认真和他商量：“你顾得了这头，顾不了那头，只要我能帮你拖延一小会儿时间，那个小男孩就有救了。”

张觉端详她，问：“你准备怎么帮我拖延？”

相里梦说：“你去对付那个男人，我去抢女人的包，只要不让她开枪，小孩就能得救了。”

张觉没说话。

相里梦着急：“要是行不通，大不了重来嘛！”

张觉沉默一会儿，抬眸看她：“我有把握制服对方，但是打斗产生的后续反应不好判断，尤其小男孩的父母是不稳定因素，我需要想办法先把他们带离餐厅，然后再回来和你会合。”

相里梦微愣：“怎么离开？会不会被他们发现？”

张觉说：“去洗手间的时候，我看见餐厅后厨还有一个门，到时候我带他们从厨房后门走。”

相里梦的眼中透出怀疑：“他们会乖乖跟你走？”

张觉在身上摸摸，摸出一张警官证，拍在桌上。

相里梦：“……”

有些无语，她抿住嘴唇，脸颊微鼓，显得脸更圆。

张觉瞧着她脸上的表情变化，不禁一乐，紧绷的情绪也稍稍松缓下来，伸手想捏捏她的脸。

手刚伸过来，就被相里梦拍开，她口吻嫌弃道：“相亲呢，又不是谈恋爱，干吗动手动脚。”

张觉收回手，看了她片刻，笑着说：“要不别相亲了，我追你吧。”

相里梦听了一愣：“……真的？我从来没被人追过。”

张觉：“巧了，我也从来没追过别人。”

她捂着嘴直笑：“你怎么突然变得油腔滑调，哈哈哈。”

“没有，我是认真的。”张觉面不改色地说，“我就喜欢你这种类型。”

相里梦越发乐不可支：“我们俩好奇怪，这种时候了还在讲这些有的没的。”

“越是紧张时刻，心态越要放轻松。”他侧过头，望向包间那边，淡淡道，“要不然，这些年我早该死几百次了。”

相里梦慢慢收起笑容，平静地注视他：“穿灰衬衣的男人往包间去了。”

“嗯。”张觉站起身，准备去包间。

路过相里梦时，他飞快地伸手在她脸上摸了一把——

“哎！”相里梦捂住脸，“你这个人……”

张觉笑笑，双手插兜，不慌不忙地走远了。

相里梦看着他的背影，嘴角翘了翘，随后收回目光，默默观察自己四周。

她的视线定在远处那个黑衣女人身上，深吸一口气，猛地高声大喊：“我的戒指不见了！——服务员，我的钻戒被人偷了！”

所有人望过来，包括那个黑衣女人。

相里梦猛拍桌子，恨不得把全场人的目光都吸引过来。她长得珠圆玉润、粉腮红唇，一旦横眉竖眼地发起脾气，就特别像傲慢无礼的有钱人家的大小姐。

“服务生，给我调监控！知道我的钻戒价值多少钱吗？！没找到小偷以前，这里的人一个都不许离开，否则我就报警，我还要投诉你们！”

张觉听见身后的喧哗，薄唇微翘，不动声色地加快了步伐。

他从这头走，灰衬衣男从那头来，两人一前一后地进入七号包间。上一回合的厮斗再次上演，只是这次张觉的动作更加利落。

他抢占先机，将对方摁在地上，然后甩出自己的证件，对包间里被吓傻的夫妇说：“外面有埋伏，你们跟我从餐厅后门走。”

男孩的父亲看了看证件，又看看张觉的脸，战战兢兢道：“可、可是杨先生……杨先生让我们在这里等他……”

张觉不知道他说的杨先生是谁，皱眉道：“这里很危险，你们必须带着孩子马上离开。”

地上的灰衬衣男听到他们要走，突然剧烈挣扎起来，嘴里胡乱说了一串话，表情近似惊恐。

张觉听不懂，也不能放他出去通风报信，抬手往男人颈部狠狠一劈，直接把人打晕过去，而后扯了桌布，快速把人绑起来。

小男孩蜷缩在母亲怀里，小脸煞白地说："不能走……会死……"

男孩的父亲闻言道："不能走！我儿子说不能走，就肯定不能走，会出事的！"

张觉感到莫名其妙："现在外面有人拿枪指着门口，只要你们靠近大门，对方就会开枪。你们必须从厨房后门离开这里，否则，即使躲在这里也很危险。"

这对父母一听，立即神色惊惶地哄劝儿子："我们不从大门走，我们从后门走。乖啊，不会死的……"

小男孩红了眼眶，紧抿住嘴唇，不再说话。

父亲抱起男孩，朝张觉挤出笑容："您是杨先生派来接我们的吗？辛苦您了，我们这就走，这就走……"

张觉不认识什么杨先生，不过时间紧迫，为了让这对父母配合行动，他默认了这个身份。

他打开门，外面依旧喧哗、吵闹，相里梦的声音尤为尖锐，一会儿要报警，一会儿要搜包。附近有男士看不下去了，想阻止她撒泼，被相里梦指着鼻子骂："你知道我干爹是谁吗？！"

张觉都无法想象，她那张软乎乎的小圆脸发起狠来会是什么模样。

心猿意马地领着一家三口进入后厨，他对厨房的一帮人出示证件："办案，把后门打开。"

餐厅厨房通常都会有后门，方便后厨人员出入、卸货和倾倒厨余垃圾。

张觉把一家三口送到后门，走到门口时不由得停住脚步——

那一家三口站在门外，不解地看着他。

张觉盯着门外灰色的地砖，想到这一次次的时间循环，如无尽的轮回将他和相里梦困住。如果现在他走出这扇门，循环会不会再次发生？又或者，只要不是餐厅前门，就不会有事？……可如果循环真的发生，相里梦那边会怎样？

突兀的电话铃声打断了他的思绪。

小男孩的父亲拿起手机："喂？……噢，杨先生！您到了？我们也到了，我们在……在餐厅后门……"

电话那边似乎在询问原因。

男孩的父亲疑惑地看向张觉，支吾道："对……孩子也在餐厅后门，有位警方的工作人员带我们出来的，不是您派来的吗……"

张觉皱眉问："他已经进餐厅了？告诉他，这里很危险，让他绕道来餐厅后门……"

轰！——

话还没说完，震耳欲聋的爆炸声从身后传来。

张觉错愕地转身，餐厅里面已经是一片火光。巨大的热流席卷着硝烟朝门窗涌来，厨房的天然气管道瞬间爆炸。他整颗心猛地往下一沉。

"快趴下！！！"

他大吼，纵身扑向门外的三人，随后更剧烈的爆炸声响起，冲击波向四面八方席卷而去。热浪汹涌，每一块碎片残渣都像是飞射而出的子弹，打得人身体剧痛。

但身体的痛感蓦然消失，双耳开始嗡鸣，他睁开眼睛，发现自己已经站在餐厅大门前……

"欢迎光临，请问先生有预约吗？"门口服务生礼貌地问道。

张觉回过神来，脸色白了几分。

——这里被人放了炸弹！

他疾步走进餐厅，不住地看手机上的时间，六点二十七分……六点二十八分……

快啊，快啊……为什么还没到六点三十分，你到底在哪儿？相里梦！

他一秒钟也等不下去了！

餐厅门口终于出现了一个熟悉的身影，张觉立即迎上去："相里梦，刚才……”

女人抬头看他，朝他露出礼貌又带着几分疏离的笑容：“你好，你就是他们介绍的张觉吧？我是相里梦，你可以叫我梦梦。”

他愣在原地。

相里梦径直往里走：“你是刚来吗？点菜了吗？没点的话我们先点菜吧，边吃边聊……”

张觉怔怔地看着她的背影，没想到会是这样一个结果……

是因为那场爆炸，还是因为他没有和相里梦同时离开餐厅？为什么相里梦完全不记得他了？

不对……

不是她不记得，而是……她根本不是那个相里梦。

前面的女人回头，朝他笑了笑：“你站着干吗？过来坐啊。”

张觉浑浑噩噩地跟上去。

服务员拿来菜单本，张觉习惯性地先点了菜，坐在他对面的相里梦顿时笑了，眉眼弯弯地说：“好奇怪哦，你点的菜怎么刚好都是我爱吃的菜。”

张觉看着她的笑脸，回想那场突然发生的爆炸，心里说不出是种什么滋味，也许是愧疚，也许是痛惜……他呼吸艰难，咽喉处仿佛被什么东西紧紧勒住。

“抱歉……”张觉缓缓吸气，站起身，“我失陪一下。”

相里梦不解，抬头看他。

张觉离开座位，头也不回地走向餐厅大门……一直走出去。

循环。

六点二十七分。

他重新回到座位，坐下，等相里梦回来。

他在找她，那么她呢？

她现在是否和他一样，被困在这错乱的循环中无法逃脱？她会找他吗？

张觉盯着餐厅大门，直到那个地方出现熟悉的人影，他脑海中突然冒出一个奇怪的念头：如果相里梦也在找他，那么他要如何分辨出，哪个才是正确的循环中的她？

女人走进餐厅，高跟鞋嗒嗒轻响，裙摆轻盈舞动，她一路走到张觉面前，一边打量他，一边坐下来。

“你好，我姓相里，单名一个梦字，你可以叫我梦梦……”

张觉沉默着，良久后开口：“你好，不知道介绍人有没有跟你说清楚，其实我们不太合适，不是你的问题，你非常优秀，只是我情况特殊，职业原因导致我经常和犯罪分子打交道，加班、出差都是常事。有时候忙起来几天都回不了家，甚至可能永远回不了家。今天见面浪费了你的时间，我很抱歉。”

长长一段话说完，相里梦目瞪口呆，似乎完全没想到自己遇到的相亲对象会这么直接。

张觉便知道她不是，再次低声道：“抱歉。”

他起身离开，没再看女人一眼，直接走出了餐厅。

循环……

六点二十七分。

“你好，不知道介绍人有没有跟你说清楚，其实我们不太合适，不是你的问题，你非常优秀，只是我情况特殊，职业原因导致我经常和犯罪分子打交道，加班、出差都是常事……”

“你好，其实我们不太合适，不是你的问题，你非常优秀……”

“你好，其实我们不太合适……”

“你好……”

“你好……”

……

循环，一次又一次。

他复述自己的台词，一遍又一遍。

他看见疑惑的相里梦，惊讶的相里梦，烦躁的相里梦，发怒的相里梦……不知道困在这场时间轮回里多久，他几乎快要忘了，自己究竟想要找到什么样的相里梦。

哪一个才是她？

哪一个不是她？

张觉的思维在溃散。太多太多次的重复，让他快要失去思考的能力。他近乎麻木地走进餐厅，坐下来，等着时间从六点二十七分到六点三十分，然后说出那段拒绝的台词："你好，不知道介绍人有没有跟你说清楚，其实我们不太合适……"

莫名的情绪涌上心头，他喉咙哽咽，忽然无法再说下去。

也许相里梦再也回不来了……

也许，她已经死在那场爆炸里。

他一遍遍地尝试，根本是软弱可笑的自欺欺人。

"抱歉！"

他仓促起身，无暇顾及对面女人错愕的神情，匆匆走出餐厅。

不能再拒绝了。

他答应过会追她。

……

张觉整理好心情，重新走进餐厅，垂眸看着手机上的时间，六点二十七分。

这是第几次了？……记不清了。

他叫来服务员点菜，然后等着她出现，脑海中重新组织语言，担心自己拒绝成了习惯，一见她又要说出那堆毫无意义的话。

清脆的脚步声传来。他抬头看，相里梦提着她的小拎包正朝这边走过来，奶白的肤色，黑亮的杏眼，红润的嘴唇轻抿着，依旧是那副娇滴滴的模样。

他深呼吸，起身朝她伸出一只手："你好……"

相里梦站在他面前，嘴一撇，眼一红，突然哭着扑进他怀里："刚才吓死我了，呜呜呜！"

张觉怔住。

胸口湿热，暖融融的，不知道是她的眼泪，还是他回流的血液。

脑海中提前组织好的语句全被打碎，他低头看着怀里呜呜咽咽的女人，张了张嘴，却找不到自己的声音。

……是她吗？

"你刚才准备跟我说什么？"相里梦哭了一会儿，抬头看他，两只眼睛红红的，"你怎么了？说话啊。"

张觉："刚才……"

"刚才好危险！"她紧张地左右看了看，"这地方怎么会突然爆炸，太恐怖了。"

她说完话，不见张觉有回应，秀气的眉毛拧起，仰头问："喂，你到底怎么了？"

张觉瞧着她唇瓣张合，生动活泼，忍不住气血直冲脑门，捧着她的脸就吻下去，严严实实地堵住了她的嘴唇。

相里梦吃惊地瞪大眼睛，两秒后反应过来，双手用力推开他。

"你发什么神经？！"

简直难以想象，她居然被强吻了！

想到这里，她觉得光推开他不足以表达自己的气愤，立时扬手要扇他一巴掌。

可是在下手的那一瞬间，她想到自己和张觉也算是一起出生入死，心里那一点点犹豫和纠结，又让这个巴掌的速度和力度都低于及格线——

啪。

声音听上去不大干脆。

相里梦脸红。要不然，再打他一巴掌？……这好像有点不合适。

她难堪地咬了咬唇，对张觉说："不能怪我，谁叫你突然……突然那样……”

张觉笑了笑，单手搂住她的腰，另一只手扣住她后脑勺，更深地吻她，用唇厮磨，用舌纠缠，宣泄压抑已久的渴望，狼吞虎咽般汲取她肺腑间所有氧气，只为贪图窒息时激增的那阵阵欢愉。他欲罢不能地吻她。

相里梦惊呆了。

觉得自己半条命都要被他亲没了。

亲吻到最后，相里梦忘记了挣扎，只傻愣愣地等待结束。

可是张觉仿佛没完没了，反反复复纠缠，唇舌相交，越吻越深。她的腰也被他掐得死紧，那架势恨不得把她整个人嵌进他身体里。

相里梦脾气再好也受不了了，花了大力气踩他、踢他！可张觉跟块铁板一样不为所动，她越是使劲踹，反而自己越上火。

张觉终于松开她些，问：“哪里不舒服？”

相里梦简直无语至极，杏眼怒瞪：“这是舒不舒服的问题吗？你看看这是什么场合？！”

张觉扫了眼四周，不少客人都在看，还有人偷偷拿着手机拍摄，如果配上标题“情侣餐厅激吻”，估计也是个小新闻了。

相里梦掩面道：“丢脸死了！”

“怕什么，我们可以重新来一次。”张觉捏着她的下巴又亲几下，“反正已经无所谓了，不如再亲一会儿？”

相里梦没好气地白他一眼，转身狠狠地踩着高跟鞋走了。

张觉用指腹擦过嘴唇上的湿意，勾唇笑了笑，几步追上去搂住她的腰，一起走出餐厅。

时间再次循环。

3. 任务

服务生陆续上菜，流沙包、水晶饺、萝卜糕、珍珠糯米鸡、虾仁烧卖、白灼芥蓝、双拼肠粉热热闹闹地摆满了桌面。

相里梦一想到这家餐厅里藏着炸弹，根本没心情动筷子。

“你不准备去包间吗？”她问张觉。

张觉缓缓摇头：“去了也没用，只要那个所谓的杨先生走进餐厅，炸弹就会被引爆。”

“为什么啊？”相里梦心烦意乱，“他们跟杨先生有仇吗？那就杀杨先生一个好了，干吗炸掉整个餐厅，我们多无辜啊。”

“不一定有仇，给我的感觉，更像是在阻止双方见面。”

张觉把水晶饺推到她面前，用筷子轻轻敲了下笼屉里面，然后敲了下笼屉外面。

“杨先生在外面，小孩和他的父母在里面，双方约在餐厅见面。这一男一女虽然不清楚是什么来历，但是目的很明显，就是带走那个孩子。”

他夹起一个水晶饺，意味深长地说道：“如果想要小孩死，在包间里就能动手，所以他们的第一任务肯定不是杀人。但偏偏每次都下了杀手，说明……如果不能带走小孩，他们宁可杀了，也不给杨先生见到孩子的机会——”

水晶饺被筷子夹着送到相里梦嘴边，她毫不客气地一口吃下去。

张觉抽了张纸巾，一边给她擦嘴，一边慢慢说道：“让灰衣男带走孩子，是A方案，如果小孩逃脱，黑衣女人就会执行B方案。我原本以为，小孩每次在门口中枪，是因为黑衣女人不允许小孩逃走。现在想想，黑衣女人开枪的真正原因，恐怕不是怕小孩逃出去，而是因为她知道杨先生就在餐厅外。为了阻止杨先生见到孩子，所以她下狠手开枪。”

“那炸弹是怎么回事？”相里梦嘴里咀嚼着，含糊不清道，“是他们的C方案吗？”

张觉若有所思：“我在包间跟那个男人打了一架，他说的语言不知道是哪国的，我听不懂。但是当我说要带那一家三口从后门离开餐厅时，他的反应很激烈，好像在害怕什么。”

相里梦恍然大悟，赶紧咽下嘴里的食物：“我明白了，那个男人知道炸弹的存在，但是控制不了爆炸的时机，所以害怕你把孩子带走，因为一旦任务失败，他们就会被炸死！”

说到这里，相里梦脸色突然一变：“糟了……”

“怎么了？”张觉看着她。

相里梦着急地说：“控制不了爆炸的时间，说明炸弹很可能不是他们放的，而是第三个人在控制！如果连那一男一女都不知道炸弹的位置，我们怎么才能找出炸弹？”

“慌什么，炸弹又不是钻戒那样小小一枚，那么大的东西，总能找到的。”张觉的目光扫向四周，“包间私密性高，藏在里面的可能性不大。厨房后来被爆炸波及引发了二次爆炸，所以炸弹也不可能藏在厨房。除了这个大厅，不会有其他地方。”

相里梦撇了下嘴角：“你说得好容易，就算范围缩小到这个大厅，位置也很大好吧。”

“再大的地方，也迟早会被我们一寸一寸地找完。”张觉嘴角微翘，带着几分自嘲，“毕竟我们可以不停地重来。”

“说得也是……”相里梦叹气，望向周围，“希望尽快找到吧。”

就如张觉所说，炸弹不是钻戒，能引发那么大一场爆炸，炸弹本身的体量绝对不小，至少也有砖头那么大。

微小型炸弹张觉以前也见过，但那种炸弹通常是为了应对安检系统，故意设计得小巧以方便携带，而且微小型炸弹的爆炸威力有限，所以张觉认为是微小型炸弹的可能性不大。

再分析可能隐藏炸弹的位置，无非就是桌子下面、花盆里面，一些犄角旮旯，以及在场客人所携带的包包里。

人命关天，相里梦和张觉都没什么底线，一个直接蹲下来查看每张桌子，另一个连收拾剩菜餐盘的垃圾桶都不放过。

两人找了一遍又一遍，掐着时间不停循环，但是仍然没有收获。

又一次循环后，相里梦心烦意乱地走进餐厅：“真是奇怪了，怎么会找不到……”

张觉问她：“你当时在餐厅里，有看见可疑的人进出吗？”

“我没注意。”相里梦抱怨道，“我当时光顾着盯那个黑衣女人了，我怕她把枪掏出来，谁知道最后她没掏枪，餐厅却被炸了。”

“还记得爆炸在餐厅哪个方位发生的吗？”

“当时轰的一声，我都被炸蒙了，耳朵嗡嗡响，怎么分得清方位？反正不是黑衣女人这里，因为我就站她边上盯着她呢，她跟我一样被炸蒙了。”

“那样的话，你和黑衣女人当时所处的角落可以排除。”张觉想了想，环顾四周，视线慢慢上移，“现在除了那上面，其他能找的地方，我们已经全找了一遍。”

“上面？”相里梦眨了眨眼睛，也跟着他一起往上看。

上面只有天花板和餐厅安装的一排排顶灯。

“通风管道在上面。”张觉说道。

“这不可能吧？”相里梦皱起眉头，“通风口那么高，要踩桌子、踩椅子才能够得着。餐厅里人来人往，服务生又不是摆设，怎么可能让人随便往通风管道里塞东西？除非是餐厅内部人员干的。”

张觉也觉得可能性不大，慢慢摇了摇头。

“他们劫持小孩的地点，选在餐厅，说明他们不知道小孩的家庭住址，也不清楚小孩过来的路线，否则大可以直接在半道上堵人，这么考虑的话……应该是突然得知见面地点，然后在仓促间制订了劫持计划。既然时间短，炸弹也就不可能提前太长时间安放，更不可能提前应聘成餐厅的服务人员，以方便放炸弹。我认为炸弹的安放地点，很可能就在非常容易看见，但我们一直没注意到的地方。”

“非常容易看见，但我们一直没注意到的地方……”相里梦很迷茫，“会是哪里？难不成在某个女客人的裙子下面？”

张觉：“噗！”

“你还笑得出来？！”相里梦瞪大眼睛。

张觉笑着说：“这样吧，我们去洗手间找找。”

相里梦皱眉：“你刚才还说在非常容易看见的地方，放炸弹的人一心想要小孩和杨先生死，放在洗手间里的话，万一炸不着呢？”

“洗手间里也有通风口，而且可能和大厅的通风管道是相通的。”张觉解释道，“在外面众目睽睽之下，当然不方便安放炸弹，但如果是在洗手间里面，就有机会了。还可以利用遥控汽车拖动炸弹到理想的引爆位置。当然，这些只是猜测，只需要检查一下通风口的金属网罩有没有被拆卸过，就知道是不是了。”

相里梦叹了口气：“好吧，那你去男士洗手间，我去女士洗手间，我们分头行动。”

张觉点头，随后垂眸看了眼时间。

“三分钟时间，三分钟后如果没有找到，我们就重来一遍。”

“嗯，好。”

两人同时起身，一个去了女士洗手间，一个去了男士洗手间。

这家餐厅的装潢算得上高档，洗手间也干净、漂亮，张觉进去后，先简单查看了下盥洗池和装饰用的人造绿植，然后找到通风口，仔细看了看。

表面没什么痕迹，不像被人强行撬开过，但里面就不一定了。

张觉想看看内部的通风管道里的灰尘上有没有擦痕，不过要打开通风网罩有点麻烦，需要螺丝刀，再不济也得来把餐刀餐叉之类的工具。他没法徒手拆卸。

他从洗手间出来，环顾四下，琢磨着先弄个工具去试试撬开网罩。

目光扫过角落里那一男一女时，他发现灰衬衣男正要起身，似乎是要往包间去了。

三分钟时间差不多该到了，找不到炸弹，他和相里梦就得再重来一次，总不能眼睁睁地看着灰衣男带走那个孩子，又或者让他们在门口跟杨先生碰个正着，接着引爆炸弹……

张觉想到这里，忽然觉得有些不对劲。

他皱了皱眉，再次看向那名灰衣男子。灰衣男和黑衣女的座位在餐厅角落里，距离包间有些远，中间隔着洗手间，再加上过道不宽，时不时有服务生端着菜经过。如果不紧不慢地走到包间，至少要花半分钟时间。

那二人所在的位置不仅仅离包间远，离餐厅大门也有些远。

如果爆炸发生时，相里梦位于黑衣女座位附近，她是怎么逃出去的？

在当时那种突发情况下，即使是反应机敏、速度过人的短跑运动员，也未必能及时逃出生天，可如果没有离开餐厅，她后来是怎么进入循环的？

难道……她死过？

死亡也是循环的条件之一吗？

张觉微怔，回想自己那次循环的经过，他为了躲避爆炸而扑向门外，所以他一直以为，自己之所以进入循环，是因为他离开了餐厅这个既定时空。那么同理，相里梦处在循环中，也是因为离开了餐厅。

但有没有一种可能……爆炸发生时，她没来得及跑出餐厅大门？

"不行……通风口的网罩盖得太严实了，我看不出来有没有被人打开过。"相里梦噘着嘴从洗手间出来，满脸的不乐意，"张觉，现在怎么办啊……"

他回过神，牵起她的手道："再来一趟吧。"

相里梦叹气："唉，也只好这样了。"

两人手牵手往餐厅外走，跨出门口时，张觉不知怎么，突然问相里梦："相亲的地点，为什么选这家餐厅？"

相里梦愣了下："因为这里的菜我爱吃呀。"

再次循环——

六点二十七分。

张觉站在餐厅门口，心底疑云丛生，不知道自己为什么会怀疑相里梦，这件事根本没有道理。

然而这念头似一层薄薄的灰尘蒙在心头，无足轻重，却又让人忍不住去介意……

相亲的地点和时间，都是她定下的。

思绪被搅乱，一时间无法沉下心去好好思考，他看向餐厅大门，直到六点三十分，她再次出现。

“张觉，现在怎么办呀？要不然，我去找服务生要几样工具把通风口撬开？可要是服务生不给我怎么办？”

相里梦坐在他对面的座位上，圆圆的脸上神情苦恼，她的眼睛是清澈的，睫毛是浓密的，饱满的唇瓣总是像高傲的公主一样微微噘着，指甲也修饰得干净、莹润，浑身上下无一不昭示着她的娇贵与精致。

这样被娇养出来的姑娘，怎么可能与肮脏的犯罪有牵扯？

或者再大胆一点猜测……她是真正的相里梦吗？毕竟那照片被美颜过、修饰过，与真人的样貌有些出入。

张觉想得有些出神，相里梦蹙眉看他：“你怎么不说话呀？现在到底怎么办嘛！”

他抬眼看她，眸光晦暗。

相里梦有些莫名其妙：“你怎么了？干吗这样看着我？”

张觉心想，她的情绪总是很纯粹，不像伪装，自己为什么会怀疑她？越来越荒唐了……

“如果餐厅里找不到，还有另外一种思路……”沉默片刻后，张觉开口说道，“我们找不出炸弹的位置，可能是因为此时此刻，炸弹不在这里。”

“什么？”相里梦感到头疼，“你都快把我弄糊涂了，说在通风管道里的人是你，现在说不在这里的人也是你。”

张觉解释：“拆卸通风口网罩需要工具和时间，如果外部没有强拆的痕迹，那么炸弹在通风管道里的可能性不大。我们可以观察一下后面进来的客人，尤其是那个男人进包间之后，餐厅里来了哪些客人，手里是否携带物品……”

他说着，慢慢停下，想到一处地方，抬眸看向相里梦，她的眼睛也微微睁大了些，似乎与他想到了一处——

“去包间的时候……”

两人几乎异口同声。

相里梦暗暗吸气，压低声音对张觉说：“肯定是那个时候！当时你盯着那个男人，我盯着黑衣女人，如果有人把什么东西带进餐厅，我们完全不会察觉。”

张觉深深看她一眼，薄唇微翘：“好，那我们等等看吧。”

“嗯！”相里梦激动地攥起小拳头。

相里梦不再关注那一男一女，开始专心致志地盯着餐厅大门瞧。她的座位背朝大门，为了方便观察，特意过去和张觉挤在一边坐。

张觉有些心不在焉，将她的一只手拉过来，放在自己手掌心里捏着玩，心思不知飘去了哪里。

时间就这么慢慢流逝。

他们每次循环都会争分夺秒，这次却格外悠闲。

现在正是饭点，餐厅生意最好的时候，时不时有客人进出。每进来一个人，相里梦就立即像台自动扫描仪似的将对方从头到脚观察一遍。

一辆电动车在餐厅门前停下，穿着工作装的快递员走进餐厅，手里捧着一个大约有 A4 纸大小的纸箱。

相里梦一看见那个纸箱，就攥紧了张觉的手：“你看！……那个箱子，是不是刚好能装下？”

张觉也看见了，他收起漫不经心的模样，眯起眼睛，默然观察。

那名快递员戴着一顶灰扑扑的鸭舌帽，帽檐压得很低，低头走进餐厅，没有跟任何人交流，直接把箱子放在了收银台上，然后离开餐厅。他的动作十分干脆利落，整个过程估计只有十几秒。

张觉又看向收银台。

服务生正在给一位客人结账，结完账后，服务生看了眼箱子上的快递单，皱皱眉头，随意地把箱子搁在了桌子下面。

难怪他和相里梦之前一直找不到。

他们最先找的地方就是收银台，正是因为找过一遍，所以后来没再去找过。谁会想到在这短短十几秒钟，有人送了一个箱子进来。

张觉立即起身，大步来到收银台前，在服务生惊愕的目光中出示自己的证件，然后强行拆了纸箱——要是弄错了，大不了重来。

纸箱打开，露出一层层当作垫材的旧报纸，轻轻揭开那些报纸，张觉不禁屏住了呼吸。

是炸弹。

服务生的脸色瞬间白了。

相里梦着急地问："现在怎么办？随时可能爆炸，叫拆弹人员过来还来得及吗？"

张觉一言不发地站起来，拉起她的胳膊就往外走。

又是循环。

六点二十七分。

他一边走进餐厅一边拨打电话："有嫌疑人携带N8型号炸弹意图危害公共安全。对方伪装成快递人员，穿蓝色条纹上衣，戴鸭舌帽，骑电动车，预计六点五十分左右经过宜蓝路十字路口。请尽快部署人员进行安全拦截。"

他说这番话时没有刻意压低声音，前面领路的服务员忍不住回头看他，目光惊疑。

张觉结束通话，收起手机，经过座位时脚步没有一丝停顿，而是直接走向角落里那一男一女——

相里梦到餐厅时，里面正热闹。张觉先发制人夺了女人的包，一拳将对方击晕，接着把男人压在地上狠打。四周一片狼藉，桌椅翻倒，餐具碎得稀烂。

围观人群有的报警，有的拍视频，有的交头接耳，但没有一个人敢上前阻拦。

因为张觉打得太凶了。

相里梦站在人群中怔怔地看他，耳边听见议论声：

"这肯定是个老实人。"

"是啊，如果不是被逼到绝路，怎么会打成这个样子。"

"那女的应该出轨了吧，啧，情夫快被打死了。"

相里梦："……"

她知道现在事态紧急，但是没忍住，她扑哧笑出了声。

黑衣女人悠悠转醒，眼看附近全是人，便知道计划有变，挣扎着起身想要逃走。

张觉正跟灰衣男扭打在一起，顾不上阻拦。

相里梦左右看看，没有称手的武器，索性拖过来一把椅子。等黑衣女人从她身旁走过时，飞快地举起椅子，照准对方的后脑勺砸下去。

众人哗然。

刚才怀疑张觉是捉奸的那个人说："这个剧情我看不懂了。"

后来，四人全被带去了警察局。

没有人被劫持，没有爆炸事件发生，所有危机在无形中化解、消失，只是录口供的警察颇感费解，质问张觉为什么打人。

张觉说："看他们不顺眼。"

这个理由太难让人信服了。

警察又看了眼他的证件，疑惑地问："是不是来执行什么特殊任务啊？"

"不是。"张觉淡淡道，"我是来相亲的。"

警察很无语："就你这表现，相亲对象能看得上？"

另一位警察走进录口供的房间，附耳低声道："在包里发现了一把枪……"

问话的警察再看张觉时眼神不一样了。

审讯重点转移到那一男一女身上，警察没有过多为难张觉和相里梦，录口供到晚上十点就把人放了。

两人走在喧嚣的街头，回想这一连串发生的事，你看着我，我看着你，不约而同地相视一笑。

"今天真惊险。"相里梦笑着说。

张觉也笑了下："嗯，是啊。"

相里梦挽着他的胳膊，一边走，一边感叹："不管怎么样，总算把那个孩子救下来了，只可惜没人知道我们俩是英雄。"

"还是有人知道的。"张觉说，"我举报了罪犯携带炸弹危害公共安全，估计月底会给我发奖金，也有可能发面锦旗。”

“发奖金要请我吃饭！”相里梦立即道。

张觉低头看她一眼，笑道：“现在就能请你吃饭。”

他停下脚步，望了望马路两边的商铺：“想吃什么？”

相里梦摸摸肚子，其实有点饿。今天在餐厅循环了那么多次，没有一次能安心吃饭，可是……

“今天太晚了，我该回去了。”她遗憾地说道。

张觉说：“我送你回去。”

“不用了，有人接我。”她左顾右盼，目光有些闪躲。

张觉淡笑着问：“谁来接你？那位杨先生？”

相里梦听了眉头蹙起，疑惑地看着他：“你这话是什么意思？”

“你不知道是什么意思吗？”他轻轻捏了捏她的脸，“演得还挺像，你们那个部门的人都经过表演培训吗？”

相里梦：“……”

张觉说：“从见面一开始你就故意误导我，让我以为只要走出餐厅大门就会进入时间循环，后来发生爆炸，我从餐厅后门出去，也进入了循环。于是我就以为，不是门的问题，而是餐厅这个时空有问题，只要离开这个特定的时空，就会进入循环。结果后来你猜怎么着？”

他微微俯身，离相里梦极近。

“后来我发现……爆炸发生时，你距离餐厅大门很远，根本来不及逃出去。那么你是怎么活下来的？没有离开特定时空的你，又是怎么进入循环的？”

相里梦蒙蒙地看着他，眼神单纯且无辜。

张觉笑了笑，心想难怪自己从一开始就信了她，看上去这么干净的一只“小白兔”，谁会防备她呢？

“是你干的吧，你可以控制时间循环。”他用的疑问句，却是陈述的平静语气。

相里梦眨了下眼睛，无辜的眼神半点没变，嘴里说出的话却与神态丝毫不符：“你好厉害啊，居然被你猜出来了，是我干的。”

她大方承认了。

张觉笑了，自嘲道："我来相亲之前，上级领导暗示过我，说这是新任务，我以为他在开玩笑，没想到是真的。"

"相亲也不是假的呀。"相里梦拉住他的手，神情真挚，"虽然我们俩确实有点不合适，你是优秀的特警，而我的情况比较特殊，经常和犯罪分子打交道，不能回家……"

张觉挑了下眉："你非得嘲讽我？"

相里梦："嘿嘿嘿……"

张觉低头亲她。

"漱口。"相里梦赶紧提醒。

他撇了下嘴角："麻烦，以后戒烟总行了吧。"

说完话，他强横地将她搂进怀里，低头封住她的唇。唇齿间的厮磨很快趋于默契，温度节节攀升，一时分不清谁比谁更主动，她柔软的舌尖扫过他的上颚，张觉只觉得后脑也是酥麻的，忍不住将她搂得更紧。

一吻结束，相里梦恋恋不舍地依偎在他怀里，叹气道："拿到奖金别忘了请我吃饭。"

张觉失笑，正想揶揄她只记着吃，这时，余光瞥见一辆黑色汽车缓缓驶来，停在路边。

他微微皱眉。

相里梦踮起脚尖，凑近他耳边悄声说了一个地址，而后退后几步，笑盈盈道："记得来看我。"

从车里出来一个身穿制服的人，对方拉开车门，相里梦弯腰坐进去。

随后车门关上，车窗玻璃一片漆黑，只映出张觉脸色微沉的面庞。

穿制服的人在他面前站定，礼貌地说道："你好，我们是隶属国防安全部的超自然研究所，感谢你在此次联合行动中的配合。人质目前已经被成功营救，相关表彰文件会在明天早晨传达下去。这次任务的保密性是最高级别，请不要对外泄露任何人或任何事。"

张觉看着那辆黑车，语气淡然地问："为什么选我？"

对方微愣，似乎没想到张觉会问这个："人选是相里小姐决定的。"

张觉回过味来，居然是真的相亲……

再次见到相里梦，是一周以后的事。

虽然张觉在第二天就去了相里梦所说的地址，但是没能见到本人。接待他的工作人员让他填了一张表格，然后让他准备相应的文件材料，除了身份证、户口本、工作证等等，还要出示三天内的体检报告。

张觉真没想到，想见相里梦，还要先去体检。

所有文件准备齐全后，他被工作人员领进去接受安全检查，类似在机场登机时那样被人拿着仪器扫描，还要在摄像头面前记录面部特征，身上所有尖锐物品也必须取下。

大约知道他是第一次来，那名工作人员解释道："每位超自然能力者都是国家的珍宝，所以防护措施也都是国宝级的。在国外也有研究超自然能力人群的机构，这些机构无时无刻不在企图谋夺我们的超能力者，谋夺不了就会进行残害，已经制造出数起恶性事件。我们必须万分警惕。"

安全检查通过后，工作人员把张觉送到一个封闭的白色房间里。

房间类似接待室，有沙发、茶几，简单的茶水和水果。

张觉在这里遇见了那个小男孩的父亲。

对方有些局促地和张觉寒暄："你也是来探亲的吗？"

张觉点了下头："嗯，我过来看女朋友。"

"噢，我是来看我儿子的。"男人笑着说道，"上周送过来的，一周没见了，也不知道他在这里住不住得惯。"

张觉宽慰他："这里看着生活条件不错。"

男人说："条件再好，哪能有家里好？可是没办法啊，非要我们把儿子送进来，说是为了保障安全，唉。"

张觉没说话。

男人却仿佛打开了话匣子，开始滔滔不绝："我儿子从小就聪明，这两年就跟开了天眼一样，总能未卜先知。家里的老人说这不是好事，会折寿，吓得我和孩子他妈到处找大师，想把孩子的‘天眼’给关上。后来有人介绍了一位杨先生，让我们带孩子去找他，说只有杨先生能治，结果就被带到这儿来了……做了各种检查，说我儿子是什么，什么超自然能力者，必须重点保护……”

男人扭头问张觉：“你女朋友是什么超能力？”

张觉沉默片刻，回答：“是时间控制。”

男人神情迷茫，一时也想不出这个时间控制具体是个什么能力，嘴上应和道：“噢，时间控制……一定很厉害吧。”

张觉看他一眼：“嗯，很厉害。”

要是不厉害，也不可能把你儿子救出来。

门外传来嗒嗒嗒的脚步声，小孩子跑得很快，没一会儿，那脚步声就到了门口，推门喊道：“爸爸！”

“哎！”小男孩的父亲赶紧起身，一把将儿子抱起来。

“这几天住得怎么样？爸爸给你带了零食，可惜安检不让过，唉！”

“我每天摄入的营养都有记录，零食不能乱吃的，只能吃营养师配给的零食。”

“这样啊，还挺严格……”

“爸爸，我带你去我的房间！我的房间特别好看，有好多飞机模型！”

父子俩离开接待室，没过一会儿，外头又响起了高跟鞋的声音，张觉估摸着这个应该就是相里梦了，走到门口一瞧，果然是她。

她烫了头发，身上穿一条花裙子，脚上是一双白色坡跟凉鞋，雪白的足踝上戴着银制脚链，煞是好看。

张觉走过去牵起她的手，将她从头到脚打量一番，莞尔一笑：“想见你一面还挺不容易。”

相里梦凑上来亲了他一下，笑着问：“有没有给我带礼物？”

“给你带了条项链，被安检扣了。”

“啊？为什么呀？”

“谁知道呢，也许怕我用项链勒死你吧。”张觉语气淡淡地开着玩笑，“毕竟，你是国宝嘛。”

相里梦抿唇一笑："你别生气，我回头找我老大说说，把项链拿回来。"

张觉问："你老大是谁啊？"

"研究我们的人呗。"她耸耸肩。

张觉听着觉得滑稽，无奈地笑了笑，问她："看管得这么严，你平时能出去吗？"

"我请了年假，可以外出约会哦。"相里梦得意地仰起脸，"如果结婚的话，我还可以请婚假和生育假。"

张觉哼了一声："难怪着急相亲。"

"我那是着急吗？"她纠正他，"我是为组织效力，顺便解决一下个人问题。"

张觉笑笑，揽住她的肩膀往外走。

相里梦问："我们去哪儿呀？"

"发奖金了，请你吃饭。"

"好呀，我想吃螃蟹，大个儿螃蟹……"

两人说说笑笑，十指相扣，已然成为一对真情侣。

4. 番外

相里梦和张觉属于闪婚，相亲后大约过了一个月，结婚手续就办好了。

没办法，两个人都是大忙人，如果不趁着有空的时候赶紧把手续办了，还不知要等到哪年哪月才能结上婚。

婚后依旧忙碌，两人总有忙不完的工作。大约因为小别胜新婚，每次相聚时他们也就格外黏糊。

跨年夜这天，张觉推掉了所有工作和应酬。他知道相里梦喜欢浪漫，所以早早回家，还准备了玫瑰花和蛋糕。

倒不是他这人心细，而是相里梦经常念叨这些玩意儿，念叨得他耳朵快生茧子了，想记不住都难。

回家后接到相里梦的电话，她说今晚有特殊行动，不能陪他过跨年夜了，亲亲老公对不起。

张觉让她安心工作，挂断电话后却冷笑了声，觉得这女人十有八九在骗他，先假模假样地说回不了家，然后跟他玩突袭。

毕竟有过经验，张觉已经习惯了。

回家后开灯、开暖气、开加湿器、开电视机，随意挑了个合家欢的喜剧电影，任里面的角色笑笑闹闹，自己去了浴室洗澡。

浴室里面热气蒸腾，纾解了他一天的疲劳，洗完澡后他披上睡袍出来，又精神奕奕。

他给自己倒了一杯水，走到沙发前坐下，看电影。

现在这些喜剧片似乎来来回回都是那些套路，看着似曾相识，没什么意思。

眼前忽地一黑——有人从身后蒙住他的眼睛，声音带着恶作剧得逞般的雀跃："Surprise！猜猜我是谁？"

毫无悬念。

但张觉还得配合她，握住她的手拉下来，扭头问："不是说不回来吗？"

"说回来的话就没有惊喜了。"她笑着回道，递过来一个礼盒，"礼物！"

张觉接过礼物盒，拆开看，是一部手机。

"这是加密过的，你用这部手机，以后就能天天联系我了。"相里梦绕到沙发前面，挤在他身边坐下，得意扬扬地说，"跟我的手机是情侣款。"

"嗯，谢谢老婆。"张觉亲她一下。

起初只是浅吻，亲了几下之后逐渐加深，慢慢地，气氛变得有些不同，他便更加专心致志地吻她。

按理说小别胜新婚，应当格外缠绵，但是一番温存结束，竟连十分钟都不到。

张觉难以置信。

躺在他身边的相里梦似乎很满足，微闭着眼睛，脸颊红彤彤的，胸膛浅浅起伏。

一时间，张觉的心中萌生了一个猜想……

比起承认自己时间短，他觉得自己的猜测可能性更大。

他压着相里梦，在她耳边咬牙切齿："宝贝，跨年夜你玩我？嗯？"

相里梦倏地睁开眼睛，惶惶地看向他："老公，你在说什么呀，人家听不懂……"

张觉："呵。"

都开始演上了，他果然没猜错。

"几次？"张觉冷冷地问，"宝贝，跨年夜，我不想听谎话。"

相里梦目光闪躲，抿了抿唇，小声回答："两次……"

张觉："再给你一次机会，几次？"

相里梦咬唇，内心似乎很挣扎："嗯，三、三次……"

张觉暗自心惊，不禁吸气，可是依然不敢松口，继续问："确定三次？"

相里梦开始撒娇："真的只有三次，老公你别生气，人家太喜欢你了才会这样嘛。"

张觉沉默片刻，说道："你们部门为了防止超自然能力者滥用能力，会监控能力的使用情况，我可以去申请查看你的使用记录……"

话没说完，相里梦哇的一声抱住他的腰："五次、五次！老公你别去查我的记录，呜呜呜！……"

张觉："……"

五次，算上这次，就是六次。

真够狠的！

相里梦假哭干号一阵，见张觉没反应，抬头偷偷瞄他。

张觉脸上没什么表情。

"老公……"她软糯糯地叫他一声。

"嗯。"张觉应道。

她小心翼翼地观察他的表情："你不生我的气了吧？"

张觉说："不生气，这有什么可生气的。"

随后他起身离开沙发，从抽屉里拿了个小玩具，回到相里梦面前。

相里梦看着他手里的东西，隐隐觉得不妙，身体往后缩：“老公，你不是说，不生气了吗……”

“嗯，不生气。”他嘴角勾起一抹笑，声音格外温柔，“老公只是太喜欢你了，所以想陪你开心一下。”

陪你开心一整晚呀。

第五朵花：紫藤

紫藤是豆科紫藤属植物，落叶藤本。枝粗叶茂，生长较快，寿命较长，缠绕能力强，能够绞杀其他植物。

紫藤花的花语是：沉迷的爱、执着的等待。

1. 南域

夜色清幽，晚风吹来，带着早春的寒意。

西院小佛堂里，谈莺时跪在慈眉善目的玉雕佛像前，双手轻轻揉按酸麻的膝盖，时不时侧过头，蹙眉望向窗外。

月光冷冷淡淡地照进来，将窗棂的影子映在她身上。繁复的窗格子花纹犹如一张铺天盖地的大网，将她整个人网住了。

她呼吸微滞，缓缓低下头，觉得自己就如那网中鱼，潜在水中尚且不得自在，若是被网子捞出水面，只怕更生不如死……

门外传来细碎的脚步声，随后小佛堂的门打开。侍女绿荷小心翼翼地走进来，手里拎着食盒，摆在地上，打开盖儿。

食物香气扑鼻而来，谈莺时却毫无食欲。

大约是瞧出她脸上的厌烦，侍女绿荷轻声劝道："还不知道要在这里关多久，小姐多少用一些吧。夫人特意叫厨房炖了汤，怕您身子受不住。"

谈莺时嘴角上扬，语气带着几分冷嘲："不过是赠了些许银两给落魄的秀才，看把我的父亲大人吓的，唯恐我玷污了谈家门楣。若不是我娘拦着，我大概不只要跪在这里思过，还要被赶去庙里当姑子吧。"

绿荷立即道："小姐说的什么话，您是威远侯夫人，又是太后的义女，是陛下钦赐的长乐郡主，身份尊贵。谁敢让你去庙里当姑子？"

谈莺时不置可否地笑了笑，笑里透着冷意。

绿荷小声嗫嚅："依奴婢看，都是大公主的错。她府里总养一些乱七八糟的男人，您和大公主交好，老爷难免有些杯弓蛇影，所以一听说您对那位秀才青睐有加，便疑心您想要效仿大公主那样……那样……"

"哪样？"谈莺时淡淡地瞟她一眼，"即便那样，不可以吗？"

绿荷睁大了眼睛，一脸愕然："可……小姐您、您是威远侯夫人，怎么能……"

谈莺时垂下眼帘，神情恹恹的："是啊，我是威远侯夫人，所以更加要守规矩……”

绿荷欲言又止，抿了抿唇，低声道：“听前院的人说，老爷已经给侯爷去了信，要侯爷派人来接您。”

谈莺时轻轻一笑：“信上用的什么理由呢？该不会是威胁他，说再不来接我，我就要给他戴绿帽子吧？”

“小姐……”绿荷不知该怎么说，只能苦闷地叹气。

谈莺时回忆那人的长相，神色淡漠：“算算时间，我们也有三年没见了……”

……

三年前，谈莺时十六岁，正是花容月貌的好年华，而这一年，将军阎彻大胜归来，皇帝当着满朝文武的面，说英雄当以美人相配，下旨赐婚阎彻与谈莺时。两人的婚事一时之间被传为一段佳话。

不过是笼络朝臣的手段罢了。

谈莺时只是没想到，这种手段会落在自己头上——像物件一样被送给一个男人。

那位战无不胜的威远侯，是个大字不识的莽汉蛮夫，因守住了南域天水河，立下战功赫赫，使得龙心大悦才得以封侯晋爵。

谈莺时承认那个男人确实了不起，但她若有选择的自由，绝不会选他做夫婿。

她喜诗词，擅丹青，平时爱与好友品茶赏花，过得自是惬意，要嫁也该嫁饱读诗书的才子，而非一个只懂舞刀弄枪的蛮夫。她的所有意趣在他眼中无异于对牛弹琴。

和那样的人相处，不可怕，可要是和那人相处一辈子，谈莺时觉得太可怕了……

旁人只当她想要效仿大公主，其实不然，她并不羡慕大公主后院藏有诸多美男，她羡慕的是，大公主可以选。

而她，不可以选。

成亲第一晚，他的粗暴无礼就伤着了她。第二天传来紧急军情，他匆匆赶赴南域，月余之后战事平定，他再派人来接她，她不愿走。

一边是繁华安定的盛京，另一边是战事频起的边境，别说她不愿意走，就连她的父母以及太后，也都舍不得她走。

谈莺时自小被千娇万宠着长大，因身上有块胎记与太后早夭的女儿身上的胎记一模一样，被太后认作义女，算是当作半个公主养大。后来又有皇帝赐封郡主，身份越发尊荣。

像她这样的娇娇女，半点苦头没吃过，若去了南域不知会遭什么罪。听说那地方民风彪悍，遍地蛇虫鼠蚁，就连河里的水也带着毒，喝了轻则口舌生疮，重则一命呜呼。

传闻固然有夸张嫌疑，但盛京城显然更适合她。于是谈莺时顶着威远侯夫人的身份，继续住在谈府，与那未嫁女子没什么分别。

阎彻倒也知趣，见谈莺时不愿去南域，便只在逢年过节时派人送来一些南域土仪，其他时候如同隐形。

夫妻分离不是长久之计，谈莺时每长一岁，谈大人送女儿去南域的念头就强烈一分，又担心女儿会在蛮荒之地受苦，以至于犹豫不决。如今见谈莺时险些做出有辱门楣的错事，谈大人心知女儿再留下去，恐怕要留出祸事，便硬着心肠将她关了禁闭，而后给阎彻去了一封急信，请他尽快派人来接谈莺时。

一个月后，阎彻亲自来了。

骑着黑鬃马，领着三千轻骑兵，气势凛然地进入盛京城，马蹄声若擂鼓，惊得道路两侧百姓纷纷张望，男人寒眸扫过，路边小儿吓得大声啼哭。

送行的马车已经备好，谈莺时走出家门，得以再见天日——于她而言，无非是从一座牢笼换进另一座牢笼。

临出发时，太后派人送来诸多赏赐。

谈莺时心里清楚，这些赏赐，是太后在借机敲打阎彻。此次南下对她而言无异于流放，太后担心阎彻会怠慢她，所以送来大堆赏赐，好明明白白地告诉阎彻，她谈莺时无论做错了什么，都是身份尊贵的长乐郡主。

不过阎彻未必能领会太后的深意，毕竟他是个野蛮人，不懂这些旁敲侧击。说好听点是憨，说难听点就是蠢。否则皇帝也不会如此放心地把整个南域交给他，还封他当侯爷。

上车前，她侧过头，轻飘飘地望了眼马上的男人。三年不见，依旧陌生得很，当初洞房花烛夜只匆匆一瞥，之后她全程闭着眼睛，觉得身上覆着一头野兽，狰狞残暴，不能直视。

似察觉到她的打量，阎彻看了过来。

他面容冷峻而阴沉，眉骨略高，显得双眸深邃，黑沉沉的眼瞳看不出情绪。又因骑在马上，居高临下，即使一言不发也充满压迫感。

他知道了吗？

心里会作何想？

自己不闻不问的妻子，一心扑在盛京城的俏郎君身上，他是不是已经气疯了？

谈莺时心中忽然涌起一种报复般的快感。尽管婚事是皇上赐的，报复阎彻毫无意义，可她总是不甘心——自己为何要嫁给这么一个人！

她垂下眼帘，压下所有愤懑，弯腰坐进马车。

车外传来母亲的哭泣声，埋怨父亲连一个丫鬟也不让带，父亲责怪道："你当那几个丫鬟是什么好的？她们欺上瞒下也该罚！"

过了一会儿，他声音略微低了些："到了南域再买几个丫鬟伺候也是一样。"

谈莺时不想听这些，坐在车中闭目养神。

随后车轱辘动了动，车身轻微晃荡，载着她缓缓前行。

她闭着眼睛想：能不能有一次，哪怕只一次，让命运的牵引线握在她自己手中。

……

谈莺时此前出门最远的一次，是陪太后一起去虞丽山避暑。

山里修建了避暑庄园，比起皇宫也不差什么，衣食住行自有人伺候。住得闷了，还能招来舞姬乐伶表演节目。

那次出行，一路上的行程不紧不慢，累了、乏了、饿了都会停下来休息，不像这次南下，马车从离开谈府就一直没停过。

谈莺时心里也憋着一口气，不愿主动搭理那个男人，她不信队伍永远不休息。于是哪怕被马车颠得直犯恶心，她也始终咬牙忍耐着。

日落时，队伍终于抵达驿站，随行的小兵撩开马车门帘子，请谈莺时下马车。

“侯爷担心不能在日落前赶到驿站，所以一路未歇，夫人辛苦了，下车洗漱歇息吧。”

这小兵皮肤微黑，眼睛长得大，黑白分明，显得很机灵，只是不怎么懂规矩，直直地盯着她看，一点也不避讳。

谈莺时蹙眉瞥他一眼，问：“你看我做什么？”

小兵愣了愣，露齿一笑：“夫人长得好看，像仙女似的。我从没见过像夫人这样好看的人。”

谈莺时微怔，随后讥讽道：“你胆子不小。”

小兵脸上的笑容更大：“谢谢夫人夸奖！”

谈莺时一时无言，只觉得阎彻手底下的人跟他一个德行——都憨得可以。

若是在盛京，哪个家丁或侍卫敢这样直勾勾地盯着她看，早被拖下去杖刑伺候了。

不过，她已经不在盛京了……

多想无益，谈莺时收敛心绪，提裙走进驿站。

里头的人已经被清空，小兵领她去房间里休息，又手脚麻利地端茶倒水，送来晚饭。

晚饭一瞧就是驿站里的厨子做的，简单的三荤两素，且每道菜的分量都很小，像是从大盘菜里单独夹出来一小碟，连那咸酱菜也算作一碟充数。

谈莺时知道一旦离京，食宿大约会不尽如人意。但是看见这样的饭菜，还是忍不住轻笑出声，感叹世事无常——她堂堂长乐郡主，自小锦衣玉食，这样粗糙的饭菜，别说是吃，就连见也未曾见过。

送菜的小兵站在桌边啧啧称奇：“这里的菜式瞧着有红有绿真好看，这小小的是肉丁吗？竟切得这么碎，我还是更喜欢我们善川的菜，熏肉才香哩！”

谈莺时淡淡地瞟他一眼：“食不言，寝不语。”

对着主人家的饭菜碎碎念，真是半点规矩也不懂。

小兵抬头看她，眨了眨眼，傻憨憨地笑：“夫人说的是什么意思？”

谈莺时：“……”

算了，连话都听不懂，她又何必开口，自寻烦恼罢了。

她坐下用饭，菜肴虽粗糙了些，但味道尚能入口。勉强用过一些后，她放下碗筷，对小兵说：“端漱口茶来。”

小兵愣愣地看着她，不解地问：“夫人，漱口茶是什么？”

谈莺时不禁扶额，轻轻叹了口气道：“罢了，你端杯茶水给我就行，要温的。”

“好嘞。”

小兵端来茶水，然后勤快地收拾桌上碗筷，一边忙活一边问：“夫人，饭菜还有这么多，您真的不吃了吗？晚上饿了该怎么办？明天还要赶一天路，要不一会儿让厨房给您蒸几个包子吧！”

谈莺时蹙眉，嫌他话多。

不过……包子？

她愣怔片刻，喃喃道：“红豆包……”

“红豆包？”小兵歪头问，“夫人，您想吃红豆包？”

“……没有，只是突然想到了。”谈莺时对路边驿站的厨子不抱希望，语气淡漠道，“随意做些干粮即可。”

小兵连连点头：“我去厨房瞧瞧，不知道能不能找到红豆。”

说完，他端起剩菜和碗筷快步走了出去。

刚出门就遇见上楼来的阎彻，小兵立即挺直了背喊：“见过侯爷！”

阎彻站在驿站二楼的过道中间，高大的身形在这逼仄的空间里显出几分局促。他看向小兵身后的房门，问：“夫人歇息了吗？”

小兵积极地回答：“夫人刚用过晚饭，吃得不多，属下正要去厨房找找有没有红豆，再叫厨子给夫人做几个红豆包。侯爷要歇息了吗？属下再去拿一床被褥。”

声音清脆明朗，不遮不掩，即使隔着一扇门板，屋里的谈莺时也全听见了。

阎彻看着那扇紧闭的门，沉默一会儿，道："不用，这里床铺窄小，我睡另外一间。你只需用心服侍好夫人。"

小兵高高兴兴地应了一声"是"。

屋里的谈莺时松了口气。

……其实，得知自己要去往南域时，她心里有些较劲的想法：盛京也好，南域也罢，无论去哪里她都不会守规矩。她想爱谁就爱谁，她的心是自由的，绝不会因为一场婚事、一道圣旨就被束缚，阎彻能将她如何？难不成杀了她？她不怕他。

她不怕他……

可刚才听到他可能进屋休息，心还是悬了起来，手指绷紧，眼睛死死地盯着那扇门，唯恐他真的进来。

一想到要跟那个男人同床共枕，她紧张得连头皮也发麻，三年前的记忆再次浮现脑海。陌生的气息，灼热的温度，摇晃的婚床……差点以为自己会死掉……

尽管太医说只需后续调养得当，并无大碍。可是那种恐惧已然刻进心里，任凭周围的人怎么劝，她也不愿再跟阎彻亲近。

之后边境传来急讯，阎彻如她所愿走了，一走就是三年。起初还有书信传来，后来大约见她一封回信也无，便连书信也没了。

……

晚饭后不久，谈莺时要沐浴休息。

小兵个子小小，力气却很大，一个人就把浴桶从马车里抬到楼上来。

"夫人，这是什么木头做的呀？闻着好香。"小兵抬着胳膊嗅了嗅，"我身上好像也沾了香气，真好闻。"

谈莺时笑笑，并不说话。

这种木料确实带有香气，不过气味清幽浅淡。之所以被他闻到香味，是因为她常年泡一种花浴，花香经年累月沁入木头，浴桶也就渐渐有了花的香气。

她往桶里舀了些水，轻拨水面，觉得水温合适了，直起身道："出去守着吧。"

小兵时刻牢记侯爷的吩咐，笑着道："我服侍夫人沐浴！"

谈莺时一愣，立即冷面呵斥："大胆！"

小兵愕然，乌黑的眼睛里流露惊惶之色，似乎不明白自己怎么触怒了夫人。

谈莺时见他反应呆傻，心里也犯起嘀咕——哪怕是再不懂规矩，他也不该连男女避讳也不懂。这小兵竟想要服侍她更衣沐浴，实在是荒唐。

若是阎彻故意折辱她，也该派个身强力壮的汉子，而不是这样小小瘦瘦的少年郎……等一下，也许未必是少年郎？

她的目光慢慢下移，落在对方的颈部，没发现喉结。

十三四岁的少年，喉结不明显也正常。

谈莺时无从判断，狐疑地问："你是……女子？"

"是、是啊……"小兵果然点了点头，迷茫地看着谈莺时，"夫人，我、我哪里做得不对吗？我可以改！"

谈莺时蹙起眉，继续问："你今年多大？"

"我今年十三。"小兵回答。

谈莺时听了，怒火彻底消散，叹气道："既然是女子，又只有十三岁，怎么作士兵打扮？还混进军队里，你家里人就不怕你遇到危险吗？"

"十三岁怎么了？"小兵不解，"我弟弟十岁就跟着侯爷上战场了。"

"十岁？"谈莺时哭笑不得，"真是荒唐。"

"夫人，不荒唐。"小兵认真地说，"这是荣誉。"

谈莺时听了只感到无奈，她问小兵："你叫什么名字？"

"齐雅。"

"好吧，齐雅，你现在出去守着，我沐浴不需要你服侍，明白了吗？"

"……是，夫人。"

齐雅犹豫地看了眼浴桶，转身走出去，带上了门。

谈莺时弯下腰，从浴桶中掬了一捧水，水从指缝间漏下。想到自己对小兵的错怪，一时有些想笑，随即又想到小兵是阎彻安排的人，心中滋味便难以言喻。

这似乎是一种善意的信号，但她也不能完全确定……坦白讲，她不太相信，一个男人在得知妻子试图背叛自己后，还能保持心平气和。

他是大名鼎鼎的威远侯，即使父亲未曾在书信中透露什么，盛京城里那些风言风语也定然会传进他耳朵里。

而传闻，永远只会比事实本身更出格，更荒唐，更肮脏、丑陋……

谈莺时突然把手心里的水拍在脸上，水珠四散，打湿她的脸庞，与此同时，脑中一些思绪也急转直下——

“你在愧疚吗？”

“你觉得对不起他吗？”

“你没有错，你只是想选择另一种生活。”

“你没有错。”

谈莺时希望自己的心肠足够冷硬，她不爱阎彻，她也不希望自己爱上。

……

接下来的几天，谈莺时渐渐习惯了车马劳顿。

离南域越近，城镇越少，驿站与驿站之间的距离也越来越远。以前赶上大半天路程就能抵达下一个驿站，现在披星戴月也未必能到，再加上食宿条件艰苦，如此七八日后，谈莺时瘦了一大圈。

夜晚，车队在路边扎营，四周营帐林立，一眼望去，仿佛凭空建起的一座小小村落。

谈莺时下了马车，被齐雅领进最靠里的主帐。看到主帐里只有一张大床，心顿时往下一沉，手指也不知不觉地蜷起。

齐雅走进帐篷开始收拾，她伺候了谈莺时几天，渐渐摸清楚谈莺时的习惯，知道郡主的衣食住行都与寻常百姓不同——餐具是上等的羊脂玉瓷，洗澡用暗香充盈的浴桶，衣裳料子全是她见也没见过的面料，摸上去又软又滑，特别舒服。

收拾完，转身见谈莺时仍站在原地，齐雅不由得一愣，又扭头去看那张铺好的大床："……夫人可是嫌床褥不干净？都换了新的，夫人放心吧。还有这枕头，也是刚从夫人的箱笼里拿出来的，是干净的。一会儿我再把夫人惯用的熏香取来，把帐篷熏一熏。"

谈莺时轻轻抿唇，沉默着走到床边，坐了下来。

她的脸色很差，让齐雅有些担心："夫人是不是还难受着？果然还是最近饭食不习惯吧，您吃得太少了，再这么下去身体怎么受得了，您现在饿不饿？有没有想吃的东西，我叫伙夫给您做？孙伙夫跟着侯爷好些年，会做的菜式不少。您别瞧他做的东西不好看，味道其实很不错的，反正啊，我觉得比驿站那些厨子的手艺好……"

齐雅絮絮叨叨地说着话，谈莺时安静地坐在床上，仿佛没有在听。

"夫人？"齐雅不由得走近些。

谈莺时回神，抬眸看她一眼，神色寡淡道："每日都在车里晃来晃去，五脏六腑都不像自己的，头也晕乎乎的，如何吃得进去。"

齐雅听了发愁，叹道："可是还有大半月的路程才能到呢，总不能一直不吃东西。"

大半月啊……

谈莺时心想，那还真是好远好远的路。

"侯爷每次进京，都要花这么长时间吗？"她下意识地问道。

"怎么会，侯爷的骑兵日夜兼程，只需十日就能抵达盛京。"齐雅回答。

谈莺时闻言怔然，心想自己果然是糊涂了，她这一车又一车行李，哪能与阎彻轻装上阵相比。如此说来，自己这般辛苦地熬着，说不定人家不但不会领情，还会嫌她拖累了速度。

思及此，谈莺时自嘲地笑了，她为赌一口气这样苦撑着，到头来却是自讨苦吃罢了，没人会因此高看她一眼……

齐雅端了一杯茶过来，递给谈莺时："夫人先歇着，我去叫伙夫做碗面食，再烧些热水来伺候夫人沐浴更衣。"

谈莺时接过茶杯，正要点头，不知想到什么，改了主意，慢慢开口："不了……出门在外，多有不便，今晚就免去沐浴吧。你打盆水来，我洗手净面就够了。”

齐雅自是不知道谈莺时深藏的心思，乐呵呵地点头：“好，其实我也觉得不用，夫人每天在马车上待着，一点也不脏，而且身上还香着呢。”

谈莺时扯了下嘴角，想要回之一笑，却笑不出来，也就作罢了。

帐篷外头渐渐安静。

阎彻的军队纪律严明，扎营时的嘈杂只持续了短短一段时间，而后士兵们轮流进食休息，井然有序。

两名士兵抬了浴桶进来，轮番往里倒水。

谈莺时见状蹙起眉：“不是说了吗，今晚不用沐浴。”

齐雅笑道：“夫人，这是给侯爷准备的。今晚侯爷与夫人一同歇息。估摸是担心熏着夫人，所以特意要洗个澡，不然别说身上那股汗味了，还有马身上的味儿呢。”

谈莺时抿住唇，皱了皱眉，没再说什么。

这是迟早的事。

前几日在驿站歇脚，还能以房间床铺窄小做理由。眼下若继续将人拒之门外，怕是说不过去了……而且，从长远考虑，她以后会久居南域，自然是与他越早同房越好。

谈莺时是个聪明人，知道怎样做对自己最有利。她只是性子倔，不愿屈从世俗的规则，或许还有些傲慢，以为自己会是不一样的那个。

浴桶里水雾蒸腾，士兵躬身出去。齐雅伺候谈莺时用饭洗漱完，随后也离开了。

……

阎彻一直没有出现。

浴桶里的水已经凉透，烛火照耀着帐内的四方空间，视野变得朦朦胧胧。谈莺时独自躺在床上，觉得四周静得出奇，她能听见远处有鸱鸮拖着长音鸣叫。

那个男人，会来吗？

这一路他都不曾与她亲近，甚至避着她，也许今晚和往常一样不会出现？……这样当然最好，但他能去哪儿？去普通帐篷里凑合一宿吗？身为威远侯却要屈就在下属用的帐篷里，这事若传扬出去，还不知道会被人怎么议论。

谈莺时是不怕被人议论的，她只是猜不透那个人。如果是因为厌恶她，所以对她避而远之，那他又为何千里迢迢来盛京城接她？

他大可以对她父亲的信函视而不见，为什么来接她？为什么？

现在这样又算是怎么一回事呢？不想在下属面前丢了脸面，所以故意冷着她，等到了南域再处置？又或者惦记着她在太后心里有几分重量，想要借此谋取一些好处？

各种各样的猜想充斥着谈莺时的大脑，她想不出个所以然，辗转反侧间渐渐有了困意，终于闭上眼睛……

到底是夜宿野外，她睡得并不踏实，稍有风吹草动便立时惊醒。

她听见水声，哗啦啦、哗啦啦……浴桶里的水一阵一阵被拨动，声音不算大，但在宁静的深夜显得尤其明显。

隔着薄薄的纱帐望过去，昏暗光线中，依稀能看见一个高大的身影。

她立即头朝里闭眼，佯装已经熟睡。

眼睛虽然闭上了，但他制造出的声音分毫不差地钻进她耳朵里，脑海中仿佛也有了画面——他在擦洗身体，在绞干澡巾，在拿起衣裤……近了，近了，临时搭起的床板吱呀一声，他躺下来了，就在她身边。

谈莺时闭眼躺在床上，四肢僵硬，一动不动。

她希望自己尽快睡着，更希望他也尽快入睡。否则这样一个夜晚，实在太难熬了。

那人翻了个身，气息靠近，带着一股沐浴后的潮湿的凉气。即使她闭着眼睛看不见，也能感觉出两具身体就要相触。

心乱如麻。下一秒，身上的被子被掀开，一只温热的大手压上她的腰，臂弯收紧，轻松将她带入怀里——

当微弓的背脊贴上宽厚的胸膛，谈莺时的身体颤了颤，脑海中顿时想起成亲那一晚他的粗鲁与野蛮。她没办法继续装睡了，四肢僵得像木头。

男人似乎也察觉到怀中女人没有真的睡着，搂着她的那只手半晌没有动作。

过了许久，他的呼吸声渐渐粗沉，手掌也有些按捺不住地贴着柔软的肌肤摩挲。

谈莺时一激灵，汗毛竖起，忍不住轻声开口："侯爷……我今日未曾沐浴，有些不便……"

担心这理由不够充分，又补充一句："我的小日子来了。"

腰上的手掌果然顿住，过了片刻，他松开她，嘴唇在她发梢处擦过，声音也沉闷："睡吧。"

他往边上挪了挪，不再碰她了。

谈莺时的神经仍紧绷着。

又等了很长时间，他确实没再碰自己，她心里才终于松了一口气。可是躲过了今日，明日、后日又该怎么办？她不能一直拒绝他，除非已经做好决裂的准备。

他们的婚姻是皇帝御赐，无论其中滋味如何，面上总要做出和美的姿态。

谈莺时愁肠百结，难以入睡。

这个夜晚，无比漫长。

……

第二天，谈莺时醒来时，床上只有自己一人，仿佛昨晚种种只是一个梦，那个男人从未出现过一样。

刺目的光亮闪了下，是齐雅掀开帐篷帘子进来，随后帘子被重新放下，光线重回昏沉。

谈莺时刚醒，人还有些恍惚，扶着头轻声问："又要启程了吗，打水给我洗漱吧。"

齐雅几步走过来，笑着说："今天咱们不走。侯爷说夫人身体不舒服，歇一天，明日再启程。"

谈莺时微怔，没想到自己昨晚随口扯的理由，被他放在心上了……那个野蛮人，几时也懂得细心体贴了？

齐雅走近问：“夫人要不再睡一会儿？”

谈莺时呆坐了会儿，而后点头，默默躺了回去。

她确实还有些困倦，这几天连续早起赶路，吃不好睡不好，昨夜又精神紧绷了大半个晚上。如果能再休息一会儿自然是好的，不管怎么样也比在马车上晃荡要踏实、舒服。

只是没想到，她这一睡，睡到快到午时。

谈莺时醒后不可置信，齐雅进来伺候她洗漱，她甚至感到赧然——身为尊贵矜持的郡主，礼仪从来都是无可指摘，竟然会睡到这个时辰。

“夫人多睡了会儿，气色看上去好了很多呢。”齐雅笑着说。

“是吗……”谈莺时抬手摸了摸自己的脸，梳妆镜不在身边，她自然看不见自己的气色，但也能明显感觉精神好多了，不似刚起床时那么萎靡不振。

她起床更衣，洗漱，用饭。

一直在营帐内难免憋闷，齐雅陪她出去，沿着路边的青草坡慢慢散步。

附近有士兵巡逻看守，远处是成群的马匹在河边饮水。马蹄激起粼粼波光，矫健的马儿与轻柔的水浪相互映衬，瞧着也是一幅意趣盎然的画卷。

谈莺时积郁多日的心情舒畅了不少，她发现自己连日赶路，竟没注意这沿途的好风景。

“我们这是到哪儿了？远处那座山是什么山？”她问身边的齐雅。

齐雅歪了下脑袋，不好意思地笑笑：“这地界我也不熟，要再往南一些我才知道哪儿是哪儿。要不我去问问侯爷？侯爷肯定知道。”

谈莺时淡淡地笑了笑：“我随口问问而已，不知道便罢了，何必特意去问。”

齐雅挺起胸脯，一脸骄傲地说：“我跟随侯爷从南域到盛京，此行唯一的任务就是服侍夫人。只要是夫人的事，哪怕只是随口一问，对我来说也是顶顶重要的！”

谈莺时被她天然率真的模样逗笑。

齐雅仿佛受到鼓励，再接再厉道："夫人笑起来真好看！夫人应该多笑笑。常言道，笑一笑，十年少。虽然夫人正值妙龄，但若能青春常驻岂不美哉！"

谈莺时笑着摇头："油嘴滑舌。"

齐雅说："我说的都是实话，要不侯爷怎么这样喜欢夫人？定然是被夫人迷住了呀。"

作为一个下人，这些话过于冒犯，但齐雅说话一贯没规矩，再加上她是阎彻那边的人，谈莺时也就懒得管束，随她去了。

不过有的话，听在耳中还是有些介意。

谈莺时看向齐雅，状若随意地问："你觉得侯爷喜欢我？"

"当然啊，要不怎么会娶夫人？"齐雅睁大眼睛，"夫人长得这么好看，侯爷肯定喜欢得不得了！"

谈莺时脸上的笑容淡了些，心想不是的，两个人在一起不一定是因为喜欢，也可能因为别的，比如……无法违抗的皇命。

"哇，这里有济济草。"齐雅突然发出一声欢呼，蹲下来拔了几根青草，跑回到谈莺时身边，"夫人吃吗？在我们善川可多了，但是来盛京后一直没瞧见，没想到这里长了济济草。"

谈莺时微微蹙眉："路边的野草哪能……"

话没说完，齐雅已经几下剥了那野草外面一层皮，露出里面的白芯子，一口吃进嘴里。

谈莺时愕然。

"夫人要尝尝吗？好吃着呢！"齐雅又剥开一根草，笑眯眯地递给她。

谈莺时摇头，十分抵触。

这种野生野长的东西，也不知干不干净，哪能入口？

"很甜的！"

齐雅见谈莺时不吃，自己把手里几根草吃掉了，又见夫人表情惊愕，笑着说道："小时候爹娘嫌我和弟弟在家太吵，就把我们赶出去拔济济草。我们俩总比赛，看谁找的济济草最多，我每次都赢他。可是他一哭，我就得把自己找到的草分一半给他，才能哄住他不哭。”

谈莺时笑了：“你上次还说你弟弟十岁就上战场了，怎么还爱哭鼻子呀？”

“我们善川，无论男女老少都上战场。”齐雅脸上笑容收起，认真说道，“白鬼专杀我们的男人，抢走女人和粮食。善川的男人已经不剩多少了，所以无论男女老幼，能上战场的都要上。”

谈莺时闻言微怔。

白鬼之说，她在盛京也有所耳闻，但……毕竟距离遥远，听着便有些像虚构的传奇故事。说那些人戴白色面具，深藏在最南边的森林中，状若恶鬼，嗜杀成性，故称之为白鬼。

后来白鬼越过了天水河，掠夺无数村庄，民不聊生，皇帝派出去的军队也全都溃败。直到出了阎彻这么一个人物，才终于把白鬼死死拦在天水河的另一边。

想想也是奇妙，她马上就要去往那样一个靠近传说的地方了。不一样的土地，不一样的水，空气、味道，都将是与盛京不一样的。

沉默了一会儿，谈莺时问：“你刚才说，南域这种草有许多？”

齐雅愣了愣，点头道：“对呀，一到春天，济济草遍地都是呢。”

谈莺时说：“你再拔几根，我尝尝。”

齐雅见她改了主意，不由得笑起来，弯下腰又从草丛里拔了几根，递到她手上。

“剥开外面绿色的叶子，吃里面白色的部分。”

谈莺时抱着新奇的心态，轻轻剥开外层的叶片，里面露出白茸茸的芯子，尾端是淡绿色的，闻一闻，也只是寻常的草香。

“里面是甜的。”齐雅再次强调。

谈莺时试着把那一缕白芯子抽出，放进嘴里，略微抿了抿……嗯，确实是甜的。清甜的味道，咀嚼之后还有淡淡的回甘。对于缺少零嘴的平民小孩，这确实是种美味。

“夫人怎么突然又想吃了呢？”齐雅问她。

谈莺时淡淡地笑笑，望着远处的山川与丛林，说：“大概是为了鼓起勇气。”

——鼓起勇气，接受一个新的环境，就从味道先开始尝试吧。

“夫人别怕，有侯爷在呢，白鬼不敢来欺负我们！”齐雅以为她说的勇气是勇于面对白鬼。

谈莺时看着她笑：“不如你再跟我说说南域的事吧。”

齐雅问：“白鬼的事吗？”

谈莺时点头：“白鬼的事，南域的事，还有你们善川那儿的风土人情，吃什么，穿什么，盛产什么……都可以跟我说说。”

“好啊！那我就先从吃的跟夫人说吧！”

……

远处，阎彻站在营帐边，沉默地望着谈莺时与齐雅所在的方向。

一位护卫走近：“侯爷，探路的人回来了。若明早就启程，傍晚时可以抵达下一个驿站，沿途道路顺畅，并无匪徒或野兽出没的痕迹。”

阎彻轻轻颔首：“嗯，明早启程，以后走一日歇一日。”

“是。”

护卫退下。

阎彻的视线重回远处那两个人身上，看了一阵，收回目光，转身离开了。

……

2. 路上

接下来几日，车队走走停停，进入南域地界后，阎彻更是直接让轻骑兵先回营，只留了五百精锐继续护送车队。

人数一少，行程越发松散、缓慢，几乎每到一处风景好的地方，就会停下来歇一歇，与其说是赶路，倒不如说是郊游。

谈莺时本就心思敏锐，自然明白这是阎彻有意体贴自己。她只是不明白，阎彻是怎么想的？在得知她在盛京的所作所为之后，竟不计前嫌地照顾她的感受，难道他就一点也不在乎吗？换作其他男人，都会将那种事视为奇耻大辱吧？

这一路两人时常同床共枕，但几乎没有任何交谈。这种沉默让谈莺时感到烦闷，她一面不愿主动搭理他，一面又暗暗期盼他雷霆发作一番，给个痛快，总好过隔着这么一层窗户纸，不清不楚的。

有时情绪陷入极度的焦躁，谈莺时不禁想：这个男人真是可恶！一句话不说却叫她心里不得安生！

罢了，既然他不兴师问罪，她又何必纠结，就当什么也没发生，怎么快活怎么过便是了！

继续南行，气候越来越温暖，景色也显现出南方独有的特色。许多植物、爬虫都是谈莺时从未见过的，遮天蔽日的大树，争奇斗艳的鲜花，还有各种各样的羽毛绚丽的鸟儿，缤纷夺目，让她忍不住想要将它们全都画下来。

这与她想象中的南域截然不同，她以为会是野蛮的、荒芜的，可眼前一切分明生机蓬勃。

一次扎营，她偶然见到一种尾突细长的蝴蝶，翅膀在扇动时闪现青蓝色的光泽，漂亮极了。

齐雅兴奋地说："夫人！跟着这种蝴蝶可以找到百岁花，百岁花丛附近通常会有巨型蜂巢，我去弄些野蜂蜜给夫人吃！"

在吃过路边野草之后，再吃野蜂蜜似乎也没什么心理障碍。谈莺时很心动，她在盛京吃过蜂蜜，都是装在琉璃瓶子里的贡品，民间蜂蜜通常是不配拿到她面前的，至于蜂巢就更没见过了。

"我和你一起去。"谈莺时说。

齐雅哈哈大笑："夫人，山里路深草密，说不定还有蛇，不如等我找到了位置，再带夫人过去瞧瞧。"

谈莺时看看齐雅的衣裤，又看看自己累赘的长裙，只好点头："那我在这里等你，你注意安全，若是找不到就尽快回来，别走太远。"

"好嘞！"齐雅拿起弓箭，快步追上远处那只蝴蝶。

谈莺时望着她离开的背影，心里生出几分艳羡。虽然她时常斥责齐雅没规矩，却又好羡慕……好羡慕齐雅的没规矩。

她在原地踌躇一会儿，扭头看不远处的阎彻，抿了抿唇，上前问他："不用派人跟着齐雅吗？会不会有危险？"

阎彻的眉峰微不可察地动了动，似乎惊讶于她主动和自己说话，漆黑的眼瞳注视她片刻，而后回道："齐雅是善川优秀的战士，不用担心。"

他的声音总是低沉沙哑的，还有一种生涩感。听闻他幼年时曾被狼群抚育过，很晚才学会开口说话，所以不善言辞，也不知这其中有几分杜撰，几分真实。

阎彻挥手叫来几个护卫，下令开路。

护卫兵提剑走到前面，沿齐雅离开的方向开路，踏平杂草，清除荆棘。他们全都穿着厚实的牛皮靴子，自是不怕草刺或蛇虫——这样做是为了方便谈莺时。

谈莺时想明白这一点，脸色微红，有些不自在。

她一直抱着"我不爱你，我也不稀罕你宠爱"的心态，所以一路上强忍着车马劳顿的辛苦，不肯出声示弱。仿佛自己在阎彻面前示弱，就是认输，就是撒娇，就是摇尾乞怜。

可一路上她仍然多次受他照顾，且她全部默然接受了。

心理上的要强与现实里的软弱让谈莺时感到无比矛盾和纠结，她似乎变成了一个虚伪无耻的人，她真看不起这样的自己。

远处传来一声哨音，谈莺时还没反应过来，阎彻已经辨识出那是齐雅发出的信号。

"看来蜂巢距离这里不远，齐雅找到了。"他说。

谈莺时愣了愣，她本以为刚才的声音是鸟叫。

"她是怎么发出来的声音？"谈莺时惊讶，"齐雅身上没带哨子。"

阎彻垂眸看她："是善川一带的口技，通过长短不一的声音传达不同的信号，刚才那声信号是发现目标的意思。"

谈莺时抿唇，意识到自己又主动和他说话了……

"去看看吧。"阎彻说道，"野外蜂巢时常有熊来光顾，齐雅若是高兴得忘形，容易出事。"

听他说这里有熊，谈莺时的心顿时悬起，担忧齐雅的安危。她提起裙摆往哨音那边去，也顾不上方才那些晦涩的情绪了。

……

护卫提前清出了道路，谈莺时仍走得磕磕绊绊。这一身华丽衣裙实在碍事，时不时会被尖锐枝叶挂住。

如此走了一段路后，她发现大片大片的淡粉色花丛，如群星般铺满了整片山坡，美得惊人。

谈莺时不禁怔住。

这些花每一朵单看时，并不如皇宫里娇养的芍药、牡丹美丽，可是这样大片大片地簇拥着生长，成群结队似的欣欣向荣，蜜蜂与蝴蝶在花间翩翩飞舞，是另一幅奇异、繁荣的美景。

远处，齐雅的笑脸迎着灿烂阳光，挥舞着双臂欢呼："夫人，我在这里！这边有好大一个蜂巢！"

谈莺时的视线落到更远的前方，坡地尽头是一处峭壁，有数十米高，笔直向上，最高处挂着一抹亮眼的金黄色。

谈莺时提起裙摆，好奇地走近，走到齐雅身边与她一起仰望高处的蜂巢。

"野生的蜂巢竟长这样……"谈莺时惊奇不已。

她以前只在画里见过蜂巢，都是小小一团，像圆球似的挂在树上。可现在看到的蜂巢，如一座倒吊的小山般挂在峭壁上，委实壮观。

"夫人瞧我的。"齐雅信心满满地取下弓箭，张弓搭箭，瞄准高处的蜂巢。

谈莺时问："不用做任何防护吗？会不会被蜇到？"

齐雅笑道："我们离得远，而且我只取一小块，没关系的。"

说完，她嗖地放出一箭，瞬间刺穿蜂巢下方。她又接连放出两箭，每一箭都射中。

蜂巢下端的裂痕越来越大，摇摇欲坠。群蜂围着那三支箭乱舞，以它们的智力却无法分辨真正的敌人在哪里。

齐雅见它迟迟不掉下来，有些着急，抬手又射出第四箭。

也不知道是不是前面三箭用尽了力气，第四箭明显不够高也不够远，没挨着蜂巢就落下去了。

齐雅脸上满是失望。

但是当她看见后面的阎彻时，整个人跳起来挥手，大声喊道："侯爷，侯爷帮忙补一箭！夫人还没尝过我们南域的野蜂蜜呢！"

谈莺时下意识地想要阻止，想了想，又闭上嘴巴。

她确实没尝过，这也没什么不好意思承认的……

一个士兵抱来阎彻的弓箭。

那弓足有半人多高，质地乌黑，两端裹了一层兽皮，瞧着和阎彻这个人一样，勇武强悍，气势骇人。

他拉开弓，瞄准峭壁上的蜂巢，面无表情地放出一箭——

嗖！

利箭划破空气的声音，让谈莺时心头没来由地一颤，紧接着看见蜂巢被一箭击破。那座小山似的倒吊的蜂巢四分五裂，随后落下，伴随着峭壁上的碎石，扑簌簌地向下坠。

谈莺时："……"

齐雅笑得很大声："夫人快看，侯爷好厉害啊！"

谈莺时扭头看过去，阎彻也恰好看过来，两人的视线在空中交会，而后各自飞快地移开。

齐雅没发觉他们的尴尬，自顾自地高声道："怎么办，侯爷把蜂巢整个儿弄下来，蜜蜂们要发狂了，我们怎么取蜂蜜？"

这事无须操心，自然有阎彻派人去处理。

几个士兵从附近砍了一捆新鲜枝叶，中间点火，冒出巨大的烟雾，然后扔到蜂巢坠落的地点熏了一会儿。那些蜜蜂便全都飞走了，剩下零星几只负隅顽抗，也被烟熏得掉在地上，飞不起来。

这天的晚饭，谈莺时不仅尝到了蜂蜜，还吃到了蜂蜜烤野兔、蜂蜜烤斑鸠、蜂蜜烤山猪，以及一堆叫不出名的花朵和果子。

齐雅像忙碌不停的陀螺般跑出跑进，时不时将烤好的食物送进帐内，而外头的气氛闲适松散。阎彻并不拘束大家，笑声时不时地传进帐篷里。

不知是哪个士兵率先唱起了歌。

那是一种谈莺时没听过的调子，高亢、响亮，中间节奏欢快，最后的尾音却拖得很长很长。

齐雅见谈莺时听得认真，笑眯眯地解释："这是南域的风俗，如果狩猎的时候收获了很好的猎物，就会即兴唱歌，并将猎物分给回家路上遇到的第一个陌生人。今天我们满载而归呢，大家太高兴了，所以就唱起来了。"

谈莺时闻言笑道："这种能够即兴发挥的歌谣，也不是人人都唱得了吧，好厉害。"

齐雅捂着嘴乐："是啊，我弟弟就嘴笨得很，一句唱不了呢！"

谈莺时笑弯了眉眼："他才十岁嘛……"

两人正聊着，这时外头再次传来歌声，却是一个清亮的女声。

谈莺时微愣。

齐雅反应过来，兴奋地起身道："哇！有人在对歌！"

"对歌？"谈莺时也好奇，仔细倾听，却听不懂那女人唱的是什么，只觉得曲调随意，但歌声里洋溢着热情，和刚才士兵唱的调子正好能对上。

齐雅帮她翻译："郎呀郎，祝你满载而归哟，郎呀郎，听我唱锦绣香包哟，包里装着三分毒，四种药，五只虫，六叶草，换你猎物三二斤，可回一字好，一呀一字好。"

等翻译完，远处的女声停了，这边的士兵再次唱起来。两人有来有往，此起彼伏，仿佛用歌声对话一般。

齐雅说："南域的女人擅长制药，无论是治蛇毒的解药，还是抹箭上的毒药，总会随身带几包，而这些恰好也是进山打猎的男人最需要的。所以慢慢地大家形成习惯，女人可以用药换取猎物，男人也能用猎物去找女人讨药。"

谈莺时听得入神，一直听到歌声结束，四下里响起哄笑声。

好奇心驱使下，她走到营帐门帘边，看见篝火处一位士兵起身，手里提着野猪肉，在同伴们的嬉笑声中离开了营地。

“他是去换药了？”她问。

齐雅也走过来，凑热闹似的伸长脖子张望，嘻嘻笑道：“换药只是借口罢了，一会儿见面了，若是互相有意，便会留下姓名住址，下次再拎着猎物去讨药。一来二去，好事便近了。”

谈莺时微微睁大眼睛，看着齐雅：“……南域，都是如此吗？”

齐雅点头：“对呀，都是如此。”

“不用媒妁之言？”

“夫人，媒妁之言是什么？”

“就是……中间牵线介绍的媒人……红娘、媒婆，你们南域没有吗？”

“有呀！我们有红娘会，没成亲的男男女女都可以去！大家围着篝火唱歌，可热闹了！喜欢谁就把花扔给谁，夫人说的红娘是那种吗？”

谈莺时不作声了。

齐雅告诉她的这些事，实在太颠覆她的认知。这样的事……这样的事，若是发生在盛京城，会被认为是辱没门楣的私相授受，是绝对耻辱的，遭人唾弃的。

自己求而不得的自由，换一个地方，竟变成司空见惯的常事了。

谈莺时不禁又想，阎彻至今没有朝她发难，是否因为他觉得她做的那些事没什么大不了？……是了，是了，如此就说得通了。正因为他认为是无足轻重的小事，所以不用放在心上，所以不生气，不埋怨，不责怪。

谈莺时想通这些，心中不知是种什么滋味……

“夫人，你在想什么？怎么不说话了？”齐雅歪头看着她。

谈莺时抬眸，冲她淡淡一笑：“没什么，我只是在想……有时候，人很有意思，制造出一条条规矩，以此让自己显得高人一等，而那些规矩也是锁链，牢牢把自己锁住了。”

齐雅听了很是迷茫：“夫人，我好像听不懂。”

“听不懂也没关系。”谈莺时笑道，“再帮我泡一壶蜂蜜茶吧，很好喝。”

齐雅精神抖擞地回道："好嘞！"

……

南域既有壮丽的山川湖泊，也有繁华的城镇，几天后，车队来到一个叫玉琇城的地方。

谈莺时坐在马车里，将帘子撩开一个小角，看见街上人来人往，游商走贩叫卖着一些她从未见过的货物，年轻男女们肩并肩、手牵手走在一起，没有丝毫避讳。这在盛京城是完全不可想象的。

在客栈落脚后，齐雅脱下了士兵装扮，换上南域女人穿的常服，梳辫子、戴头花，终于打扮得像个小姑娘了。

南域气候湿热，衣服也比别处单薄，齐雅上身是件绛红色短衫，系一根同色的流苏腰带，腰间别着弯刀与香囊，而下身是条中裤，裤子只到小腿处，再往下是一双绣着蝙蝠的花布鞋，鞋尖像小船似的微微上翘，很是俏皮可爱。

"好看。"谈莺时笑盈盈地上下打量她，"怎么来盛京的时候不这样穿？"

齐雅回道："侯爷说盛京女子只能穿裙子，我不懂盛京的规矩，容易惹事闯祸，打扮成随行士兵才方便。"

谈莺时听了笑笑，心中默想：听上去倒是个细心体贴且不拘小节的人……

似乎每次从齐雅口中听到的侯爷，和她印象里的那个人总是有些出入。

"那……你们南域女子，都不穿裙子吗？"她问。

"穿呀！不过只有过节的时候，或是场合比较正式才会穿长裙。"齐雅说道，"平时要上山采药，下河抓鱼，去地里种粮食，穿裙了没法干活的。"

说到这里，齐雅又嘻嘻一笑："不过后来我到了盛京，发现侯爷说的也不全对嘛，盛京明明也有女人穿裤子呀。"

"那是自然，民间需要劳作的女人也穿裤子。听说她们插秧时还会把裤腿子卷起来，露出大腿……"

谈莺时说着停下来。当初在某个宴会上不知听哪位贵女说的闲话，只当笑料听了一耳朵，现在说出来，却不知怎么有些不舒服，甚至觉得有些……有些，厌恶……

她们这些每天赏花赏月的贵女自是不用下地劳作，只需穿上层层叠叠、样式繁复的长裙，在条条框框中矜持地微笑，维持皇室或士族的体面。

无论穿裙子还是穿裤子，都是为了活着，又有什么资格去嫌弃别人粗鄙呢……

熟悉的焦躁感再次涌上心头，她也不知道自己最近怎么了，总是矛盾又纠结，动不动就陷入自我厌弃的情绪中，一面维持着尊贵，不愿叫人轻视；一面又轻视自己被名望、身份、规矩束缚。

耳边响起齐雅清脆的笑声，她说："我们这儿的水蛭又肥又多，可不敢露腿去插秧。大家都得穿长长的靴子，再把裤腿牢牢扎起来，要不然被水蛭咬住了，可疼着呢！"

谈莺时好奇地问："水蛭是何物？长什么模样？"

齐雅捂着嘴直笑："夫人还是别知道的好，不然只怕要恶心得几天都吃不下饭！"

谈莺时也跟着笑了，她虽不曾见过水蛭，但吓人的爬虫、野兽这一路也算见识了不少。南域有些虫子的模样，确实恶心又怪异。

齐雅又说："不过夫人放心，夫人以后要住的地方既干净又漂亮，什么脏东西、怪东西全都没有！侯爷还种了好多花，花园里一年四季的景色都漂亮，夫人一定会喜欢上那里的！"

谈莺时脸上的笑容淡了些，她对所谓的花园兴致不大。再漂亮，难道还能比皇宫的后花园更漂亮吗？

"自己住的地方，种的花再漂亮也会有看腻的一天，我还是更喜欢和你聊外头的那些，百岁花，野蜂蜜，水蛭，蝴蝶，还有各种鸟儿……"

齐雅立即甩了下头，豪爽地回道："那就让侯爷派人，去把蝴蝶、鸟儿全捉来！等夫人看腻了，咱们就换一批！"

谈莺时无奈又好笑："全捉来，谁养得活？别闹了，还是让它们在外头自由自在地飞吧。”

这世上，还有什么能比自由更美妙？

……

夜晚，阎彻再次借故客栈里的床窄，歇在了别的房间。

不用和那个男人同床共枕，也不用辛苦装睡，谈莺时乐得轻松，起床看月亮。

今晚的月亮格外明亮，似一叶皎白的孤舟，而夜空之下，无数弯弯翘翘的屋檐宛如披上月辉的静止的水浪。更远处，是连绵不绝的山，巨大也幽暗，谁能想到这些怪诞而诡异的山一到天明，就会显露出浓烈而烂漫的色彩。

不知不觉，她已经距离盛京城这么远了。

初上路时满心抵触，后来不知道是不是因为有齐雅做伴，她现在对南域倒是生出了一些喜爱之情。

想起上次见到的花丛与蝴蝶，她不禁来了兴致，转身走到箱笼前，从里面拿出自己的画袋，展开素白的画纸。

她一边磨墨，一边在心里琢磨构图。屋里的光线不够亮，她又多点了一盏灯。

齐雅大约是察觉到屋里的灯光，在外面轻声问：“夫人，您没睡吗？需要我进来服侍吗？”

“不用，我一会儿就睡了，你去睡吧。”

谈莺时挽起袖子，落笔画下一朵百岁花，神情专注。

她最擅长花鸟图，不一会儿，画纸上的大片空白就被描绘得欣欣向荣。先勾勒出轮廓，接着晕染颜色，花瓣是柔和的粉，枝叶是浓烈的绿，远山是素雅的青……

好像少了点什么。

应该再加上几只蝴蝶，上次见到的蝴蝶她还记忆犹新，翅膀是异常闪亮的青蓝色。

谈莺时换了一支笔调色，但反复几次都不满意，要么偏青，要么偏蓝。无论怎样调和颜料，也调不出她记忆里的颜色。

时间一久，难免有些倦意，谈莺时轻轻叹了口气，搁下笔，打算明日再画。

明日……

明日再启程，下一站就该到威远侯府了吧。

……

因为晚睡，第二天待谈莺时醒来，已是日上三竿。

自从离开盛京，她就越来越散漫了。这里不需要她早起请安，也没有吟诗赏画的聚会，几乎每天都睡到自然醒。

用早膳时，阎彻来了一趟，站在桌边看她昨晚画的花鸟图，看了许久。

谈莺时以前只当他是个野蛮人，现在却有些拿不准，不确定他是否真的懂如何品鉴一幅画？

她轻轻抿了抿唇，开口打破静默："侯爷可用过早膳？"

阎彻抬眸看她："用过了。"

谈莺时："……"

有些无话可说。

明明成亲已经三年，但两人说过的话屈指可数，也不知能聊些什么。

她垂下眼帘，语气柔和："那就请侯爷稍等片刻，我稍作收拾，便可以启程了。"

"不用，今日会有暴雨，不宜赶路，我们在玉琇城再休整一日。"阎彻顿了顿，说道，"你接着画吧。"

谈莺时微微一愣，下意识地望向窗外，晴空万里，实在看不出有暴雨欲来的迹象。

"画上的蝴蝶为何没有颜色？"阎彻又问。

谈莺时收回目光，迟疑回答："……一直调不出满意的颜色，等我记起那只蝴蝶的颜色，以后再补上吧。"

阎彻又看了一会儿画，没说什么，转身出去了。

谈莺时觉得他古怪，但……似乎不难相处。至少这段时间以来，他从不强迫她，更不勉强她。

她看向桌上的画。

他看了那么久，好像很喜欢，等她画完了，这画送给他也无妨。

……

午时之后，天气果然如阎彻所说的那样起了变化。

起初是狂风大作，随后天色变暗，黑云自天边滚滚而来，如妖魔伸出了黑色的爪子，要将整个人间擒获。

谈莺时站在窗边，近乎贪婪地望着流动、翻涌的乌云，既感到新奇，同时心底又对这天地变色的景观生出丝丝战栗。

那些云压得如此低，仿佛稍一伸手就能够着；那些风刮得如此狂烈，仿佛要将一切掀上天。

"夫人，要下雨了，我们还是快把窗子关上吧。"齐雅劝道。

谈莺时舍不得关，甚至有些调皮地把胳膊伸出窗外，神情向往地说："乌云就快要过来了，你看它们像不像一群奔腾的黑骏马？"

齐雅对南域的天气变化早已司空见惯，仰头望了望："是呀，等那片乌云过来就会下暴雨，幸好咱们还在客栈，要是半路上遇着暴雨可就惨了。"

"真漂亮……"谈莺时望着翻涌的云层喃喃道，"真想把它们画下来。"

可惜她一直以来画的都是纤秀、精细的工笔花鸟画，恐怕难以描绘出这等铺天盖地般的气势。

"以前我在盛京时就听说过，南域刮风时能吹跑小孩儿，南域下雨时天上还会掉下来毒蛇和蜈蚣。"

齐雅听了哈哈大笑。

砰、砰——

房门被敲响，齐雅走过去开门，是阎彻的护卫。

护卫送来一个竹笼子，里面有两只蝴蝶。

"夫人，侯爷叫人送来两只蝴蝶，好漂亮！"

齐雅忙不迭地把竹笼子拎到谈莺时面前，一脸促狭的笑："侯爷对夫人真好！就算夫人想要天上的星星，侯爷也一定会捧到夫人面前。"

齐雅对谈莺时和阎彻之间的感情，有种近乎盲目的信任。在齐雅的嘴里，阎彻哪还是冷酷的战场杀神？根本变成黏黏糊糊的痴情汉了。

虽然谈莺时不怎么信那个男人钟情于自己，但这份礼物，她还是欣然收下了。

她提起竹笼，眸光明亮地注视笼中蝴蝶，细细打量蝴蝶翅膀上那美妙的色彩，越看越喜欢："……等暴风雨过去，我们就把它们放了吧。"

齐雅笑嘻嘻："任凭夫人吩咐。"

谈莺时也笑，此刻她心情好极了，提着竹笼道："去关窗，屋里多点几盏灯，我要把蝴蝶画下来。"

窗户关上，火烛燃起，蝴蝶的翅膀上流光溢彩，随着烛火摇曳而显现出不同的色泽。

与初见时不同，但也一样惊艳。

谈莺时一鼓作气在纸上画出许多蝴蝶，状态奇佳，下笔几乎没有停顿。或青或蓝的蝴蝶跃然纸上，只只姿态不同，活灵活现。

齐雅站在一旁，看得两眼发光："夫人画得真好。"

谈莺时笑道："你若是和我一样从小学画，也能画成这样。"

"不可能，我画的东西就像长虫乱爬。"齐雅的语气充满崇拜之情，"夫人什么都懂，画画还这么好。"

"你也不差啊，你会爬树、会识别药材，还会骑马射箭！啊，不如你教我射箭吧，我教你画画怎么样！"

"只要夫人想学，我当然愿意教！不过夫人想学骑射的话，恐怕得换身衣裳。"

"好，明日你去为我买一身南域女子穿的衣裳来……不成，得多买几身衣裳，最好能找到手艺好的裁缝，量身定做几套衣裳。"

两人说说笑笑，任屋外狂风骤雨，屋里却是其乐融融。

暴风雨一直下着，当晚饭被送过来，谈莺时才惊觉时间已经不早了。

客栈房间的桌子上摆满各种画作，既有齐雅的手笔，也有谈莺时即兴创作的衣裳样式。齐雅将它们整理收拾好，才腾出能够摆放饭菜的地方。

谈莺时坐在桌边，一边用饭，一边听窗外的风雨声。暴雨时疾时缓，丝毫没有要停歇的趋势。

“不知道外面街上那些商贩会怎么样……”

“能回家就回家，回不了家就找客栈躲雨了。”齐雅若有所思地说，“玉琇城里有不少从附近村子赶过来的游商。这么大的雨，再严实的蓑衣也挡不住，估计一时半会儿回不去了。”

谈莺时听了点点头。那些雨点打在窗户上噼里啪啦响，又急又狠。比起盛京下雨时的温暾劲儿，这里的雨简直像个暴徒，估计骡子和马都会遭不住。

这时，房门被轻轻叩击两下。

外头的护卫道：“夫人，客栈里来了许多避雨的外地商贩和药农，房间不够住，侯爷把自己的房间让出去了，被褥物件还需搬到夫人这边来。”

齐雅起身去开门，让他们进屋，问道：“外头要住店的人很多吗？不如把我的房间也腾出去，总归我今晚要值夜，在房门口凑合半晚上就行。”

护卫点头：“这场雨来得急，客栈一楼连桌子、凳子都被借走了，就算我们把房间全都让出去也不够所有人住。侯爷已经叫人去把马车里的营帐拿出来，借给那些外地客商。”

谈莺时忍不住问他：“南域总这样下雨吗？”

那护卫回道：“夫人有所不知，这里的雨虽下得频繁，但大多是短、急、快。像今日下这样久的，并不多见。”

齐雅乐观地笑笑：“是呀，老天爷跟破了个大豁口似的，估计这雨要下到后半夜了。”

谈莺时听了，默然感慨盛京与南域两地的气候差别竟如此之大，随后，思绪转到了阎彻身上……

能主动把营帐拿出来给商贩用，可见他为人不错，既关心民生，也不拘小节。若是换作盛京的某位侯爷或士族，是绝不会这么做的，因为他们自认为高人一等，下等贱民别说是借用帐篷，就连碰，也没资格碰一下。

想着想着，她面颊不禁微微泛红，心中涌现出些许羞愧。

曾经的她不也是如此吗？觉得自己是高高在上的长乐郡主，那野蛮人如何能与自己般配？

她瞧不起士族的清高，自己却也会因身份高贵而目中无人。

说起来，她是从几时起开始认定他粗鲁野蛮？……似乎是从那一晚？满心期待的花前月下整个儿破碎，留下的全是混沌而可怖的记忆。

谈莺时回想起那一晚，还是会害怕。

她看向身后的床，又联想到他高大强悍的身躯，只觉得今晚自己无论如何也避不开他了。

……

阎彻大概是有自知之明，一直拖延到谈莺时睡下了才进屋。

但谈莺时还是醒了。

实在是客栈的床铺太窄，又或者是阎彻生得高大。哪怕他挨着边躺下来，也没法完全不惊动她。

谈莺时心里不免有些好笑，这男人在外头威风八面，怎么到了她跟前就畏首畏尾，连洗漱睡觉也要偷偷摸摸的。

这念头刚起，身上就感觉一沉，是他的手臂压过来了，轻轻搂住了她的腰。

谈莺时：“……”

刚说他畏首畏尾，现在就胆大妄为……

谈莺时不自在地调整了下姿势。

阎彻沉默，片刻后低声开口：“床窄，我怕你掉下去。”

像是在为自己的行为做解释。

谈莺时轻轻抿唇，背朝着他回答：“盛京女子，大多自幼时约束仪态。哪怕在睡梦中也不得乱动，睡时什么样，醒时便是什么样，掉不下去。”

阎彻知道盛京的规矩多，但不知道就连睡觉姿势也有讲究，他问：“既已处于睡梦中，如何知道自己不曾乱动？”

“有些贵女家中会准备一些珍珠，珍珠用浅口的木盘托着，摆在床侧。若第二天珍珠滚落到床下，就说明夜里动过。”

谈莺时想说自己的珍珠从来不曾掉落床下，张了张嘴，又闭上了。她的本意只是想证明自己仪态好，不会掉下床，可这些话说出来，好似在自鸣得意一样。

睡个觉而已，有什么好得意的呢？不过是些愚蠢的规矩罢了。

阎彻说：“早知道有这种方法，我也该练起来。几年前我曾迷失在森林里，为了躲避猛兽，我爬到树上睡觉，等到第二天醒来，却发现自己躺在树下。”

谈莺时没忍住，扑哧笑出了声。

阎彻听见她笑了，也弯了弯唇角：“好在当时是深秋，地上积了很厚的落叶，所以才没把我摔死。”

“得是多厚的落叶，竟也没把你摔醒？”谈莺时忍俊不禁。

阎彻认真地回想了一会儿：“那时为了走出森林，接连几个晚上没睡。想必是因为太累，所以才没摔醒。”

谈莺时脸上笑容微微收起……她知道阎彻早些年很不容易，在没有封侯之前，他不过是个略有名气的少年将军罢了，能拥有今天的地位，还有良田、豪宅、兵马，以及她这位妻子，凭的是一件件用命搏回来的军功。

当然了，正因如此，她一开始非常不满意这桩婚事。他的成长经历太野蛮，太血淋淋，甚至也没有正经读过几年书，与她的理想夫婿相差太远。

可皇命难违，就算太后宠爱她，也无法阻止这桩婚事。

谈莺时不作声，阎彻便以为她睡了，也不再说话了。

屋外的雨仍在下，疾风骤雨洗刷着屋顶和窗户，哗啦啦地响，让人不禁产生动荡不安的感觉。

谈莺时默默侧躺在床上，身后坚实的胸膛似乎没那么惹人厌了，反而心里感到些许踏实。

沉闷的雷声滚滚响起，亮白的闪电时不时掠过窗子。谈莺时闭上眼睛，忍不住往被子里缩了缩。

一阵刮擦声自上方传下来，像是断裂的树枝被吹到了屋顶上。

“会不会砸坏屋子？”谈莺时小声说了一句。

阎彻将她往自己怀里轻轻带了带，低声安慰：“南域常有大雨。这里的房屋屋顶会夹几层水牛皮，扎得很严实，上面再铺一层竹子，两层胡子草，坏不了。”

谈莺时沉默一会儿，轻轻开口：“盛京没有这样大的雨。”

阎彻低头，嘴唇贴着她的发顶：“盛京也没有南域的蝴蝶，没有百岁花……莺时，你留下来吧……”

谈莺时身子微微一颤，感觉到亲吻从发顶落在耳畔，而后又流连至后颈，轻轻浅浅地啄着她肩头裸露出的肌肤。

她见过大公主与后院男子亲昵玩闹的场景，但轮到自己，还是会紧张害怕……

衣衫渐渐松解，谈莺时忍不住问：“……阎彻，你知道我父亲为什么会叫你来接我吗？”

他顿住，静默片刻后，声音沉闷地回答：“知道。”

谈莺时缓缓吸气，说：“有一日，我与大公主在玉满楼吃酒，楼下有一群纨绔子弟戏弄一个书生。那书生虽文弱，却极有气节，当场作诗一首，将那群纨绔子弟骂得狗血淋头。对方恼羞成怒，叫了家丁将书生毒打一顿。幸而大公主叫贴身侍卫出手，他才没被人活活打死……”

阎彻沉默地听着，手轻轻搂着她。

谈莺时接着说道：“大公主便衣出行，那些人并不知道我们的身份，救过书生之后，此事本该了结，但那书生的才情让我有些在意。盛京科考刚刚结束，若他真的学富才高，不该是籍籍无名之辈。于是事后我叫人去查了查，才知道这书生是曲州远近闻名的才子。他进京后不久，撞见一纨绔子弟当街调戏民女，路见不平帮女子解围，却也因此惹上麻烦，没能顺利赶赴考场。我有惜才之意，便暗中叫丫鬟送了些银两给他。”

阎彻缓缓道：“雪中送炭，这是件好事，谈大人大概一时心急，所以误会了你。”

“我做的可不止这些。”谈莺时道。

阎彻默然，而后哑声问：“你还做了什么？”

“那书生虽然接连受挫，但生了一身傲骨，来路不明的银子拒不接受。”谈莺时淡淡一笑，道，“我也被激出胜负欲，他越不想要，我就偏要送。我送过银子送药材，送过药材送衣裳。我还赋诗一首送给他，讽刺他假清高真糊涂，是个不识抬举的酸儒。”

阎彻没说话。

他知道，男人和女人之间只要你来我往这么几轮，大抵是会发生些什么的。

“我想我们应该成为朋友，但我也不确定……”

谈莺时回想这段往事，明明刚发生不久，心中却生出一种十分久远的感觉。

“最后一首诗送出去时，被我父亲的人截获。他骂我不知廉耻，与外男私相授受，后来得知那书生并不知道与自己通信往来的女子是谁，才稍微消气。但我父亲也没饶我，他将我关在家中，直到你来了，才放我出来……”

谈莺时说完这些，抿了抿唇，鼓起勇气翻了个身，面朝阎彻。

“阎彻，我知道我所作所为在你眼中大约离经叛道，但我也不想骗你，你是我的丈夫。你若因此不快，就算纳几房妾室进门，我也绝不会多说一个字。但同样，你也不能强迫我。”

她垂下眼帘，很用力地抿了下嘴唇，然后一字一顿道：“任何事，都不能强迫我。”

阎彻静静搂着她，过了一会儿，他轻轻抚了抚她的背，低叹道：“睡吧。”

谈莺时没想到他会是这么平静的反应，没有暴跳如雷，甚至连一句责问都没有。

她睡在他怀里，心中涌起一股奇怪的情绪，好像有一点点……被这个男人打动了……

易地而处，他又做错了什么呢？

他没有任何过错，她不该这样对他。

谈莺时闭上眼睛，觉得他和自己想象中的那个人不一样。他不是野蛮、不讲道理的莽夫，不是杀人不眨眼的刽子手，他身上也没有传闻中属于野兽的体臭味……

原来这三年，她一直活在自己的想象中啊……

只因那一晚的经历，就再不肯去面对、去了解，她将自己封在厚厚的茧里，拒绝他的任何靠近。

说起来，大公主也曾好奇地问过她，为何不愿意跟阎彻去南域。

当时她支支吾吾地提了下新婚之夜的遭遇，大公主拍案大笑，直呼阎彻莽撞，不懂怜香惜玉，还开玩笑地说，阎彻是头未开化的野狼，所以才会这般不要命地折腾她。

明知是玩笑话，可当时的她听在心里，仍会感到惊悚。因为阎彻给她的感觉当真像头野兽，要将她生吞活剥。

现在，她就躺在野兽怀里，却不觉得害怕了……

也许，可以试试？

她总不能一直拒绝他……

要接受吗？

还是害怕呀……

怎么办……

思绪混乱，谈莺时想着想着，迷迷糊糊地睡着了。

……

3. 白鬼

雨，不知道何时停的，耳边隐约听见清脆的鸟鸣，像是已经天亮了。

颈窝里酥酥痒痒，她感觉到热热的呼吸喷洒在肌肤上，随后终于清醒过来。

她不确定阎彻是忍了一整晚忍无可忍了，还是清晨时突然起了兴致，虽然这两者对她而言没什么区别……

比起洞房时的冒失，此刻的他充满柔情，耐心地在她身上落下一个又一个吻，嘴里呢喃着什么，似乎是南域方言。

带着刚刚苏醒的迷离，谈莺时没有表现出抗拒。她似乎也在试探……试探自己，能否真的接纳他。

好像，没有想象中的难……

亲吻，抚摸，都是很舒服的事。只要她愿意放松下来……但身体还是不受控制地变得紧绷。

脑海中闪现一些糟糕的记忆片段，她不禁咬住下唇，抬眸看他，却发现他也看着她。

黑色的眼眸深深凝视着她，额间的碎发被汗水浸湿。他肩颈间肌肉绷成一条强健的曲线，一直延伸至臂弯，消失于手腕。到指腹时力度已经变得无比轻柔，五指陷入她的长发里，慢慢抚摸，像是要将她最后一点不安也抚平。

谈莺时忽然不敢直视，侧过脸，眼睫轻颤，双颊飞上红云。

阎彻看她许久，却没真的对她做什么，只轻轻摸了摸她的脸庞，俯身一吻，而后起身离开了。

她紧绷的神经一瞬间松懈下来，同时又有些许怔然。似乎……紧张的人，不只是她？

阎彻掀起纱帐，站在床边更衣。

门外传来急促的脚步声。

脚步声在门前停下，外面的士兵来报："侯爷，紧急军情。"

阎彻闻言，迈步走过去，门打开后又合上，谈莺时听见他们在外面低声交谈，无法全部听清，只隐约捕捉到"白鬼""村子"等字眼。

说是紧急军情，难道是白鬼袭击了村子？

如此一想，谈莺时也赶紧起身。

阎彻回房对她说："昨日暴雨致天水河大涨，白鬼趁机袭击了附近几个村子。我需要尽快赶过去，你在客栈稍作休息，我的亲兵会送你回侯府。"

他顿了顿，解下腰间一枚玉佩，拿到她面前。

"拿着它，以备不时之需。"

谈莺时接过玉佩，抬眸看他，想通过他的神色来判断事情有多紧急。但阎彻这个人，无论是他的表情还是语气，都叫人难以揣测，仿佛天塌下来他也会是这副寡淡的模样。

她迟疑地问："侯爷，会有危险吗？"

问完她又觉得这话透着傻气，但凡战事，哪有不危险的呢。

阎彻的嘴角微微翘起，抬手摸了摸她的脸，道："不用担心。"

他叫了齐雅进来，简单交代几句，随后与一队护卫匆匆离开客栈。

谈莺时在窗边看见他策马离去的背影，想起他临走前摸了自己的脸，忍不住抬手捂住那处，心中有些异样的感觉。隐隐约约，她第一次体会到离别的滋味。

她才刚刚熟悉了他一点点，他就走了……

……

因昨日那场暴雨，道路变得泥泞不堪。四处可见大大小小的水洼，马车轮子一旦陷进去，要费不少力气才能继续赶路。

谈莺时被齐雅扶下马车，两人在路边找了处干净的地方休息。不远处，护卫们拽着缰绳，试图让马把马车拉出水洼。

雨后的天空格外蓝，水洗过一样澄澈。那些水洼映着一片片蓝，远远瞧着就像一块块散碎的琉璃片，趣味盎然。

不知哪里来的一条四脚绿蜥蜴，正伏在水洼边，舌头一伸一缩。谈莺时起初以为它在喝水，后来才发现它在捉水洼里的小虫子吃。

谈莺时莞尔一笑，对身旁的齐雅道："你瞧那儿，有一条小蜥蜴，像不像一片绿叶子？"

齐雅正发愣，好一会儿才反应过来："噢……这是刚孵化出来的，等到再长大一些就不绿了，会变成像树皮那种灰色。"

谈莺时察觉到齐雅有些不对劲，这小姑娘平时总是神采奕奕，说话、干活都充满干劲，今天却好像心不在焉。

"齐雅，你怎么了？怎么好像没有精神？"谈莺时问。

齐雅没有隐瞒，面带忧色地回道："我家在善川。那里距离天水河很近，听说白鬼又打过来了，我有些担心家里面……"

谈莺时宽慰她：“侯爷已经带兵过去了，一定不会有事的，你别太担心。”

“嗯。”齐雅点头，“白鬼只会欺凌手无寸铁的平民百姓，等遇到了侯爷的军队，肯定会被打得落花流水。”

谈莺时闻言笑笑：“等我们回侯府后，如果还是没有消息，不妨去善川看一看，也免得你一直担心。”

齐雅终于笑逐颜开：“谢谢夫人！”

谈莺时回之一笑，心里却暗自惭愧——她虽然已经踏上南域这片土地，但仍是游山玩水的心态，时不时被这里的花虫鸟兽吸引，对齐雅的忧惧无法感同身受。

白鬼来袭，齐雅会担忧家人，会心系百姓。而她全然没有危机感，只为路边的蜥蜴和蝴蝶驻足，实在是不应该。

马车终于脱离困境，踩着泥水重新上路。接下来的路程还算顺利，但谈莺时已经没了看风景的心情。

日落前车队抵达威远侯府。

离得还很远时，谈莺时就看见了，因为只有那么一片宅院是仿照盛京的建筑样式，大门前还像模像样地摆了两座石狮子。

这世上许多事大抵如此，听人说是一回事，亲眼所见又是另一回事。之前她常听齐雅说侯爷待她如何好，她不以为然，见到这座宅子，才发现他真的对她用了心。

将盛京的琉璃瓦运到南域，并非易事；将盛京的玉石狮子运到南域，也非易事；还要将她喜欢的花木逐一移栽进花园里，悉心养活，三年过去依然郁郁葱葱，更非易事。

她忽然很想问问他，为什么？

如果皇帝赐婚的新娘，是另一位女子，他也会如此用心吗？

阎彻不在，她无法得到答案，只能希望他尽早击退白鬼，快点回来。

…………

谈莺时在威远侯府住了下来。

府中的奴仆和侍卫大多是南域人，虽然会说官话，但多少带些口音。

有时谈莺时会听不太懂，不过有齐雅在她身边，饮食起居还算方便。

她根据自己的喜好，把府中布局重新调整了下，太后的赏赐也全都摆出来。谈莺时不喜欢珍宝蒙尘，只要是好东西，就想全部放在眼前，满屋子漂漂亮亮的才高兴。

如此忙碌两三日后，仍然没有阎彻的消息，齐雅的情绪也越来越焦虑。

谈莺时初来乍到，不太清楚阎彻每次带兵剿灭白鬼需要多久，只能将府中一名侍卫派出去打听消息。

那侍卫很快带着消息回来，说白鬼趁着暴雨视野不清，强渡天水河，并避开了巡逻士兵，沿途杀掠。虽然阎彻已带兵将白鬼击溃，但仍有部分白鬼逃窜至附近山林，难以追捕。为了防范白鬼去而复返，阎彻的兵马此刻正驻守在村落附近，恐怕这段时间都不会回来。

谈莺时问："白鬼杀掠过的地方，可有波及善川？"

侍卫点头回答："善川靠近天水河，也遭到了白鬼袭击。"

话音一落，齐雅的脸色立时惨白。

谈莺时轻轻握住齐雅的手，再次问那名侍卫："善川现在情况如何？死伤多少？可有妇孺受伤？"

侍卫面露难色："这……请夫人恕罪，属下来去仓促，未曾打探到死伤数目。"

"夫人……"齐雅扭头看向谈莺时，目光乞求，"我想去一趟善川。"

"恐怕不成，属下回来时，往善川去的路已经被封了。"侍卫说道，"为防范白鬼在附近流窜，侯爷派人沿途看守，现在只许运送药材的马车进出。"

谈莺时闻言，思索片刻，与齐雅商量："当务之急，是要尽快将残余白鬼一网打尽，否则让白鬼流窜进城里，只怕会出更大的乱子。你再耐心等两日，有侯爷在那边，你的家人一定会安然无恙的。"

若是家人已经出事了，现在冒冒失失地跑过去，也于事无补，还有可能被潜藏在山林里的白鬼袭击。

谈莺时不想齐雅出事，只能试图劝阻。

侍卫也劝道："目前还没有大范围调兵的消息，说明这次来袭的白鬼数量不算多，你别太担心。"

齐雅只得呆呆地点了点头，眉头却始终不得舒展。

又过了几天，道路依旧封锁，且侯府的护卫人马增多了。

齐雅越来越焦灼，几乎夜不能寐。谈莺时也不由得跟着心慌，她以前住在盛京，习惯了歌舞升平、万事祥和，哪里见过这阵仗。

谈莺时询问侍卫，只知道是阎彻活捉了白鬼族族长的儿子，为防白鬼族报复，故而在侯府附近加派了人手。

齐雅不想再等下去了，哀求谈莺时，无论如何也想回善川一趟，看看家中父母、幼弟是否平安。

谈莺时既为难，也心疼："齐雅，即便我允许你去，你也去不了啊，如今去善川的路已经全部封死，你若是硬闯，只会在半路上被士兵拦截，甚至可能遭遇白鬼族的袭击。"

齐雅跪在地上给她磕头："夫人，您让我去吧，自我回南域后就不曾见过家中父母。如今村子遇袭，我实在不能安心。我也不想叫夫人为难，一切后果，我愿意一力承担！"

"你快起来！"谈莺时咬了咬牙，说道，"让你去也不是不行……不如这样，我和你一起去。"

齐雅愕然地瞪大双眼："夫人？……这，这绝对不行！万一遇到危险……"

"你也知道会遇到危险？"谈莺时气不打一处来，伸手将齐雅从地上拽起来，"你一个小姑娘，我怎么放心让你自己去？如今外头到处在抓白鬼，根本不知道他们藏在哪里。万一真被你遇上，你还能有活路？如果和我一起去，至少有侯府的护卫队随行。"

谈莺时觉得自己这方法可行，思索着说道："既然要捉白鬼，侯爷那边应该正需要人手。我们把护卫队全部带去，想必他也不会太怪罪。"

齐雅还是忐忑："可、可是，怎么能让夫人同我一道冒险……"

谈莺时狠狠瞪她一眼："要么同我一起去，要么，你就留在侯府继续等消息。"

"夫人……"

齐雅不敢叫谈莺时以身犯险，可她实在太想见到自己的父母和弟弟了。几番纠结之后，她终于还是点了头。

谈莺时叫来护卫队的头领，拿出阎彻临走前留给她的玉佩，命令护卫队整备队伍，护送自己和齐雅去善川。

上路前，谈莺时感到赧然。阎彻留下玉佩是为了照顾她，可她用玉佩做的第一件事，却是违背他的命令，强行闯关去善川，也不知道他会不会动怒……

上路后，她看见齐雅一直紧绷发白的小脸，又觉得自己这样做是值得的。即使真的会触怒阎彻，她也还是要这样做，她不后悔。

一路上他们遇到了重重盘查，几乎每隔几里地就会有士兵把守。谈莺时也渐渐体会到南域紧绷的氛围，她没想到，只是残余的白鬼而已，竟让阎彻如此"兴师动众"。可见白鬼对这里的百姓是何等的威胁。

齐雅坐在马车上，垂着头，双手紧紧绞在一起。

她说："白鬼嗜杀成性，遇到男人便杀，遇到女人掳走，遇到小孩子会剥皮割肉，烹煮而食，比山中野兽还要凶残一百倍！白鬼所到之处，没有一处不血流成河。哪怕只逃走一个白鬼，也会后患无穷……"

谈莺时听得头皮发麻："既然如此，为何不能将他们斩草除根？"

"想要斩草除根，太难了，他们常年生活在森林里，居无定所，又擅长制作陷阱。我们的骑兵一旦深入丛林便会失去优势，是侯爷派人烧山伐木，领兵将白鬼驱逐至天水河以南，大家才终于过上一段安宁日子。凭着天水河的地势天险，白鬼一出现就会立即被巡逻兵发现，只是没想到……没想到，一场暴雨，他们又来了……"

谈莺时看着齐雅的模样很心疼，握住她的手道："我们马上就要到善川了，是什么情况很快就会知道。也许什么事都没有，不要自己吓自己。"

马车速度慢下来。

谈莺时撩开帘子，见道路前方又有士兵拦截。

护卫队的头领上前询问，而后回来告诉她："夫人，过了这个路口就是善川了。但善川以南靠近天水河的地方都被围起来了，除非有侯爷的手令，任何人不能靠近。”

谈莺时觉得她手里这块玉佩，应该要比手令有效，但既然阎彻有此安排，还是不要轻易违反，否则军威何在？

“那就先到善川看看，至于善川南部，我们暂时不去了。”她说道。

马车继续前行，渐渐能听见嘈杂的人声，以及一股浓烈的药味。

车里的谈莺时不禁蹙眉，抬起袖子掩住口鼻。那浑浊的药味里还透着一股血腥气，闻着叫人反胃。

齐雅半个身子已经探出去，远远望见前面受伤的村民，焦急地对谈莺时道：“夫人，我想先下去看看！”

谈莺时点头：“去吧，小心点。”

不等马车减慢速度，齐雅已经迫不及待地跳下车，朝前方村民跑去，很快没了影儿。

谈莺时坐在车里，犹豫了一会儿。等到马车停下，她缓缓吸了口气，提起裙摆走下马车——

她从未见过这样的景象。

沿路全是受伤的百姓，有些失去胳膊，有些失去了腿。许多人的伤口都没包扎，大片大片溃烂的血肉裸露在空气中，肿胀流脓，令人不能直视。

她不禁偏头，视野移向别处。泥泞的道路上混杂着污血，篝火上架着巨大的锅，熬煮着草药。药味，血味，泥土的腥味还有什么东西被焚烧至焦煳的气味混在一起，谈莺时几欲作呕。

士兵们在这条路上来去匆匆，时不时抬来新的伤患。

谈莺时掩鼻退到路边，忍不住问身边的护卫：“这里没有医馆吗？为什么伤患全都躺在路上？”

“夫人有所不知，医馆里已经没位置了。”护卫队的头领躬身回道，“白鬼擅长使毒，所使用的武器上涂抹了一种能使伤口溃烂、难以愈合的毒。在药材不足的时候，让阳光暴晒伤口能够缓解一二。”

谈莺时眉头皱得更深。她虽不懂医理，却也知道疗伤治病的环境应当是越干净越好，怎么能如此草率。

“这满地都是泥……我瞧着还有不少蚊虫飞来飞去，若是蚊虫叮咬他们的伤口，岂不是更麻烦？”

护卫垂首回道：“也只能两害相权取其轻了。”

谈莺时听了，心里很不舒服，目之所及全是血肉模糊的惨状，难道就没有法子解决吗？

身后传来一阵喧哗，她扭头望过去，只见一队士兵押着几个人往这边走来，四周百姓因此沸腾，纷纷抓了手边的泥巴、石头朝那些人砸过去。

不等谈莺时反应，护卫已经往前两步护在她身前。谈莺时随即意识到，那些人应当就是传闻中的白鬼。

被称之为“鬼”的人，真的还是人吗？

她呼吸微滞，默默打量那些俘虏。

他们确实长得与寻常人不同。即使现在一个个身戴枷锁，弯腰驼背，也比旁边的士兵高出至少半个头。肤色也比寻常人白，不是正常的白，而是好似抹上了什么涂料，斑斑驳驳的青白色，连嘴唇也涂成了白色。也正因如此，一旦张开嘴，白嘴唇衬着齿间的鲜红，便如那恶鬼一般狰狞。

谈莺时定定地看着这些人从面前走过……高大的躯干，惨白的肤色，披头散发，看不清面目，即便能够看清，她恐怕也不敢与这种人对视。目光下移，她看见他们每个人的腰间叮叮当当地挂着一串头骨，心脏顿时被揪紧。

哪怕她从未见过，也该知道那些头骨不是正常人的尺寸。

“白鬼嗜杀成性……遇到小孩子会剥皮割肉，烹煮而食……”

脑海中蓦然响起齐雅的话，谈莺时胃部猛地一阵翻江倒海，扭头就朝一旁吐了！整个胃好似被掏空，一阵阵往上翻涌。吐到最后，她喉咙火辣，头昏眼花，连站也不能站稳。

护卫唯恐她出事，急忙把她扶到车上。

“属下该死，这等罪恶滔天之徒本不该让夫人瞧见，让夫人受惊了。”

谈莺时坐在车里缓了又缓，那些骷髅头骨在眼前挥之不去。她太难受了，只觉得自己每呼吸一口气，都能闻到血肉被烹煮的气味。

“你去看看，齐雅回来没有……”她捂着胸口，勉强开口。

“是，属下这就派人去找齐雅。”

护卫不敢大意，不仅派人去找齐雅，同时也叫人给阎彻去送了口信。

善川很大，沿途十几个村子都属于善川地界，一时之间根本不知道齐雅去了哪里，阎彻反而很快来了。

他来得匆忙，一到马车跟前就立即掀了前头的门帘，而后看到车里的谈莺时瑟缩了下。

阎彻顿住，眉头蹙起，弯腰坐进马车问她：“吓着了？”

谈莺时确实被他吓了一跳，她抿了抿唇，垂眸回道：“还好……”

“我不知道你会到这儿来。”阎彻沉吟片刻，坐到她身边，想了想，握住她一只手，试图给她一些安慰，“……这里的百姓都觉得白鬼怕我，所以这几日我没有回府，留在这里好给他们一颗定心丸。最多再过两日，我就会回府了。”

谈莺时其实无所谓他什么时候回去，她的脑子仍是浑浑噩噩的，连带着说话的音调也是木木的：“侯爷心系百姓，是百姓之福。”

阎彻焐了焐她的手，眉头紧锁：“你的手很凉，你在害怕？……因为看见了白鬼？”

谈莺时张开口，不知该怎样形容自己心底的惊惧。她不得不承认，久居盛京的她犹如被圈养的安逸的羊羔，猛然瞧见圈外的血腥与残忍，便无法抑制地感到惊恐难安。

“白鬼……白鬼确实，令人胆寒。”她低声回道。

阎彻轻轻揽过她的肩头，将人搂进怀里：“我送你回府。”

谈莺时缓缓吸气，闭眼点了下头。

……

谈莺时一直以为，自己的胆子很大。

她也确实有胆大的资本，能与公主做手帕交，能对几位皇子出言不逊，能无须通传就能随意进出皇宫。哪怕到了皇帝面前，也能开几句玩笑话而不用担心触怒龙颜。

可她这些所谓的“胆大”行径，并不能证明她真的有勇气。她不过是仗着太后撑腰，有恃无恐罢了。

当她直面罪恶、杀戮、伤亡，她的“胆大”显得多么不堪一击，多么可笑。她怎么能一面享受盛京给予她的保护与便利，一面又唾弃盛京的桎梏与不自由？

回侯府之后，谈莺时的脸色一直很差。她很想把今天的所闻所见统统忘记，可是大脑似乎不受控制，连带着感官和知觉也似乎受到影响。那些血腥气始终在鼻间萦绕，若有似无，折磨得她食不下咽。

谈莺时没吃晚饭，沐浴后早早歇下，夜间被噩梦惊醒，惊惶之下她大喊阎彻的名字，再不敢独自一人待在房间里。她明显被吓得狠了，哪怕有阎彻安抚，也还是一整晚睡不安宁，到了次日清晨竟开始高热不退。

谈莺时病了。

一病就是三天。

头两天最为严重，不仅脑子烧得迷迷糊糊，饮食也困难，吃什么吐什么。她接连灌了两天汤药，阎彻寸步不离地守着她，第三天她才稍稍好转，勉强能吃下东西。

她昏沉沉地躺在床上，听见阎彻低声吩咐下人，要请几个会做盛京菜式的厨子进府伺候，还说要会做红豆包。谈莺时很想问一问，他是怎么知道她爱吃红豆包的？

她想张嘴说话，声音嘶哑得不行，又想着或许是齐雅告诉他的，也就懒得开口问了。

阎彻喂她喝了半杯温水。她缓了缓，开口第一句问：“齐雅回来了吗？”

虽然病得糊里糊涂，但印象里这几日似乎都是阎彻在照顾她，怎么不见齐雅回来？

阎彻端茶杯的手微顿，回道：“她在外面跪着。”

谈莺时愣了愣：“你罚她了？我生病与她无关，你不要迁怒……”

“是她自己要跪。”阎彻打断她的话，“她说要向阿乌姆女神祈祷。”

“阿乌姆女神？”

“是这里的大地母神。”

谈莺时怔然，过了一会儿，慢慢说道：“既然我已经醒了，那就让她别跪了……”

“南域人信奉母神，只要开始祈祷，至少到日落才能结束，这是虔诚的表示。让她跪着吧，否则她心里也还是会自责、愧疚。”阎彻说道。

谈莺时想了想，幽幽叹气：“我生病本就和她没有关系，我是……我或许是刚来南域，水土不服，然后又猛然看见那种情景就……”

她轻轻咬住下唇，神情有些讪讪的。

要让她承认自己被吓病了，实在觉得羞耻，又不是三岁小娃娃……在盛京耀武扬威，天不怕地不怕，到了南域才几日，竟被白鬼吓得一病不起。这事若是让盛京城那边的玩伴知道，只怕他们会笑死。

“残余的白鬼抓到了吗？”她问。

“抓到了一部分，还有一些逃回森林了。”阎彻回答。

“他们会不会回来报仇？”谈莺时担忧地问。她现在能够感同身受了，也会担心天水河沿岸村民的安危。

阎彻道：“这么多年了，白鬼一直除之不尽，只要休养生息一段时间就会出来为非作歹。这次大概也一样，少则半月，多则半年。白鬼总会有死灰复燃的时候，不过我已在那一带加派人手，你不用太过担心。”

谈莺时闻言沉默，片刻后轻声问他：“那些受伤的人……都治好了吗？”

阎彻略微挑眉，稍微有点意外。他知道谈莺时的性情，虽然本性不坏，但多少有些眼高于顶、骄矜傲慢，没想到她竟会主动关心那些身份低微的平民百姓。

他回道：“伤药不足，只能吃些苦头，好在性命无忧，养上一个月也就没事了。”

谈莺时想起那些人血糊糊的伤口，忍不住问：“南域不是一向盛产药材吗？怎么会伤药不足呢？我听护卫说，白鬼用的是一种特殊的毒，难道不能紧急制作一批解毒药出来吗？”

阎彻解释道：“要解这种毒，需要用到一种植物的果实。如今季节不对，没办法采集到大量果实，也就做不出足够多的药。再加上这次受伤的人格外多，库存的伤药不够用也正常……”

谈莺时无法接受这个理由，撑着胳膊坐起来，皱眉说道：“怎么会不够？明知白鬼擅长使毒，明知白鬼可能来袭，明知道白鬼对百姓的威胁有多大，平日里就应该大量储备这类解毒药剂，以备不时之需才对啊。为什么事到临头了才发现药不够用？若是白鬼再来一次，岂不是一点药也拿不出来了？到那时要怎么办？”

说到最后，她已是隐隐带上了质问的口吻。

阎彻愕然。

他没想到她会为这种事动气，这本就是与她无关的事。她一向只在乎花园里的花开得怎么样，首饰与衣裳是否相配，泡茶的水是山中泉还是晨间露……她像高高在上的仙女，无须理会凡尘俗世的苦难，而面对他的爱慕，也只不屑地轻瞥一眼，毫无眷念地转身走开。

阎彻还记得，几年前，他与盛京的几位世家子弟吃酒。喝至微醺时，大家问他可有中意的女子，他喝酒不答。那些人便争相猜测他的意中人是谁，其中一位贵公子笑谈：“以威远侯的身份地位，什么女人得不到？只除了那两位……哈哈哈，想要入那两位的眼，恐怕难于登天啊！”

借着酒兴，众人哄然大笑，任谁都知道“那两位”指的是谁。

一位自然是尊贵无比的大公主。另一位则是谈府的千金，生得仙姿玉色，风流婉转，虽非皇室，尊荣却等同于皇室。只因有太后宠爱，便让皇帝认她作义妹，还赐封为郡主，就只差没上皇室的玉牒。

当时不知是谁说了一句：“除非皇帝赐婚，否则谁能抱得美人归。”

众人觥筹交错，话题又转去了别的上面。再后来酒席散了，但那句话他一直记在心里：除非皇帝赐婚……

谈莺时见阎彻一直不言语，抿了抿唇，垂下眼帘低声说：“我并不是责怪侯爷的意思，我只是，觉得明明可以防患于未然，为何……”

“此事是有缘由的。”阎彻说道。

谈莺时不解，抬眸看他。

阎彻在床边坐下，沉默片刻，缓缓开口：“你刚才有一点说得没错。南域盛产药材，每年会往各地售出大量药材，而这类药材里，能解白鬼之毒的药最受欢迎。因为它不但能解毒，还能活血化瘀、除面疮、治皲裂，制成香膏后是美肌养颜的圣品，最受盛京女子欢迎。商人趋利，便将大批药材运往盛京。每年光是后宫就要用掉这些药材的六成之多，余下的再卖给各地的贵妇千金，便不剩多少了。我虽然能下令让南域各地收购药材以作储备，但有商人重金收购，百姓难免会动心将药材卖于商贩。久而久之，药材紧缺也就成了常态。”

谈莺时默默听着，当阎彻全部说完，她觉得脸颊火辣辣的。

阎彻口中的养颜香膏，几乎是盛京女子必备之品，她的梳妆镜台里还有好几盒子……谁能想到，这养颜香膏的原材料之一，竟是能够解毒疗伤的药材。

她用着这些香膏，却指责他不顾民生，真是……真是无知得可笑。

“若是药……嗯，药材不够，那些受伤的村民，要如何医治？”她轻声问。

阎彻一时没说话。

谈莺时心里发虚，抿了抿唇，靠他近些，迟疑着问：“……会死吗？”

“不会。”阎彻抬手搂住她的肩，轻轻拍了两下，“不要胡思乱想。白鬼的毒死不了人，只是会使伤口持续溃烂。若是置之不理，确实会危及性命。但当地的百姓早已知道该如何处理。”

谈莺时继续刨根问底：“如何处理？护卫说在日头下暴晒可以缓解伤口溃烂，难道只能如此吗？没有别的法子了？”

阎彻无奈地看着她：“他们会用火苗烧燎伤口，再用磨至锋利的刀快速削去溃烂的皮肉。若是三日后不见伤口继续溃烂，便说明已经除尽了染毒的部分。”

谈莺时听了脸色变白，她没想到会是如此残忍的治疗方法。若是三日后继续溃烂怎么办？若是除不尽怎么办？难道……难道再烧一次伤口，再削一层皮肉？

她不敢问了……

阎彻仿佛看出她心中所想，轻轻叹了口气，道：“比起丢掉性命，受些皮肉苦没什么要紧。只要伤口处理得及时，只需削去很小一块皮肉就能清除毒疮。世间芸芸众生，生老病死，苦寒酷暑，饥寒旱涝，各有各的苦，这点伤痛只是苦痛之一罢了。”

他抚摸谈莺时的发顶，语气尽量轻柔，安慰她：“去年我已下令大量种植这类药材，只是还需两年光景才能长成。这次白鬼被灭了不少，短期内应当不会再来。你也不要再想这些了，大夫说你思虑太重才会病邪入体。这段日子在府里好好养病，至于解毒药的事，我会想方设法解决的。”

谈莺时安静地靠在他怀里，思绪沉浮，然后，慢慢地点了下头。

这几日一直是阎彻照顾她，故而谈莺时对他有些依赖，两人的关系也因此亲近了许多。比之三年前，他们俩总算像对夫妻了。

接下来的几天，谈莺时遵照医嘱，在府里养病。

齐雅对她生病之事一直很愧疚，每天想方设法地让她开心。

阎彻平时公务繁忙，早出晚归，但也会尽量抽时间回来陪她。

如此一段时间后，谈莺时的身体终于大好，面色红润，人也精神了许多。但白鬼在她心里留下的印记难以磨灭，她始终记着那些血淋淋的伤口，还有那些白森森的头骨……

她觉得自己应该做点什么。

以她的身份，以她的能力，她觉得自己不可能束手无策。只要她想，她就应该能办到。

一些念头从心底冒出来，像发了芽的春草，怎么也压制不住了。

她在心里斟酌考量了几天，找到阎彻，认真地与他商量，她想回盛京一趟。

4. 回来了

“回盛京？”

阎彻愣住。

“嗯。”谈莺时认真地点了下头，“我仔细想过了，南域虽然常年产出大量药材，但其实大部分药材供给了盛京。只要我向太后陈清其中利弊关系，至少能够从后宫库房里带一批药材出来。不仅解毒药，外伤药、止痛药统统都是南域需要的，我再顺便求一求皇帝陛下，给南域增加军饷物资。这里的士兵与百姓深受白鬼之苦，朝廷应当有所作为。”

阎彻略微皱眉：“南域的情况，我每年都会向陛下禀报，但……”

“但每次都没有下文，对吗？”谈莺时说道，“你是威远侯，又是南部大军的统帅，一旦你向朝廷要钱要粮，其他大臣定然会出面阻挠。试想，若是给南部大军增发军饷，那么北部的，西部的，是不是都要增发军饷？南域百姓苦，其他地方的百姓难道不苦？到时候个个都向陛下发难。陛下恼了，索性全都拒了，以示公平。”

阎彻慢慢颔首：“确实是这么回事。陛下有陛下的难处，我作为臣子也只能尽量为他分忧。”

谈莺时嘴角微翘，盈盈一笑：“所以，这么要是要不到钱的。但我与你不同，我是女子，又是陛下赐封的郡主。我找他要钱，是我代表朝廷对南域百姓表示关怀。那些大臣能拦住你，却没理由拦我。此事由我来做最为便利。”

阎彻听明白了她的意思，却有些意外。

他不是不信她的能力，他只是觉得，曾经目下无尘的一位女子，如今竟愿意为了黎民百姓来回奔走？究竟是她变了，还是他从来不曾真的了解她？

“侯爷为何不说话？”谈莺时心中忐忑，端详他的神色，“侯爷可是不愿意？……还是觉得，我的法子不妥当？”

“没有……”阎彻垂下眼帘，平静道，“你深受太后宠爱，此事由你出面，自然再好不过。只是路途遥远，你又大病初愈，不如再休养一段时日……”

“我近日感觉已经大好了！”谈莺时立即说，“齐雅还教了我一套拳法，我每日早晨都会跟着她打一套拳，用过午膳后，还和她一起骑马射箭！”

她说到这里，抿唇笑笑，有些不好意思地小声说：“虽然射得不大准，但是齐雅说我进步很大，我自己也觉得臂力有不小的长进呢。”

阎彻闻言莞尔，看了看她那细弱的胳膊，无论如何也没办法与“臂力”二字联系起来。

“你若是已经下定决心，这几日可以开始准备行李。”他目光温和地注视谈莺时，“我会安排一队人马护送你北上盛京，我在南域还有公务要处理，不便再往盛京去。”

谈莺时脸上绽开笑容：“这是自然！此事由我一个人去办就好，侯爷还得留在南域震慑那些白鬼！……啊，对了……”

她又笑笑，凑近些对阎彻说：“侯爷，我能把齐雅带去盛京吗？我喜欢她，有她做伴，路上也不会太无聊。”

“想带就带上吧，这些事你可以自己做主。”阎彻好脾气道。

“谢谢侯爷！”谈莺时越发高兴，连眼神都明亮起来，转身就兴冲冲地去找齐雅了。

阎彻望着她离开的背影，嘴角噙着笑意，而当她走远了，那笑容渐渐消失……

虽然谈莺时声称回盛京是为了讨要药材，但阎彻不得不怀疑，她只是想借故逃离这里……

这是理所当然的事，不是吗？她原本就讨厌偏远蛮荒的南域。尽管他为了留下她，修建了漂亮的宅院，在花园里种满鲜花，用各种各样的珠宝装点屋子，又把院墙高高筑起，试图将她同那些野蛮与丑陋隔绝开来。但显然，他做得还不够好，所以被她看见了，那个血腥的，残酷的……不该被她目睹的另一个世界。

她开始做噩梦，开始生病，她注定不属于这里。盛京有她的亲人，有她喜欢的歌舞宴会，有她熟悉的一切，她当然想要回去。

阎彻感到迷茫，他知道怎么领兵打仗，但不知道如何琢磨女人的心思。似乎无论他怎么做，都无法让她的目光在自己身上多停驻片刻。

他唯一能做的，只有等，等着她回心转意。

老人常言，日久见人心。他却不知道究竟要花多久，才能让她看到自己这颗真心……

接下来的几天，谈莺时每天兴高采烈地准备行囊。

她没有快马疾行的本事，盛京距离此处又是千里迢迢，路上至少要花一个月时间，而且中间有不少地方需要露宿野外。这么一来，食物、水、衣裳，还有应急的药物，每一样都得准备齐全。

生活必需品有阎彻安排人手去添置，她还得忙着挑选礼物。礼物不能太寒酸，同时要具有南域特色，且要分出三六九等，比如送给太后的礼物，定然不能与送给普通官宦千金的礼物一样。

准备礼物当然需要钱，于是她从侯府账房里支取银两，在阎彻面前也不遮不掩，说这是为了给他打点人情关系，等礼物全送出去了，讨要起药材和军需才能顺利。

这让阎彻不禁产生一种感觉：也许，她回盛京确实是为了向朝廷讨要药材。

心里虽然如此想，却又不敢真的这样想。大约因为他深深明白，期望越大，失望也越大。在经受过三年冷遇之后，如今的他已经不敢对她再有任何奢求。

备好的马车逐渐被箱笼塞满，阎彻默然旁观，心情开始难以抑制地焦灼……

无论他怎么想，都不得不面对一个现实——她这一去，很可能再也不会回来。

这次相聚，短暂得像个玩笑。

如果她仍然同这三年一样冷漠，那么离别与相聚没什么不同，但两人的关系分明有好转的迹象……所以，他才会感受到，愈来愈烈的离别的愁苦。

夜晚，阎彻失去了以往的冷静与自持。他将谈莺时搂进怀里，亲吻与厮磨，仿佛舍不得与她共度的这最后的时光。

谈莺时虽然有些紧张，但不会再表现出抗拒或排斥。两个人磕磕绊绊地尝试与彼此亲近，用足了耐心与时间。后来谈莺时筋疲力尽了，阎彻依旧抱着她，亲着、搂着，抚摸纠缠，舍不得放手。

他感受到得偿所愿的快活，不禁暗想，或许她心里也有他。

或许她会回来。

大约是他表现得太缠人，谈莺时忍不住笑了，躺在他怀里揶揄："侯爷在外面是个威风八面的大人物，原来还会像小孩子似的缠磨人啊。"

阎彻默默搂着她，嗅着她发间的花香，心想，他从来都不是什么大人物，他只是不善言辞，所以刻意板着脸罢了。

谈莺时挪了挪，调整姿势，眼眸含笑地瞧着他："侯爷是不是担心我此次进京，会白费功夫？"

阎彻轻轻抚摸她的脸庞，言辞含糊地道："路途遥远，我是会有些担心……"

"放心吧，只要是我向太后请求的事，还从来没有办不成的。"谈莺时笑笑，带着几分得意，"我可以向你保证，一定能带着药材回来，你信不信我？"

阎彻目光深沉地看着她，忍不住俯首吻她的额头与眉尾，回道："我信你。"

他太温柔缱绻，让她的面颊发起热来，嗔怪地睨他一眼，小声抱怨："如今倒是学会温柔体贴了，三年前怎么不见你这样……"

阎彻微愣："三年前我怎样了？"

"你……"她咬唇，声音更小，细声细气地控诉他当初的粗鲁与野蛮。

他面色讪讪，低声下气地又亲又哄，向她赔礼。

那时的他确实什么也不懂，又被灌了许多酒。看到她娇娇小小的一个人坐在红帐里，他眼也红了，什么都顾不得了……

……

几天后，谈莺时和齐雅启程去往盛京。

阎彻骑马送行，一直送到城外。

谈莺时矜持地坐在马车里，努力控制自己不要望外面，余光却频频忍不住追随那个男人。

以前见他骑在马上沉默不语，只觉得这男人冷心冷面，难以亲近。现在却会想起昨晚他把她圈在怀里，像个黏人的大娃娃似的搂着不放手。光是想一想她就忍不住脸红，有点羞恼，又有点甜蜜，真是怪哉。

如此想着，她不禁嗔怪地瞪他一眼。

阎彻微愣，策马靠近马车窗子，问："怎么了？"

谈莺时觉得他傻气，有些想笑，抿唇忍住了，回道："没什么，只是忽然有些口渴。"

齐雅也在马车上，听了这话不由得看向谈莺时，明明茶壶就在手边……

谈莺时随意扯了个理由："想喝上次用野蜂蜜煮的蜜茶。"

阎彻闻言望向前方，认真思索，慢慢地说："这附近恐怕一时难以找到野生蜂巢。即便找到，取蜂蜜也会耽误不少时间。不如你先随车队往前走，我派人去寻蜂巢，等找到了蜂巢，取好蜂蜜，再快马加鞭追上去。"

谈莺时眼眸含笑，偏头故意不看他，回答："没有就没有吧，我也只是随口一提罢了。侯爷打算送我到哪里？已经出城很远了。"

阎彻默然片刻，看着前方说："送到松里石吧。"

松里石是一块巨大的黑色岩石，突兀地耸立在几株苍翠欲滴的老松之中，让远方的旅人远远就能看见，是地标一样的存在。

但送到松里石之后，阎彻又说："距离丹舒城不远了，送你到丹舒吧."

于是从早晨送到傍晚，从一座城送到下一座城。谈莺时在丹舒城的驿站里安顿，阎彻也没理由不走了。

他的情绪总是内敛的，轻易不会表露出来，送到地方也只是公事公办地和她道别，叮嘱护卫队照顾好夫人，然后带着几名亲兵走了。

没有一点点依依惜别。

谈莺时不禁感到失落，但也能够理解——他在外面一贯这样端着架子，像个煞神，自己以前不也是这样被唬住了吗？

齐雅拿出干净的被褥枕头，给谈莺时收拾床铺，一边收拾一边笑。

谈莺时问：“你笑什么？”

齐雅瞧瞧她，又意有所指地瞧了瞧窗外，嘿嘿一笑：“夫人，我也不知道为什么，就是忍不住想笑。”

谈莺时没好气地瞪她。

齐雅笑得更放肆了。

谈莺时板着脸想生气，可是看她笑了，自己也绷不住跟着笑，嗔怒道：“等到了盛京，你可得收敛点。”

“知道啦，我的夫人！”齐雅笑嘻嘻地答道。

外头有人敲门，齐雅放下手里的东西，脚步轻快地过去开门。过了片刻，再次笑嘻嘻地回来，手里拎着一个罐子。

她动作夸张地晃了晃手里的罐子，眼里全是笑。

“咱们侯爷真是有心呀，这么快就把野蜂蜜给夫人送来了。”

谈莺时微愣，随后脸颊开始泛红。

齐雅把蜂蜜罐子提到桌上，茶具也端上桌：“人前脚刚走，蜂蜜后脚就到了。看来在路上的时候侯爷就已经打发人去找蜂巢了。这不，一找到就赶紧给夫人送来了。夫人，现在煮一杯蜜茶尝尝？”

“要你多嘴。”谈莺时微微羞恼，“还不快去煮茶？”

“这就去，一定不让夫人久等！”齐雅快速答道，乐不可支地去驿站厨房了。

谈莺时看着她出去，又想到那人闷不吭声地安排人去找蜂巢，脸上温度越发热了起来。蜜茶分明还没煮好，更没喝进她的嘴里，可她心里却已然如灌入了蜜一样甜。

“真是个呆子……”她望向窗外，口中喃喃。

……

回盛京一路顺利，无风也无雨，行程比预计中耗时更少。但不知道为什么，谈莺时觉得比去南域时更漫长，更久。

大约因为心情不同。

去南域时她一味地单方面与阎彻较劲，根本不在乎何时抵达目的地，现在心里却有一个明确的目标——想要尽快把药材要到手。

一些念头在心中蠢蠢欲动……她想要证明自己不是一个只会伤春悲秋的贵女。齐雅年仅十三岁就能拿起弓箭对抗白鬼，她做不了打打杀杀的事，但别的事，怎么也能办成几样吧？

一旦存了这样的心思，便无法忍受温暾的行进速度。原本车队顾及她的身体，一天总要停歇个三四次，后来谈莺时催促，顶多歇两回。

歇的时间短了，饮食自然会变得粗糙。她这样一个娇滴滴的人儿，有时候一顿饭只两个包子就对付过去。等到了盛京，谈莺时在南域刚养好的身体又瘦了一圈，脸蛋尖了，胃口小了，甚至只喝一口水也能吐出来。

对于谈莺时的归来，谈府上下异常震惊，以为是她自己闹脾气跑回来的。谈大人差点又要发飙，后来见送女儿回来的人马确实是阎彻手下的亲兵护卫，才算平息了怒火。

到底是亲生骨肉，看到女儿瘦了、吃苦了，难免要心疼。不管谈莺时突然回来的原因是什么，总要先把车队里的这些人安顿妥当。如此忙碌一番后，已到深夜，人困马乏。等到谈大人再去探究女儿回来的原因，已经是第二天的事了。

……

书房里，一向剑拔弩张的父女俩，难得心平气和地坐在一起。

说是心平气和，其实气氛也不算太好，只是相较于以前略显温和罢了。

谈大人耐着性子劝谈莺时："朝廷上的事，你一个女流之辈还是别掺和了，不要仗着有太后撑腰就骄纵得没个样儿了，你真当阎彻会指望你带药材回去？他是不愿与你一般计较，你要回来便回来，他不想拦你罢了！我已经嘱咐你很多次了，你们是陛下赐婚，哪怕你心里一百个一千个不愿意，也得跟他和和睦睦、亲亲爱爱，否则就是让陛下没脸！陛下面子挂不住了，还能有你好受？能有我们谈家好受？太后再宠你又如何？难道你在太后心里的分量还能越过陛下去？以前总觉得你还小，加之你母亲总说太后喜欢的就是你天真烂漫的样子，所以不想说你太多。可这些年你是越来越不像话了，你瞧瞧你上次办的那是什么事？堂堂郡主，居然……”

“好了。”谈莺时不耐烦地打断，“我不过是想让您上朝的时候帮忙提一提南域的事，你就又教训起我来了，我就算是犯了天大的错，您不是已经罚过了吗？既然已经罚过，就不该旧事重提，死揪着不放。您要是不肯帮忙，我就进宫找太后去，可不想继续在这儿听您唠叨了。”

“你！……”谈大人捂住胸口，“你这样无法无天，迟早会惹出大麻烦！”

谈莺时冷笑：“是吗，我还真不知道自己从小到大惹过什么麻烦，怎么只记得让您被皇上提拔过几次？”

“你这是什么话？！”谈大人大怒。

谈莺时继续冷言冷语：“难道不是？父亲才华一般，能力也不出众。若不是因为太后宠爱我，而谈家又是抚育我的地方，父亲的官太小、身份太低，多少会让皇家颜面不好看。要不皇上为何非得提拔您？您不夸奖我也就罢了，怎么反倒还埋怨起我了。”

“你！你……你真是被骄纵得无法无天了！这种话竟也说得出来，真是我的好女儿。这些年我究竟是沾了你什么光，每日都要战战兢兢，唯恐你哪一天惹得龙颜大怒！伴君如伴虎的道理我跟你说了多少次……”

话没说完，谈夫人忽然闯进来，一把拦住处于暴怒边缘的谈大人，冲谈莺时使眼色：“怎么才说两句就又吵起来了！莺时，你方才怎能那样说你父亲？他都是为了你好啊。”

谈莺时不屑地撇了下嘴：“是父亲大人要与女儿争吵，可不是女儿要与父亲大人吵。我回来是为了给南域受苦的士兵和百姓讨药，父亲不想帮忙便算了，反正我等会儿要进宫，与太后说也一样。”

说完，她扭头就往外走，懒得再和谈大人多说。

谈夫人说完女儿，又拽着丈夫安抚：“她才刚回来，何苦这个节骨眼上给她找不痛快。她不懂事，咱们就慢慢教嘛，她迟早会明白你的苦心……”

谈大人怒喝：“都是被你惯坏的！”

话音刚落，就听见哇的一声，谈莺时扶着门框突然吐了起来。

谈家父母大吃一惊，丫鬟婆子们也全都围过来，谈莺时像是闻着了什么恶心气味，挥手让她们离远些，紧接着又是一阵呕吐。

谈夫人吓得脸也白了：“这是怎么了？是吃坏了肚子还是路上染了什么病？你们一个个傻愣着做什么，还不赶紧去请大夫！”

谈莺时皱着眉直起身：“不过是长途跋涉，肠胃有些不适罢了，母亲大惊小怪什么。现在请大夫上门，我还怎么进宫去见太后？”

按照规矩，身体有恙是绝对不能入宫的。否则把病气传给贵人们，是大不敬。

“我这几日时常这样，大概是在马车上颠出来的毛病，给我弄点蜂蜜茶压一压就行。”

她转身回自己院子，谈夫人快步跟上来，拉住女儿的手，心疼地上下端详：“那南域果真是穷山恶水之地吗，瞧瞧，叫我女儿清减成这个样儿。”

谈莺时不耐烦地摆摆手：“都说了好多次，是路上走得急，没吃好也没歇够，那马车颠得我什么都吃不下，能不瘦吗？”

谈夫人叹气：“你才刚去南域，就匆匆回盛京。等你进了宫，太后那边估计又得一顿问。”

“太后再怎么问，也不会像父亲那般癫狂发怒。”

“哎，你父亲也是担心你才会如此……”

“他从来看我不顺眼，总嫌我行事不够谨慎，对人不够尊重。他也不想想，太后为了给我撑腰，不惜让陛下赐封我为郡主，难道想看到我唯唯诺诺的模样？太后就想看到我肆意随心地活着，我越嚣张跋扈，太后只会越高兴。”

谈夫人无奈：“好、好、好，你们父女俩都有理，我说不过你们。我只是担心你的身体啊，这要是在太后面前失仪……”

谈莺时听得心烦：“哎呀，您就别瞎操心了。不会的，我这几日都是清早犯恶心，等午时以后进宫，不会吐到太后跟前的！”

谈夫人听得脸色一变，赶紧握住谈莺时的手：“这几日都是清早犯恶心？你……你是不是有了？”

“什么有了？”谈莺时起初有些迷糊，而后渐渐明白过来，但又觉得不可能，下意识地双手放在小腹上，心想这怎么可能呢？怎么可能……

谈夫人急了：“哎呀，你这孩子！都这么大的人了，怎么如此糊涂，有了孩子还敢长途跋涉地跑回来，这路上万一出点什么事怎么办！刚才还拦着不让我叫大夫，不行，不行，得赶紧请大夫来看看……”

“别去！”谈莺时一手抓住谈夫人，“不能请大夫！”

谈夫人愣住。

谈莺时紧紧握住谈夫人的手，左右看了看，除了两个丫鬟，附近再没有别人。

“刚才的话，你们就当没听见，明白吗？”她用眼神警告那两名丫鬟。

丫鬟垂首应是。

谈夫人却糊涂了，蹙眉看着谈莺时：“你这孩子，到底怎么回事……”

谈莺时凑近些，低声道：“若是我这腹中没有孩子，您把大夫叫来只会虚惊一场。若是腹中有了孩子，倒不如让太后揭开这惊喜，她老人家定然高兴。”

谈夫人回过味来，眼睛慢慢睁大，流露出不安：“你……你的胆子越发大了，怎么能连太后也算计？要是被人知道了……”

“谁会知道？只要您不说，这事儿谁都不会知道。”谈莺时笑了笑，不以为然地轻哼，“再说，这怎么能叫算计？难道我不是为了哄太后开心吗？您想想，我成亲三年无所出，太后一直挂念着呢。正巧我现在回来，去探望太后的时候又正巧诊出身孕，不是喜上加喜吗？”

谈莺时觉得此事可行，笑容愈加得意起来：“只要太后高兴了，我为南域讨要药材和军饷就事半功倍啦。”

谈夫人仍是忧心：“你父亲若是知道，断然不会同意。”

“那您就别让父亲知道。”谈莺时撇嘴，“我又没乱来，这分明是利国利民的好事。父亲不帮忙也就算了，拖什么后腿。”

“他也是为了你好，不想让你牵扯到朝廷里那些事……”

“哎呀，总之您就别管了，我自有分寸。”

谈莺时几句话打发走谈夫人，高高兴兴地回了自己院子。

齐雅还在院子里等她。因为不熟悉盛京的规矩，谈莺时没让齐雅在父母跟前露脸，只给她换了一身侍女装扮，留在院子里等消息。

见谈莺时回来，齐雅不由得上前问：“我们什么时候进宫去？”

“一会儿就出发，不过你还是留在府里，我们先把要带的礼品准备起来。”谈莺时道。

齐雅点点头，转身去打开箱笼，清点礼品。

她知道盛京里头规矩重，宫里的规矩就更重了。听说住在里头的贵人，品级不同，见面行礼的动作也不同，很是讲究，所以她就不跟去给谈莺时添麻烦了。

齐雅一边忙活，一边问：“太后娘娘是个什么样的人？好说话吗？会答应咱们的要求吗？……要是不答应怎么办，咱们这么突然跑去要东西，她会不会生气？”

谈莺时眉眼弯弯，笑容像春光般明媚：“放心吧，太后一向宠爱我，而且这次又有意外之喜，我们肯定能成功！”

“意外之喜？”齐雅歪了头，眨眨眼睛，“什么意外之喜？”

谈莺时冲她一笑：“现在先不告诉你，等我回来，你就会知道了！”

齐雅不解其意，但她对谈莺时百分百信任，没有多问，尽心尽力地为谈莺时准备好进宫要带的东西，然后等谈莺时回来。

本以为进宫至多一天也就够了，却等到入夜也不见谈莺时回来。

齐雅不敢阖眼，院子里的丫鬟劝她别等了，说谈莺时在太后跟前得宠，八成是被留在宫里了。

齐雅不知道这算不算是好消息，蒙蒙地继续等到第二天早上。

宫里传来消息，谈莺时被诊出有孕，太后大喜，因此留谈莺时在宫里养身子，暂时不回来了。

齐雅呆了，谈莺时不回来，那药材怎么办？

随后宫里又传来消息，说太后仁慈，不忍看南域百姓受白鬼侵扰，赏银万两以助南域修筑护墙。

齐雅心想，虽然没有药材，但有钱拿总归是好的。

隔了没一个时辰，又传来消息，说皇帝感念威远侯多年镇守南域不易，拨发一批军需与药材送往南域。

齐雅高兴得差点原地跳起来。

好消息接连不止，有皇帝与太后作表率，接下来几天，盛京城中世族大家陆续到谈府送礼。有些送的是药材，更多的是金银，装满了马车。谈莺时又托人带信出宫，让齐雅和护卫队把这些东西送去南域。

至于谈莺时自己，一时半会儿走不了了。她身怀有孕，需要好好调养一段时日，等到胎象稳了才能启程。

……

盛夏傍晚，花园游廊里清凉而恬适。

轻风徐徐，蝉鸣阵阵。

谈莺时遵照医嘱，每日用膳之后逛园子。她心情好，脚步轻快，身后的宫女和嬷嬷们全都紧步跟着。

一位年长的嬷嬷笑着说："郡主身子骨养得好，只吐了几天就不吐了。肚子里的孩子也机灵，知道心疼自己的母亲。"

谈莺时笑笑，伸手抚了抚自己的小腹，好像比以前大了一点点？

想到自己肚子里孕育着一个小生命，就觉得奇妙，又有种难以言喻的感动夹杂其中，仿佛人生因此变得不一样了。

不知道阎彻知道这消息后，会是什么表情呢？

谈莺时想到他那张惯常"面瘫"的脸，忍俊不禁，可惜不能立马见到他。太医说她月份小，调养一个月后再上路才最稳妥。

"说起来郡主和侯爷真是天定的缘分，郡主小时候就说要嫁给侯爷。之后侯爷打了胜仗，果然向皇帝求娶郡主。如今两人又有了孩子，真可谓金玉良缘。"嬷嬷笑着说道。

谈莺时听得一愣，惊讶地扭头看向那位嬷嬷："这话从何说起？我小时候哪里就认得威远侯了？"

嬷嬷也愣了愣："郡主不记得了？……啊，那时候郡主年纪小，记不清也正常。不过应该还有些许印象吧？您还把自己最爱吃的红豆包送给了侯爷呢。"

嬷嬷为了佐证自己的话，抬手指向前方："就在那座假山旁边，四皇子和六皇子带着几个太监欺凌侯爷，您上前为侯爷解围，又送了一个红豆包给侯爷。后来太后知道了，直夸您有侠女风范。当时您只有七岁。"

七岁？谈莺时神色迷茫，如果是七八岁时发生的事，她确实不大记得了。

谈莺时望向前面的假山，试图在脑海中搜寻关于那段回忆的蛛丝马迹。

嬷嬷的话听上去不像假的。四皇子和六皇子，那两人小时候是出了名的顽劣，有时大臣或太医被传唤进宫，如果遇着了他们，免不了会被捉弄一番。至于阎彻……

阎彻比他俩大七八岁呢，那么大一个人，如果被小孩欺负，想想真是……谈莺时有点想笑。

脑海中闪过一些模糊的片段，她愣了愣，隐约记起来了……

好像是发生过这么一回事。

她曾经在这座花园里救下一个傻大个，头发很长，打扮也奇怪，腰间围着狼皮，至于长相她却是毫无印象。

当时，两个小皇子叫太监往傻大个身上扔泥巴和石头，还要傻大个学狼叫。听说他是狼养大的孩子，从小力大无穷，被大将军收养调教后，觉得此人是个奇才，便特意带到盛京，向皇帝举荐此人。可能是在等待传召的过程中，他碰上了两位皇子。

谈莺时现在回想起来，能约莫猜到，两位小皇子之所以能轻易把人带走，还叫太监百般折辱对方，恐怕是皇帝有意纵容，想要试探其心性。若当时傻大个表现出任何"野性"，恐怕都不会成为今天的威远侯——

她已经不太记得当时阎彻的模样，时隔久远，只记得自己路见不平，出手阻拦。

四皇子人小鬼大，奚落她："就算太后再宠你又如何，你将来迟早要嫁人。我母妃说了，嫁出去的女儿就是泼出去的水，到时候看谁还护得住你！"

她气哼哼地回道："我将来就算嫁人，也会嫁大英雄，到时候自然有大英雄护着我！"

其实七八岁的孩子，哪懂什么嫁娶。可是她偏要逞能，当着四皇子的面，亲自把地上的傻大个扶起来，还往他手里塞了一个红豆包，故意扬高了声音说："你以后要当大英雄，知道吗？谁都不敢欺负的那种大英雄！"

她没想到，一句童言被他从此记在心里，后来，他真的变成了家喻户晓的大英雄。

阎彻的脸庞，与记忆里那个模糊的人影渐渐重合，谈莺时心中五味杂陈，忽然发觉自己错得离谱。

是她先许下了承诺，他铭记一生，她却全都忘了……

……

谈莺时扶着游廊扶栏，久久没有言语。嬷嬷端详她的神色，谨小慎微地询问："郡主可有哪里不舒服？"

她回神，朝那位嬷嬷柔柔地笑了笑："没有，只是刚才在想，太后娘娘大概因为这件事，才将我嫁给他吧。"

嬷嬷回道："奴婢不敢妄自揣测，但太后娘娘的用意，必定是为了郡主好。"

以太后对她的宠爱，皇帝不可能独断专行地下那道赐婚的旨意，所以，太后的态度应该也是赞同的。

提起这门亲事，谈莺时以前只有怨怼，而现在再想，便什么都明白了。

她迟早要嫁人，不嫁阎彻，也会嫁给盛京中士族才子或是官宦子弟，但那些人娶她，能有几分真心？只怕都在觊觎她身上那份来自太后的宠爱，而非真心实意地喜欢她这个人。

她这些年被宠得骄纵跋扈，名声不好，又与大公主走得近。如果没有太后宠爱，寻常达官贵族根本不会考虑娶她回去做媳妇。

阎彻却不一样。

他是真心喜欢，一门心思想娶她，拿着军功特意求到了皇帝跟前。

当初深恶痛绝的亲事，现在回顾，她竟觉得可亲可爱起来……

她想他了。

谈莺时轻轻抚摸小腹，很想见他。

……

日子一天天过去，天水河沿岸筑起了高墙，士兵日夜轮替巡逻，再也不畏白鬼来犯。

齐雅数着日子，估摸着谈莺时差不多要回来了，便招呼侯府里的丫鬟侍女打扫屋子，为迎接夫人做准备。

她觉得奇怪，侯爷明明也很想念夫人，为何不提前准备起来。若是现在出城去接，还能在半道上迎一迎夫人。

齐雅憋不住话，等到阎彻回来，趁着端茶送水的机会忍不住问了一句："侯爷，算着时间，夫人现在应该快到昫马城了，您要不要派人去迎一迎？"

阎彻端起茶盏的手微微一顿，随后平静地回道："还没有消息，过几日再看吧。"

齐雅想了想，兀自点头："也是，夫人有孕在身，马车走得慢，也许还没到昫马城。"

阎彻沉默不语。

齐雅狐疑地看他一眼，心想不愧是侯爷，平时就稳如泰山，现在知道自己有了孩子，还能这么沉得住气，真厉害呢。

又过两天，齐雅再次向阎彻建议："侯爷，算着时间，夫人现在应该快到丹舒城，您要不要去迎一迎呀？这样夫人就能早点见到侯爷，一定会很高兴。"

阎彻仍是回绝："这几日公务繁忙，过几日再看吧。"

齐雅点头："公务要紧，若是侯爷腾不出空闲，要不让我去吧。"

阎彻没接腔。

他没法告诉齐雅，他不觉得谈莺时会回来……都是借口，三年前是如此，三年后亦是如此。

三年前他收到紧急军情，先一步回南域。之后往盛京去信问谈莺时何时来南域，收到回信说谈莺时身子弱，禁不住车马劳顿，需将养一些时日才能启程，他信了。后来等了三个月也不见动静，他又傻乎乎地去了几封信，却连回信也没再收到一封。

如今又是这样，怀有身孕，身子弱，需要调养……

她不想回来。

但至少她言而有信，把物资送回来了。

阎彻嘴角略微上扬，露出几分苦涩的笑，觉得自己这么多年了，还心心念念地抱着一丝希望，实在可笑。

齐雅不知道阎彻心里的煎熬，只越来越觉得侯爷奇怪。眼看夫人归期将至，肚子里还怀着未来的小公子，她都要激动得不行，侯爷怎么一点反应也没有呢？

齐雅提了几次要去接夫人，都被阎彻用公务繁忙的理由敷衍过去。她不明白，公务再忙，怎么连一天时间都抽不出来呢？

一天又过一天，时间不声不响地流逝，算着时间，谈莺时早该抵达，却一直没有消息。

齐雅有些担心，再次跑去问阎彻："夫人的车队昨日就该到的，怎么今天还没消息呢？会不会路上遇着事耽搁了？侯爷，我们要不要派人去打探打探？"

阎彻觉得这样做没有意义，他下意识地开口想要回绝，外头的护卫来报："侯爷，夫人派人传口信回来，说马车在半道上坏了，让您派人去接一下。"

"什么？！"阎彻猛地站起身。

齐雅皱眉道："我就说嘛，肯定遇着事了，要不早该到了。"

护卫也道："夫人此刻已折返丹舒城的驿站，侯爷，您看要不要……"

阎彻已经大步流星地迈出门外："备车，去丹舒城！"

齐雅瞠目结舌，看着那道风一般消失不见的身影，哑然许久，站在原地嘀咕："早干吗去了……"

……

马蹄声疾驰而至，缰绳猛地勒紧，嘶鸣声高亢响亮，哪怕人在屋里也能听见。

谈莺时捂着肚子，小心翼翼地下床，还没走到门口。那人已经旋风般冲进来，伸手就要将她一把搂进怀里，刚抬起手臂，发觉自己满手的热汗和尘土，却是一滞，然后便只傻愣愣地站在原地看她。

谈莺时脸上绽开笑容，眉眼弯弯地瞧着他："侯爷，我回来了。"

他喃喃道："你回来了。"

她掩嘴笑问："这副呆样儿，是高兴傻了吗？"

他仍是痴痴地注视她："……高兴傻了。"

谈莺时扑哧笑出了声。

阎彻终于回神，也笑起来。略微平复紊乱的呼吸，走到她面前，动作轻缓地将思念已久的人儿拥在怀中，嘴里再次念道："你回来了。"

你回来了，于是这场漫长的等待，总算抵达终点。

这场爱恋，也终于开花结果。

（完）